W0327051

À PROPOS DE L'AUTEUR

Auteur de plus de 60 romans, parus aux éditions Harlequin, Lynne Graham est l'une des grandes voix de la romance contemporaine. Et malgré un succès qui ne s'est jamais démenti, avec plus de 26 millions de livres vendus dans le monde entier, le bonheur qu'elle éprouve lorsqu'elle aperçoit un de ses livres en librairie est resté intact.

L'honneur des Volakis

LYNNE GRAHAM

L'honneur des Volakis

Traduction française de

ELISABETH MARZIN

HARLEQUIN

Titres originaux :
PARTIE 1 : THE MARRIAGE BETRAYAL
PARTIE 2 : BRIDE FOR REAL

Ces romans ont déjà été publiés en 2013

© 2011, Lynne Graham.
© 2013, 2020, HarperCollins France pour la traduction française.

Ce livre est publié avec l'autorisation de HARLEQUIN BOOKS S.A.

Tous droits réservés, y compris le droit de reproduction de tout ou partie de l'ouvrage, sous quelque forme que ce soit.
Toute représentation ou reproduction, par quelque procédé que ce soit, constituerait une contrefaçon sanctionnée par les articles 425 et suivants du Code pénal.

Si vous achetez ce livre privé de tout ou partie de sa couverture, nous vous signalons qu'il est en vente irrégulière. Il est considéré comme « invendu » et l'éditeur comme l'auteur n'ont reçu aucun paiement pour ce livre « détérioré ».

Cette œuvre est une œuvre de fiction. Les noms propres, les personnages, les lieux, les intrigues, sont soit le fruit de l'imagination de l'auteur, soit utilisés dans le cadre d'une œuvre de fiction. Toute ressemblance avec des personnes réelles, vivantes ou décédées, des entreprises, des événements ou des lieux, serait une pure coïncidence.

Le visuel de couverture est reproduit avec l'autorisation de :

Décor : © DIETER MEYRL/GETTY IMAGES
Homme : © ELISABETH ANSLEY/ARCANGEL

Réalisation couverture : E. COURTECUISSE (HarperCollins France)

Tous droits réservés.

HARPERCOLLINS FRANCE
83-85, boulevard Vincent-Auriol, 75646 PARIS CEDEX 13
Service Lectrices — Tél. : 01 45 82 47 47

www.harlequin.fr

ISBN 978-2-2804-4434-7

UN MARIAGE SOUS CONTRAT

Prologue

— Je ne vais *jamais* en week-end à la campagne, déclara Sander Volakis à son père d'un ton catégorique.

Pour la centième fois depuis la mort de son fils aîné, Petros Volakis regretta de ne pas avoir consacré plus de temps à son cadet, avec qui ses relations étaient pour le moins complexes.

Lysander, Sander pour ses amis, était pourtant à première vue le genre de fils qui ferait la fierté de n'importe quel homme. Doté à la fois d'un physique très avantageux et d'un sens aigu des affaires, il avait largement prouvé qu'il était capable de réussir par lui-même. Cependant, son caractère entreprenant n'avait pas que des aspects positifs. Obstiné, arrogant et farouchement indépendant, c'était un individualiste forcené qui détonnait dans sa famille conservatrice. Il n'en faisait qu'à sa tête et la désapprobation paternelle n'avait aucun effet sur lui. Si bien qu'au fil des ans les conflits entre le père et le fils s'étaient multipliés.

Réprimant un soupir, Petros esquissa un sourire diplomatique. A présent que Titos était mort, un rapprochement avec Sander était plus que jamais indispensable.

— La famille d'Eleni ne comprendrait pas que tu n'ailles plus à Westgrave Manor. Ce n'est pas leur faute si ton frère est mort dans l'accident et si sa fiancée a survécu.

Sander eut une moue qui marquait nettement son désaccord.

— Eleni a failli être condamnée pour conduite dangereuse…

— Il neigeait et la chaussée était glissante ! coupa Petros avec irritation. Essaie d'avoir un peu de compassion et d'indulgence. Elle a été dévastée par la mort de Titos.

Pas au point de s'abstenir de flirter avec lui quelques semaines après les funérailles de son frère, se rappela Sander avec dérision. Mais inutile de mentionner ce détail. Son père objecterait qu'il avait dû se méprendre sur les intentions de la jeune femme…

Au cours des six mois qui s'étaient écoulés depuis la mort de Titos, Sander avait pris conscience, à sa grande contrariété, que ce tragique événement avait modifié le regard que les autres portaient sur lui. Désormais unique héritier de la compagnie maritime de son père, il était encore plus convoité qu'à l'époque où on le considérait comme un simple homme d'affaires non-conformiste.

— Les relations entre nos deux familles seront plus sereines si tu acceptes l'invitation des Ziakis, ajouta Petros.

Sander serra les dents. Il n'avait pas l'intention de remplacer son frère. Dans aucun domaine. Ses parents nourriraient-ils l'espoir ridicule qu'il s'entiche d'Eleni et qu'il l'épouse ? Certes, cette alliance serait une excellente opération pour les deux familles, aussi prospères l'une que l'autre dans le secteur de la navigation maritime. Mais pas pour lui. C'était même une perspective terriblement déprimante. Eleni était peut-être belle et intelligente, mais il n'avait pas la moindre envie de se marier. A vingt-cinq ans, il tenait à sa liberté agrémentée de multiples liaisons.

— J'apprécierais vraiment que tu fasses cet effort, insista Petros d'un ton suggérant que demander un service lui coûtait beaucoup.

Le chagrin avait creusé les rides de son père, constata Sander avec un pincement au cœur. Mais il pouvait d'autant moins combler le vide que Titos avait laissé dans leur famille que ce dernier avait toujours été le fils préféré. Très jeune, il avait remarqué que ses parents étaient contrariés lorsqu'il lui arrivait de surpasser son frère aîné. Depuis, il avait toujours refusé de rivaliser avec Titos.

Mais, après tout, qu'est-ce que c'était qu'un week-end ? Puisque ses parents tenaient absolument à ce que les conventions sociales soient respectées, pourquoi ne pas leur faire ce plaisir ?

— D'accord, j'irai… mais juste cette fois.

Pas question que ça devienne une habitude !

— Merci. Ta mère va être soulagée. Tu vas sûrement rencontrer des gens intéressants à Westgrave Manor. Y compris des relations utiles pour tes affaires, ajouta Petros, conscient que c'était le meilleur argument à utiliser pour éviter que son fils ne revienne sur sa décision.

Après cet entretien, Sander gagna les étages de la maison familiale d'Athènes pour rendre visite à sa mère inconsolable. Alors qu'il montait l'escalier, son portable sonna. Il vérifia le numéro. Lina, sa maîtresse du moment. Déjà la troisième fois qu'elle l'appelait depuis son départ de Londres... Il éteignit l'appareil. A la première occasion, il romprait avec elle. Pourquoi fallait-il toujours que les femmes a priori indépendantes finissent par se transformer en crampons ? Il les prévenait pourtant dès le début qu'il ne fallait rien attendre de lui.

Aussi éplorée qu'au lendemain de la mort de Titos, la mère de Sander se répandit en lamentations comme à chacune de leurs rencontres. Il supporta stoïquement ses reproches pour les insuffisances qui l'empêchaient d'être à la hauteur de son frère, puis il battit en retraite dès qu'il le put et regagna l'aéroport.

Devoir accompli. Enfin, il respirait de nouveau ! Il lui faudrait plusieurs mois avant de trouver le courage de revenir... Ces visites étaient beaucoup trop déprimantes.

1

— Bien sûr, il faut que tu y ailles. Tu dois saisir cette occasion de faire plus ample connaissance avec ta sœur, déclara Binkie avec un large sourire, visiblement ravie à l'idée que Tally soit invitée en week-end dans un luxueux manoir. Une pause te fera le plus grand bien après tout le temps que tu as passé à étudier.

Tally écarta des boucles blondes de son front d'un geste hésitant. Binkie ne voyait que le côté positif de l'invitation, bien sûr. Mais, pour sa part, elle avait été désagréablement surprise par le coup de téléphone de son père.

— Ce n'est pas si simple. J'ai eu l'impression que mon père m'avait invitée uniquement pour que je surveille Cosima…

— Mon Dieu ! C'est ce qu'il t'a dit ?

— Pas exactement.

— Alors ne crois-tu pas que tu as un peu trop d'imagination ? C'est vrai que ton père ne t'appelle pas souvent. Mais pourquoi imaginer tout de suite le pire ? Peut-être a-t-il tout simplement envie que ses deux filles apprennent à mieux se connaître.

— J'ai vingt ans et Cosima dix-sept. Si c'est

vraiment son intention, pourquoi a-t-il attendu aussi longtemps ? ironisa Tally.

Habituée depuis toujours à être négligée, elle était très cynique dès qu'il s'agissait de l'un ou l'autre de ses parents.

Binkie soupira.

— Peut-être s'est-il rendu compte de ses erreurs. Il arrive que les gens s'adoucissent avec l'âge.

Peu désireuse de faire étalage de son amertume devant la femme qui l'avait élevée comme une mère, Tally fixa un trou dans la table sans répondre. Binkie, Mme Binkiewicz de son vrai nom, veuve polonaise, avait commencé à s'occuper d'elle lorsqu'elle était bébé ; puis elle était devenue la gouvernante de la maison.

Anatole Karydas était un homme d'affaires grec très riche, qui avait fait de son mieux pour ignorer l'existence de sa fille aînée depuis sa naissance. Certes, elle savait qu'elle payait le prix de la haine qu'il éprouvait pour sa mère, Crystal, célèbre mannequin avec qui il était fiancé à l'époque où elle était tombée enceinte.

— Bien sûr que c'était calculé ! avait reconnu celle-ci dans un de ses rares moments de franchise. Ton père et moi nous étions fiancés depuis plus d'un an, mais sa famille ne me trouvait pas à son goût et je sentais qu'il avait de moins en moins envie de m'épouser.

Crystal ayant été surprise dans les bras d'un autre homme à l'époque, les réticences de son père étaient justifiées, estimait Tally. En fait, ses parents avaient des conceptions de la vie si différentes qu'elle n'imaginait pas comment ils auraient pu se rendre heureux. Son père, malheureusement, n'avait jamais été capable de pardonner à Crystal l'humiliation qu'elle lui avait fait subir en le trompant, ni les interviews calomnieuses qu'elle avait données à plusieurs magazines après leur rupture. Par ailleurs, il avait mis en doute la paternité de l'enfant qu'elle portait. Finalement, Crystal avait été obligée d'attaquer son ex-fiancé en justice pour obtenir une pension alimentaire pour l'éducation de sa fille. Anatole avait payé mais Tally avait déjà onze ans quand il avait fini par accepter de la rencontrer. Il était alors marié depuis longtemps à une Grecque du nom d'Ariadne avec laquelle il avait également eu une fille, Cosima. Aussi loin qu'elle s'en souvienne, Tally avait toujours été traitée comme une indésirable.

En fait, elle pouvait compter sur les doigts des deux mains les fois où elle avait vu son père. Etudiante en dernière année d'architecture intérieure, elle était cependant consciente que c'était Anatole qui avait payé ses études. Et elle lui en était d'autant plus reconnaissante qu'elle ne pouvait pas compter sur sa mère, très dépensière.

— Tu aimes bien Cosima, fit valoir Binkie d'un ton enjoué. Tu étais contente d'être invitée à son anniversaire, l'année dernière.

— C'était différent. Cette fois mon père m'a demandé d'accompagner Cosima ce week-end pour lui éviter les problèmes. Apparemment, elle fait trop la fête, elle boit beaucoup et elle voit un homme dont il se méfie.

— Elle est très jeune. C'est normal qu'il soit inquiet.

— Mais je ne vois pas en quoi ma présence peut être utile. Ça m'étonnerait beaucoup qu'elle m'écoute. Elle est beaucoup plus délurée que moi et très têtue.

— Mais c'est réconfortant que ton père te fasse suffisamment confiance pour te demander ce service. Et Cosima t'aime beaucoup…

— Ça ne va pas durer si j'essaie de l'empêcher de s'amuser, ironisa Tally.

Après quelques brèves rencontres, organisées avant tout pour satisfaire la curiosité de Cosima, c'était Tally qui restait intriguée par sa belle demi-sœur, régulièrement en photo dans les magazines people en compagnie de gens riches et célèbres. Très différentes de physique et de caractère, elles n'appartenaient vraiment pas au même monde. Cosima était la fille adorée et gâtée d'un homme fortuné. Elle s'habillait chez les créateurs les plus en vue et fréquentait les soirées branchées. Ignorant les aléas de la réalité quotidienne, elle menait une existence privilégiée depuis sa naissance. Elle n'avait jamais été confrontée à des factures impayées ni à des commandements d'huissiers. Et encore moins à une mère qui préférait s'acheter une nouvelle robe plutôt que de remplir le réfrigérateur lorsque celui-ci était vide. A vrai dire, seul le logement n'était jamais menacé, songea Tally. Parce que la maison londonienne où elle vivait avec sa mère et Binkie appartenait à son père…

Ce fut là que la limousine vint chercher Tally une semaine plus tard. Après avoir donné au chauffeur sa petite valise, elle monta à l'arrière, où sa demi-sœur promena sur elle un regard peiné.

— Tu es habillée n'importe comment, commenta Cosima en examinant l'imperméable coloré et le jean de Tally avec une grimace.

— J'ai une garde-robe d'étudiante typique et deux tailleurs, achetés pour les quelques mois où j'ai travaillé l'année dernière et c'est à peu près tout.

Tally étudia Cosima, très belle avec ses longs cheveux noirs, ses grands yeux noisette, et sa silhouette fine mise en valeur par une minirobe et des talons aiguilles vertigineux.

— Mais toi, tu es habillée comme si tu t'apprêtais à faire la tournée des grands-ducs.

— Bien sûr. Quelques-uns des plus beaux partis de ma génération seront à Westgrave ce week-end, répliqua Cosima le plus sérieusement du monde.

Puis un sourire malicieux illumina son visage.

— Tu verrais ta tête ! Je répétais juste ce que m'a dit papa. Il rêve de me marier à un type scandaleusement riche pour pouvoir enfin cesser de s'inquiéter pour moi. Mais j'ai déjà quelqu'un.

— Super. Qui est-ce ? demanda Tally, à la fois curieuse et soulagée par ce changement de sujet.

Le contraste entre sa tenue et celle de sa demi-sœur était si flagrant qu'elle ne pouvait s'empêcher d'être embarrassée.

— Il s'appelle Chaz et il est DJ. Et toi, tu as quelqu'un ?

— Pas en ce moment, non.

Tally sentit ses joues s'enflammer. A vrai dire, il y avait une éternité qu'elle n'était pas sortie avec quelqu'un. Mais elle ne supportait pas que des hommes qu'elle connaissait à peine essaient de la peloter. Surtout quand ils avaient trop bu ! Or les hommes qui ne s'enivraient pas lorsqu'ils sortaient le soir étaient très rares…

Elevée par Binkie, femme pieuse très à cheval sur les principes, elle savait qu'elle avait reçu une éducation beaucoup plus stricte que les jeunes de son âge. Cependant, elle n'en avait pas souffert. L'exemple de la vie amoureuse chaotique de sa mère l'avait au contraire poussée à embrasser la morale de Binkie. Agée d'une quarantaine d'années, Crystal restait une femme très belle mais aucune de ses relations, fondées pour la plupart sur le sexe, n'avait duré.

Témoin discret de ces aventures, Tally avait depuis longtemps décidé qu'elle attendait autre chose d'un homme que des parties de plaisir ou des cadeaux. Tant qu'elle n'aurait pas trouvé ce qu'elle cherchait, dormir seule ne lui posait aucun problème, se répétait-elle régulièrement.

Le portable de Cosima sonna et la jeune fille se mit à bavarder en grec avec volubilité. Tally avait appris cette langue en suivant des cours du soir pendant plusieurs années, pour s'entendre dire par son père qu'elle aurait pu s'en dispenser. Le fait qu'elle comprenne le grec ne lui plaisait visiblement pas. Consciente que sa demi-sœur pensait qu'elle ne comprenait pas un mot de sa conversation, elle se concentra sur le paysage en s'efforçant de ne pas l'écouter.

La limousine remontait une allée bordée d'arbres lorsque Cosima finit par raccrocher. Après avoir remis son portable dans son sac, elle jeta à Tally un regard circonspect.

— Tu sais, je n'ai pas l'intention de dire à mes amis qui tu es. Je suis désolée si tu en es offensée, mais c'est comme ça. Si papa avait souhaité te reconnaître comme sa fille, il t'aurait donné son nom.

Profondément blessée, Tally sentit le sang se retirer de son visage. Avant que Cosima ait le temps d'ajouter quelque chose, elle s'empressa de demander :

— Qui suis-je censée être pour tes amis ?

— Eh bien, Tally Spencer, parce que ce nom ne dira rien à personne… Aujourd'hui, plus personne ne se souvient que papa a été fiancée à une autre femme que ma mère. Mais je n'ai aucune envie que cette vieille histoire remonte à la surface. Je pense qu'il serait plus prudent de dire que tu travailles pour moi.

— En tant que quoi ?

Cosima fronça le nez.

— On pourrait te présenter comme mon assistante personnelle, chargée de faire mon shopping et de gérer mon emploi du temps. Certains de mes amis ont ce genre d'employés. Tu sais que, si tu es ici, c'est uniquement parce que papa a décrété que je ne pouvais pas venir sans toi !

Réprimant une bouffée de colère, Tally s'exhorta au calme. Il ne fallait pas trop en vouloir à Cosima. Elle n'était pas délibérément blessante. C'était juste une enfant gâtée à qui personne n'avait appris à considérer sa demi-sœur comme quelqu'un faisant réellement partie de sa famille.

— En tant qu'employée, je serai exclue des activités et je ne pourrai pas veiller sur toi.

— Pourquoi veillerais-tu sur moi ? s'exclama Cosima d'un ton plein de mépris. Tu ne serais pas du tout dans ton élément avec mes amis !

— Je ferai tout mon possible pour ne pas être dans tes jambes ni t'embarrasser mais j'ai promis à notre père de veiller sur toi et j'ai l'habitude de tenir mes promesses.

Pour toute réponse, Cosima lâcha un juron retentissant.

Suffoquée, Tally ajouta :

— Mais si tu refuses de me laisser essayer, autant que je rentre chez moi immédiatement…

— Tu sais très bien que papa serait furieux si je restais ici sans toi. Ce que tu peux être vieux jeu, Tally ! J'ai du mal à croire que nous ayons des liens de parenté.

Cosima poussa un soupir exaspéré, tandis que la limousine s'arrêtait devant un imposant manoir victorien entouré de plusieurs hectares de pelouse impeccablement entretenue.

— Tu me rappelles papa ! N'est-ce pas ironique ?

Tally garda un silence diplomatique. Inutile de jeter de l'huile sur le feu…

— D'ailleurs, tu lui ressembles même physiquement, ajouta Cosima avec une moue boudeuse. Non seulement tu as le même nez que lui, mais tu es petite et potelée ! Dieu merci, je tiens de ma mère !

Potelée ? Tally serra les dents. Certes, elle avait des seins et des hanches, mais également une taille très fine et aucun problème de poids. Paraissait-elle potelée ? Elle réprima une moue de dépit. Petite ? Ça, c'était vrai, puisqu'elle mesurait un mètre cinquante-cinq... Elle descendit de voiture et regarda sa demi-sœur, plus grande et plus mince, saluer la splendide brune tout en jambes qui se tenait sur le seuil du manoir.

— Eleni Ziakis, notre hôtesse. Tally Spencer, mon assistante personnelle, annonça Cosima d'un ton enjoué.

Une nuée de jeunes filles surgirent du hall en gloussant et entourèrent Cosima, qui laissa Tally suivre la gouvernante à l'étage. Lorsqu'elle monta à son tour quelques instants plus tard et vit Tally ouvrir sa valise sur l'un des deux lits à une place de la chambre, elle se tourna vers la gouvernante et s'exclama d'un ton outré :

— Je ne peux pas partager ma chambre... Je ne partage *jamais* !

Visiblement embarrassée, la dame d'un certain âge expliqua que toutes les chambres d'amis étaient déjà attribuées. Tally annonça qu'elle était prête à coucher par terre, si nécessaire. La gouvernante la conduisit alors à un autre étage, dans une chambre déjà occupée par une domestique, qui ne cacha pas son irritation devant cette intrusion. Tally ne prit pas le temps de déballer ses affaires et s'éclipsa aussitôt pour rejoindre sa demi-sœur.

Alors qu'elle longeait le couloir sur lequel donnait la chambre de Cosima, un homme apparut dans l'encadrement d'une porte. Fascinée malgré elle, elle s'immobilisa. Les cheveux noirs, hérissés et humides, l'inconnu était uniquement vêtu d'une serviette nouée sur les hanches, qui révélait un torse musclé recouvert d'une fine toison brune. Très grand, le teint hâlé, il avait des pommettes saillantes et une bouche bien dessinée, terriblement sensuelle. C'était sans aucun doute l'homme le plus beau qu'elle avait jamais vu, songea-t-elle confusément. La barbe naissante qui recouvrait sa mâchoire énergique accentuait son charme irrésistible. Quant à ses yeux noirs pailletés d'or, ils brillaient d'un éclat très troublant…

— J'arrive directement de l'aéroport et j'ai trop faim pour attendre le dîner. J'aimerais des sandwichs et du café, déclara-t-il en promenant un regard appréciateur sur Tally. Est-ce possible ?

— Certainement, mais…

— J'ai essayé d'appeler par le téléphone intérieur mais personne ne répond, précisa-t-il avec un sourire dévastateur.

— Je ne fais pas partie du personnel, déclara Tally d'une voix douce.

— Vraiment ?

Sander continuait d'étudier Tally. Décidément, plus il regardait cette jeune femme plus il la trouvait séduisante… La chaleur et la gentillesse qui émanaient d'elle étaient peu communes. Tout comme les anglaises blondes qui encadraient son visage en forme de cœur. Ses grands yeux vert menthe et son petit nez parsemé de taches de rousseur étaient exquis. Sa bouche pulpeuse semblait faite pour sourire… ou pour embrasser. Quant à son teint clair, il était d'une fraîcheur éblouissante. Naturelle… Voilà par quel mot il la définirait. Un mot qu'il n'avait jamais associé à aucune femme de sa connaissance. Sa tenue très simple confirmait cette impression. Cependant, son jean et son T-shirt mettaient en valeur une silhouette harmonieuse, aux formes généreuses. Très généreuses… Ses seins hauts et ronds tendaient le coton blanc de son T-shirt et c'était presque plus excitant qu'un décolleté plongeant.

Sous le regard pénétrant des yeux noirs, Tally avait du mal à respirer normalement.

— Je ne fais pas partie du personnel, mais je ne suis pas tout à fait une invitée non plus. Je suis ici pour veiller sur l'une d'elles.

A son grand dam, elle sentit ses joues s'enflammer. Allons bon, d'ordinaire quand un homme lorgnait sur sa poitrine, elle détestait ça. Mais, loin de l'exaspérer, le regard de cet homme déclenchait en elle un trouble délicieux… Elle déglutit péniblement, tandis qu'une vive chaleur se répandait entre ses cuisses et que les pointes de ses seins se hérissaient sous son soutien-gorge.

— Si je vois un domestique en bas, je lui ferai part de votre requête, promit-elle.

— Je suis Sander Volakis, annonça-t-il d'une voix traînante.

Oui, pas de doute, elle était différente. Or, après avoir rompu avec sa dernière maîtresse, beaucoup trop exigeante, il avait justement envie de quelqu'un de différent. Une femme plus discrète et moins capricieuse. Une femme capable d'apprécier une aventure sans essayer de la transformer en grande histoire d'amour. Une femme qui exerçait un métier ordinaire. Ça le changerait un peu des people et des mannequins qu'il fréquentait d'ordinaire… Si avoir son quart d'heure de célébrité ne l'intéressait pas, elle serait sans doute également plus digne de confiance. Il y aurait moins de risque qu'elle vende les détails de leur histoire à la presse à sensation.

Tally eut un bref hochement de tête. Ce nom ne lui disait rien, mais la pointe d'accent étranger dans la voix profonde de cet homme était charmante...

— Et vous êtes ? demanda Sander, de plus en plus séduit.

De toute évidence, elle n'avait jamais entendu parler de lui. Sans idées préconçues de sa part, leurs relations seraient beaucoup plus détendues.

— Tally... Tally Spencer, répondit-elle, surprise par cette question.

— Et Tally est le diminutif de... ?

— Tallulah, reconnut-elle à contrecœur.

Sander eut un sourire amusé.

— Lysander, dit-il avec un sourire de dérision en rentrant dans sa chambre. A quoi pensaient nos parents ?

Tally était si distraite par cette rencontre qu'elle faillit se cogner à une colonne, sur le vaste palier qui se trouvait au bout du couloir. Elle descendit l'escalier en pouffant. La tête qu'elle avait dû faire quand elle l'avait vu apparaître comme s'il tombait du ciel ! En tout cas, elle ne s'imaginait pas aussi sensible à la beauté masculine. Au souvenir des sensations qui l'avaient envahie, elle cessa de rire, irritée contre elle-même. C'était la première fois qu'un homme lui faisait un tel effet... Lysander Volakis, grec, portait le nom d'un officier spartiate et il était bâti comme tel. Pas de quoi se pâmer pour autant, se dit-elle avec force.

Dans le hall, elle croisa une domestique à qui elle transmit la requête de Sander, puis elle trouva Cosima dans un salon en train de bavarder et de rire avec ses copines. Impossible de se joindre au groupe sans jeter un froid. D'ailleurs, le regard noir de Cosima indiquait clairement qu'elle n'y tenait pas du tout… La table autour de laquelle étaient réunies les adolescentes était couverte de verres, mais comment savoir qui buvait quoi ? Sa demi-sœur consommait-elle de l'alcool ? Son père l'y autorisait-il ? Dans le doute, mieux valait s'abstenir de tout commentaire susceptible d'irriter Cosima… Visiter la propriété semblait une bien meilleure idée.

Eleni Ziakis, ex-fiancée de son frère, apporta elle-même ses sandwichs et son café à Sander, puis elle s'attarda dans la chambre en le soûlant de paroles, visiblement résolue à le convaincre qu'il était le bienvenu chez elle. A tel point qu'il en perdit l'appétit. Décidément, ce week-end s'annonçait catastrophique, songea-t-il quand il parvint enfin à se débarrasser d'elle. Les parents d'Eleni étaient absents, il y avait une bande de gamines qui couraient dans toute la maison en gloussant avec Kyra, la petite sœur d'Eleni, et à peine quelques minutes après son arrivée il était tombé sur deux de ses ex ! La première, il était plutôt content de la revoir. Mais la seconde… Brigitte Marceau, fille d'un gros entrepreneur en bâtiment français, avait pris leur liaison beaucoup trop au sérieux et ne s'était toujours pas remise de leur rupture depuis l'année dernière. Ne lui ayant jamais caché qu'il n'était pas du genre à s'engager durablement, il n'avait rien à se reprocher. Malgré tout, il ne pouvait s'empêcher d'être embarrassé quand il sentait sur lui son regard mélancolique.

Tally se promena pendant une heure dans le parc avant d'arriver aux écuries, où elle flatta plusieurs montures. On lui proposa de monter une jument le lendemain matin, mais elle déclina l'invitation à regret. Hélas, elle n'avait jamais eu l'occasion d'apprendre à monter à cheval. Lorsqu'elle gagnerait assez d'argent, elle s'offrirait des leçons, se promit-elle. Crystal l'avait obligée pendant des années à suivre des cours de danse alors qu'elle détestait ça, mais elle avait toujours refusé qu'une petite fille, déjà trop garçon manqué à son goût, fasse de l'équitation.

Ne partageant pas son goût immodéré pour la mode, l'argent et les hommes, Tally avait peu de points communs avec sa mère. Crystal, qui se faisait entretenir par ses amants, ne comprenait pas que sa fille se contente de vivre selon ses moyens et que sa seule ambition soit de créer un jour son cabinet d'architecture intérieure.

— Où étais-tu passée ? demanda Cosima quand Tally pénétra dans le hall du manoir.

— J'ai rendu visite aux chevaux.

Cosima s'approcha et fronça le nez avec dégoût.

— On sent leur odeur sur toi !

— Je vais prendre une douche avant le dîner, répliqua Tally d'un ton enjoué.

Elle se dirigea vers l'escalier juste au moment où Sander descendait les dernières marches. Il était décidément d'un chic fou avec son pantalon de toile et sa chemise ouverte.

— Tally, vous avez fait un tour dehors, commenta-t-il aussitôt.

Avec ses cheveux ébouriffés et ses joues roses, elle était plus appétissante que jamais… Et toujours aussi naturelle.

— Je suis allée saluer les chevaux, répliqua-t-elle avec un sourire joyeux.

Mon Dieu, de près il était vraiment sublime… Pourvu qu'il ne remarque pas son trouble ! pria-t-elle, les jambes en coton et la gorge sèche.

— Maintenant que vous avez pris une pause, vous pouvez repasser les vêtements de Cosima. Le personnel est débordé, ce soir, intervint une voix féminine.

Tally se tourna vers Eleni Ziakis avec surprise.

— Excusez-moi, mais pourquoi ferais-je le repassage de Cosima ? Je ne suis pas sa femme de chambre.

— C'est vrai, s'empressa d'acquiescer Cosima d'un air embarrassé.

Réprimant un soupir exaspéré, Sander s'éloigna. De toute évidence, son intérêt pour Tally n'avait pas échappé à Eleni… Il valait mieux éviter d'attiser sa hargne. Ah, les femmes ! Impossible de s'en passer, impossible de les supporter. Malgré lui, il jeta un coup d'œil vers Tally tandis qu'elle montait l'escalier et il fut assailli par une bouffée de désir. Bon sang, le balancement de ces hanches rondes était diabolique. D'autant plus qu'il n'avait pas couché avec une femme depuis assez longtemps pour être en manque... Le sourire éclatant auquel il avait eu droit confirmait, s'il en était besoin, que son intérêt était partagé. Il ne dormirait pas seul cette nuit.

Cosima suivit Tally et s'exclama d'un ton incrédule :

— Depuis quand connais-tu Sander Volakis ?

— Je l'ai rencontré tout à l'heure dans le couloir et il s'est présenté, répliqua Tally d'un ton léger. Pas de quoi en faire toute une histoire.

Cosima pouffa.

— Vu la façon dont Eleni vous regardait tous les deux, elle n'est pas de cet avis ! Elle était fiancée au frère aîné de Sander, Titos, mais il est mort dans un accident de voiture l'année dernière. J'ai l'impression qu'Eleni continue à s'intéresser à la famille, mais elle va avoir du boulot. Sander est un vrai don Juan !

Oubliant qu'elle s'efforçait de masquer son intérêt pour le sujet, Tally se tourna vivement vers sa demi-sœur.

— Vraiment ?

— Il change de maîtresse tous les mois. Inutile de perdre ton temps, Tally. Toutes les femmes rêvent de le séduire mais tu n'as aucune chance.

A son grand dam, Tally sentit ses joues s'enflammer.

— Je n'ai pas l'intention d'essayer.

Quel mensonge ! songea-t-elle, aussitôt irritée contre elle-même. Elle se croyait pourtant imperméable au charme des hommes qui comptaient leurs conquêtes comme les buts d'un match de foot !

— Je ne veux pas te démoraliser, mais tu n'es

pas du tout son genre. Il aime les femmes vraiment canon… mannequins, actrices. Et il a une sacrée réputation…

— Sander Volakis ne m'intéresse pas ! coupa Tally avec exaspération.

— Eh bien moi, je ne dirais pas non si j'avais la chance et papa de mon côté… S'il y a un homme qui peut être considéré comme un beau parti, c'est bien Sander. La fille qui réussira à se faire épouser fera une excellente affaire !

— J'imagine qu'il est riche, commenta Tally tout en se maudissant.

Sa fierté lui intimait pourtant de changer de sujet ! Malheureusement pour elle, sa curiosité était plus forte.

— J'ai entendu dire qu'il avait gagné son premier million avant même d'avoir quitté l'école. Sans parler de la fortune familiale, confia Cosima à mi-voix, une lueur cupide dans les yeux. Son père est armateur et les affaires marchent très bien.

En fait, Sander Volakis était plutôt à plaindre, songea Tally. De toute évidence, sa richesse et celle de sa famille en faisaient une proie de choix pour les jeunes filles de la bonne société comme pour les aventurières. Quelle ironie… Cosima n'avait jamais eu à se préoccuper du prix des choses, et pourtant elle était obsédée par la situation financière des autres. Elle jugeait les gens en fonction de leur fortune. D'où la condescendance qu'elle témoignait à son égard…

Malgré tout, quand Cosima lui montra sa tenue de soirée toute froissée, Tally eut pitié d'elle. Cosima n'avait jamais manié un fer à repasser de sa vie mais elle fut obligée de s'y mettre lorsque Tally lui proposa de lui apprendre à s'en servir. De son côté, Tally eut pour la première fois le sentiment d'être vraiment sa sœur. Devant les efforts maladroits de Cosima, elles furent bientôt toutes les deux prises de fou rire.

— Et toi, que vas-tu mettre ? finit par demander Cosima.

— Rien de très excitant.

— Je te prêterais bien quelque chose, mais…

Cosima jeta un regard éloquent à leurs reflets respectifs dans le miroir. Elle était grande et mince, tandis que Tally était petite et pulpeuse. Jamais elles ne pourraient partager des vêtements.

— Ça ne fait rien, commenta Tally, habituée à ce genre de situation.

Elle avait grandi dans l'ombre d'une mère longiligne, qui avait tenté de la mettre au régime à l'âge de neuf ans. Binkie avait dû faire preuve du plus grand tact pour convaincre Crystal qu'aucun régime ne donnerait à sa fille sa silhouette élancée.

Tally repassa sans enthousiasme sa robe noire, achetée uniquement parce qu'elle convenait à toutes sortes d'occasions. Ce soir, elle allait ressembler à un corbeau au milieu d'une volée d'oiseaux exotiques… Pour la première fois de sa vie, elle considéra son reflet dans la glace avec dépit. Pourquoi le destin l'avait-il affublée d'anglaises, de taches de rousseur et de seins aussi gros que des melons ? Elle aurait tellement aimé être filiforme et avoir les cheveux lisses ! Binkie avait bien tenté de la persuader que le physique n'avait aucune importance, mais comment y croire dans un monde où l'apparence était essentielle ? Elle comptait lorsqu'on se présentait à un entretien d'embauche et plus encore quand on voulait séduire un homme…

Avait-elle vraiment envie de séduire un riche don Juan ? « Comme si tu ne connaissais pas la réponse à cette question ? » se morigéna-t-elle en suivant sa sœur au rez-de-chaussée. Sander était assis en bout de table, à côté d'Eleni, qui portait une robe blanche somptueuse, dont le décolleté dénudait une épaule. Il semblait s'ennuyer à mourir, mais pas question d'en tirer des conclusions hâtives, décida-t-elle. Cosima passa tout le repas à faire des messes basses en grec avec ses copines, à glousser et à envoyer des textos. A la fin du repas, la maîtresse de maison annonça que des cocktails allaient être servis.

— Je préfère me coucher tôt, annonça Cosima en étouffant un bâillement. J'ai sommeil et il y a une grande fête demain soir.

Soulagée d'être libérée de ses obligations de chaperon, Tally se réjouit à l'idée de commencer le roman qu'elle avait apporté. Elle se dirigeait vers l'escalier quand Sander l'arrêta dans le hall.

— Tally…

Elle pivota sur elle-même et sentit ses joues s'enflammer lorsque son regard croisa celui des yeux noirs pailletés d'or.

— Oui ?

— Allons prendre un verre ailleurs, suggéra-t-il d'une voix traînante.

— J'avais plutôt l'intention d'aller au lit…

Comme il était tentant d'accepter ! songea-t-elle, le cœur battant. Mais, au même instant, elle surprit une lueur amusée dans les yeux de Sander. Bien sûr... Il trouvait cocasse l'ambiguïté de sa réponse parce qu'il avait l'intention de passer la nuit avec elle. Et sans doute était-il certain qu'elle allait lui tomber dans les bras avec enthousiasme. Envahie par un grand froid à cette idée, elle aperçut Eleni Ziakis, qui les observait depuis le seuil du salon.

— Merci, mais non, lâcha-t-elle aussitôt.

Manifestement peu habitué à ce genre de réaction, Sander darda sur elle un regard scrutateur.

Pour rompre le silence qui s'installait, elle ajouta :

— J'ai un très bon livre à lire.

Sander, qui ne semblait pourtant pas le genre d'homme à être souvent à court de mots, resta sans voix. Les joues en feu, elle s'enfuit dans l'escalier en se maudissant. Comment avait-elle pu dire une chose aussi stupide ? A son grand soulagement, sa voisine de chambre n'était pas là. Elle se mit au lit avec son livre. Les aventures de l'héroïne qui attirait un nombre incroyable d'hommes sans jamais en trouver un seul à son goût accrurent son irritation. Elle referma le livre et éteignit la lumière. Mais elle fut incapable de trouver le sommeil. Pourquoi avait-elle refusé l'invitation de Sander ? Surtout qu'elle l'avait fait de telle manière qu'il ne la renouvellerait jamais !

Et pourquoi l'avait-il invitée, alors qu'il y avait une foule de jeunes filles aussi disponibles qu'elle et bien plus attirantes ? Elle n'avait rien de commun avec les gens invités à passer le week-end à Westgrave

Manor. Elle n'avait ni les tenues, ni l'accent, ni l'éducation, ni le comportement appropriés. Alors pourquoi était-ce elle qu'il avait choisie ? S'était-il imaginé qu'elle serait si flattée qu'elle le laisserait faire tout ce qu'il voudrait ? Ou bien voyait-elle tout en noir parce qu'elle avait une piètre opinion d'elle-même ?

Un homme riche et séduisant l'avait invitée à sortir et elle avait refusé parce qu'elle était si peu sûre d'elle qu'elle l'avait soupçonné de l'avoir choisie pour de mauvaises raisons. C'était vraiment pathétique ! Et complètement idiot ! Accablée de regrets, elle finit par s'endormir pour se réveiller en sursaut quelques instants plus tard. La lumière était allumée et sa voisine de chambre fouillait dans un tiroir en faisant visiblement le plus de bruit possible. Elle se redressa dans le lit et remarqua un vanity-case posé par terre derrière la porte. C'était celui de Cosima et celle-ci en avait certainement besoin... Elle consulta sa montre. Seulement minuit. Elle se leva, enfila son peignoir et prit le vanity-case.

Mais lorsqu'elle entrebâilla la porte de sa demi-sœur dans l'intention de glisser discrètement le vanity-case à l'intérieur de la chambre, elle constata que la lumière était allumée et le lit vide. Personne dans la salle de bains non plus, constata-t-elle après avoir posé le vanity-case sur la coiffeuse. Où était passée Cosima ? Elle quitta la pièce et reprit le couloir. En arrivant sur le palier, elle entendit la voix de sa demi-sœur, étrangement aiguë et s'appuya à la rampe pour regarder dans le hall.

La porte d'entrée était grande ouverte et Sander

Volakis guidait sa sœur titubante vers l'escalier. Tally déglutit péniblement. Etaient-ils allés boire un verre ensemble ? « Moi, je ne dirais pas non, si j'avais la chance de mon côté », avait reconnu Cosima un peu plus tôt. Avait-elle accepté ce qu'elle-même avait refusé ? Tally n'eut pas le temps de se perdre en conjectures. Cosima bredouillait en grec d'une voix forte entrecoupée de hoquets. Son rimmel avait coulé et sa jupe remontait haut sur ses cuisses en faisant des plis. Il était évident qu'elle avait trop bu et qu'elle avait toutes les peines du monde à tenir sur ses jambes…

Consternée, Tally descendit l'escalier quatre à quatre.

2

— Que lui avez-vous fait ? s'exclama Tally, furieuse, avant même d'arriver dans le hall.

Sander Volakis lui lança un regard noir.

— Je n'ai pas l'intention d'en discuter avec vous.

Croisant les bras, elle lui barra le passage.

— Vous allez me le dire, que ça vous plaise ou non. Apparemment, Cosima a bu. Savez-vous qu'elle n'a que dix-sept ans ?

— N'est-ce pas vous qui êtes censée veiller sur elle ? Ce soir, on ne peut pas dire que vous soyez à la hauteur !

Mortifiée, Tally sentit ses joues s'enflammer. Il fallait reconnaître qu'elle s'était laissé berner. De toute évidence, contrairement à ce qu'elle avait annoncé, Cosima n'avait jamais eu l'intention de se coucher tôt. Elle voulait juste se débarrasser d'elle. Une fois son but atteint, elle était visiblement sortie. Avec Sander ? L'estomac de Tally se noua à cette pensée mais elle n'eut pas le temps de s'y attarder. Eleni Ziakis les rejoignit et la toisa d'un regard dédaigneux. Se rappelant qu'elle était en chemise de nuit et peignoir, tout froissés de surcroît, elle rougit de plus belle.

Eleni dit quelques mots en grec à sa petite sœur, qui venait d'arriver à son tour, puis elle annonça :

— Kyra va emmener Cosima dans sa chambre et l'aider à se coucher. De toute évidence, celle-ci a bu. Attirer l'attention sur son état en faisant un scandale n'est pas une très bonne idée, mademoiselle Spencer…

Tally pinça les lèvres.

— Je n'avais pas l'impression de faire un scandale. J'aimerais simplement savoir ce qui s'est passé.

— Cosima n'est pas en mesure de vous l'expliquer pour l'instant, et je peux vous assurer que ses parents souhaiteraient que cet incident ne s'ébruite pas, fit valoir Eleni d'un ton sarcastique, tandis que Kyra aidait Cosima à monter l'escalier.

Sander ouvrit une porte qui donnait dans le hall.

— Discutons de ça ici, Tally.

Les yeux étincelants, il était visiblement outré par le ton accusateur sur lequel elle l'avait apostrophé. Nul doute qu'il n'avait pas l'habitude des reproches. Et qu'il était d'un tempérament impétueux… Ce trait de caractère que Tally avait toujours détesté chez sa mère lui sembla soudain fascinant.

— Ce n'est vraiment pas la peine, Sander, intervint Eleni Ziakis. Tu ne dois d'explication à personne. La réaction de Mlle Spencer est stupide et insultante.

— Je suis capable de régler ça tout seul, merci, rétorqua Sander en faisant passer Tally devant lui avant de fermer la porte au nez de leur hôtesse.

— Où avez-vous emmené Cosima ? demanda Tally.

— Nulle part. Pourquoi serais-je sorti avec elle ? Pour moi ce n'est qu'une gamine. Je crois qu'elle a pris un taxi avec des amies à elle pour aller au pub du village. Quand je suis arrivé là-bas, le barman refusait de lui servir un verre de plus sans avoir vu ses papiers d'identité. Elle a piqué une crise, puis elle est partie.

— Oh ! mon Dieu... Elle m'a dit qu'elle avait l'intention de se coucher tôt.

— Combien d'adolescents connaissez-vous ? s'exclama Sander d'un air incrédule. Se coucher tôt ?

— D'accord, d'accord...

Comment avait-elle pu être assez stupide pour croire sa sœur ? se maudit Tally en soupirant.

— Et que s'est-il passé ensuite ?

— J'ai bu un verre et j'ai quitté le pub environ une heure plus tard. Alors que je rentrais en voiture, j'ai vu Cosima assise sur un mur à un peu plus d'un kilomètre du village. Elle était tellement ivre qu'elle tenait à peine debout. Je n'avais aucune envie de m'en mêler mais je ne pouvais décemment pas la laisser là. A peine assise dans ma voiture, elle a éclaté en sanglots. Apparemment, elle avait rendez-vous au pub avec son petit ami mais il n'est pas venu.

Les joues en feu, Tally était au comble de la confusion. Tandis qu'elle se balançait d'un pied sur l'autre, le regard de Sander fut irrésistiblement attiré par sa poitrine, dont le décolleté plongeant de sa chemise de nuit ne cachait presque rien. A la vue de ces superbes seins, pleins et ronds, il fut submergé par une vague de désir qui lui coupa le souffle.

— Je ne savais même pas que Cosima était sortie, reconnut Tally.

— Et vous avez cru qu'elle était sortie avec moi, ce qui vous a encore plus irritée.

Incrédule, elle se figea. Avait-elle bien compris ce qu'il insinuait ?

— Je ne comprends pas ce que vous voulez dire.

— Vous comprenez parfaitement. Je vous regardais quand vous avez vu que j'étais avec elle. Votre expression était très éloquente. Vous étiez jalouse. C'est avant tout pour ça que vous étiez furieuse contre moi.

Tally sentit le sang se retirer de son visage.

— C'est ridicule, protesta-t-elle d'un ton cinglant. Je vous connais à peine. Pour quelle raison serais-je jalouse ?

— A vous de me le dire, rétorqua Sander avec un sourire provocant.

Oh ! pourquoi était-il aussi beau ? se demanda-t-elle avec désespoir. Il était si superbe qu'elle ne pouvait pas s'empêcher de le dévorer des yeux…

— Je connais assez les femmes pour reconnaître ce que j'ai lu dans votre regard, *glikia mou,* ajouta-t-il d'une voix traînante.

Dans un sursaut de fierté, elle crispa les poings.

— Vous n'avez rien lu dans mon regard, parce qu'il n'y avait rien à y lire !

— Menteuse… menteuse…

Une colère noire la submergea. Pour la première fois de sa vie, elle était assez furieuse contre un homme pour avoir envie de le frapper ! Et pour comprendre qu'on pouvait perdre son sang-froid face à la provocation…

— Vous êtes d'une vanité incroyable ! Je ne vous trouve même pas sympathique.

— Peu importe.

Plongeant son regard dans le sien, il avança lentement vers elle.

— La seule chose qui m'intéresse, c'est que vous me trouviez attirant.

Un long frisson parcourut Tally. Ce regard pénétrant était redoutable... Elle avait envie de prendre ses jambes à son cou, mais elle en était incapable. Parce qu'elle avait encore plus envie de rester et de tenir tête à cet homme. Elle avait le sentiment confus d'être sur le point de vivre une expérience cruciale. De découvrir quelque chose qu'elle attendait depuis longtemps. Oui, elle brûlait d'envie de le frapper, de lui crier ce qu'elle pensait de son arrogance insupportable. Mais ce qu'elle désirait par-dessus tout, c'était qu'il l'embrasse...

— Or vous me trouvez attirant, ajouta Sander avec assurance.

L'espace d'un instant, devant son air offusqué il s'était demandé si pour une fois il ne se trompait pas. Après tout, elle avait refusé d'aller prendre un verre avec lui. Mais, à présent, il n'y avait plus aucun doute. C'était bien du désir qui faisait briller ces magnifiques yeux verts. Aurait-elle refusé de sortir avec lui uniquement pour aiguiser son intérêt ? Mais quelle importance ?

— Et c'est réciproque. Je vous trouve *très* attirante, *glikia mou*.

Electrisée par cet aveu, Tally sentit ses dernières réticences s'évanouir. En même temps qu'une vive chaleur l'envahissait, un sourire ravi étira ses lèvres. Jusque-là, aucun homme ne lui avait donné le sentiment d'être irrésistible. Sander Volakis venait d'accomplir ce miracle ! Le regard de convoitise qu'il promenait sur elle ne laissait aucun doute. Il était sincère…

Encouragé par son sourire, Sander l'attira contre lui et s'empara de sa bouche dans un baiser gourmand. Assaillie par des sensations délicieuses, elle y répondit avec ferveur. Mais, bientôt, cela ne lui suffit plus. Embrasée tout entière, elle noua les bras sur la nuque de Sander et se plaqua contre lui. Savourant le contact de son corps tout en rondeurs, il resserra son étreinte et approfondit son baiser tout en enfonçant les doigts dans ses boucles blondes. Bon sang ! Elle le rendait fou. Il n'avait qu'une envie. La soulever de terre pour la porter jusqu'à sa chambre. La passion avec laquelle elle lui rendait son baiser était très prometteuse…

La sonnerie d'un portable retentit. Tally tressaillit comme si c'était un signal destiné à la sortir d'un état hypnotique. Se raidissant, elle s'écarta vivement de Sander.

— Que t'arrive-t-il ? grogna-t-il en éteignant son portable.

Tout étourdie, elle avait du mal à tenir sur ses jambes. Son peignoir était grand ouvert, constata-t-elle avec consternation. Avec des mains tremblantes, elle l'enveloppa étroitement autour d'elle et renoua sa ceinture. Jamais aucun homme ne lui avait fait un effet aussi dévastateur…

Sander tendit la main.

— Viens...

— Non, ne dis rien ! coupa-t-elle en s'éloignant. Bonne nuit, Sander.

— Tu n'es pas sérieuse ? s'exclama-t-il alors qu'elle atteignait la porte.

Elle saisit la poignée et répondit sans se retourner :

— Très sérieuse.

Alors que la porte se refermait derrière elle, Sander lâcha un juron. Quelle mouche l'avait piquée ? Jamais une femme ne l'avait excité à ce point et il fallait qu'elle le laisse en plan ! Quelle frustration !

Tally alla jeter un coup d'œil sur Cosima et la trouva profondément endormie sur son lit. Elle lui enleva ses chaussures et la couvrit avec un plaid en réprimant un soupir. Il ne fallait pas garder rancune à sa sœur. Au contraire, demain elle redoublerait d'efforts pour gagner sa confiance et peut-être parviendrait-elle à la persuader qu'elle n'avait pas l'âme d'une gardienne de prison.

Mais, une fois dans son lit, ce fut surtout à sa propre conduite qu'elle repensa avec inquiétude. Dire qu'elle s'était toujours crue très sensée en ce qui concernait les hommes... Plus d'une fois, elle avait eu du mal à comprendre certains emballements de sa mère. Et pourquoi ne pas le reconnaître ? Elle se sentait supérieure à celle-ci, convaincue qu'elle ne se comporterait jamais de façon aussi stupide. Sans doute avait-elle mérité d'être punie pour sa suffisance.

Alors qu'elle croyait tout savoir, elle venait de mesurer l'étendue de son ignorance. En l'espace de quelques heures, Sander Volakis lui avait appris sur elle-même des choses pour le moins déplaisantes. Sa seule présence suffisait à la transformer en adolescente surexcitée et sans cervelle. Elle avait pris conscience qu'elle était faillible et capable de toutes les folies. Elle avait également découvert que résister à la tentation pouvait être très difficile et douloureux.

Pas étonnant que sa mère ait brisé plusieurs de ses relations à cause de ses infidélités… Crystal Spencer n'avait jamais tenté de résister à la tentation. Entre son attirance pour un homme et la stabilité de son couple, elle avait toujours choisi la première. Elle avait toujours suivi son désir et elle en avait souvent payé le prix. Mais elle n'avait pas été la seule. Tally aussi l'avait payé cher.

Au cours de son enfance, elle s'était attachée à plusieurs des amants de sa mère qui avaient vécu avec elles. Chaque fois que l'un d'eux avait disparu de sa vie du jour au lendemain, elle s'était sentie trahie. Bien sûr, elle en avait très vite conclu que les hommes n'étaient pas dignes de confiance et qu'il était plus prudent de ne pas les aimer. C'était seulement plus tard, après avoir mûri, qu'elle avait compris que l'échec de ces relations était dû la plupart du temps au comportement de sa mère.

Profondément troublée, elle remonta les couvertures sur elle. De toute façon, une aventure avec Sander Volakis ne la mènerait nulle part, se dit-elle avec fermeté. Il ne pensait visiblement qu'à assouvir son désir, ici et maintenant. Certes, elle partageait ce désir. Mais de là à se jeter dans son lit après un seul baiser… Peut-être mourrait-elle vierge, songea-t-elle soudain, horrifiée. En tout cas, Sander ne prendrait sûrement pas la peine d'insister dans l'espoir qu'elle se laisse fléchir. Son attirance pour elle ne pouvait être qu'une lubie sur laquelle il ne s'attarderait pas. Un homme comme lui avait l'embarras du choix. Cosima ne lui avait-elle pas dit qu'il ne fréquentait que des femmes superbes ? Nul doute qu'il se demandait déjà ce qui lui avait pris…

Ils n'avaient rien en commun à part le fait qu'elle était grecque par son père. Ce qu'il ignorait d'ailleurs, puisque son père et sa sœur préféraient cacher ce détail… Mais, de toute façon, elle n'avait pratiquement aucun point commun non plus avec Cosima. Elle appartenait à un autre monde que celui dans lequel évoluaient sa sœur et Sander. Comment un homme d'affaires de l'envergure de Sander Volakis pourrait-il s'intéresser à une étudiante ?

Cependant, n'était-elle pas arrivée au stade de sa vie où elle était censée faire des expériences, au risque de commettre des erreurs ? Même si c'était le cas, sauter dans le lit de Sander Volakis serait une grave erreur. Il n'y avait aucun avenir avec lui et elle ne récolterait que de la souffrance. Certes. Mais les relations amoureuses devaient-elles toutes avoir un avenir ? Devaient-elles toutes être basées sur des sentiments profonds ? Fallait-il à tout prix bannir les aventures éphémères ?

L'esprit assailli par un tourbillon de pensées contradictoires, Tally se tournait et se retournait dans son lit. Après tout, elle n'était pas pressée de tomber amoureuse et de se marier. Elle était encore moins naïve au point de s'imaginer que Sander envisageait de nouer une relation durable avec elle. Adolescente, il lui était trop souvent arrivé de trouver à la table du petit déjeuner un inconnu qui avait passé la nuit avec sa mère et qui disparaissait ensuite pour toujours.

Très tard, Tally finit par s'endormir. Le lendemain, elle fut réveillée par Cosima qui la secouait.

— Oh ! mon Dieu, marmonna-t-elle avec consternation en apprenant que l'après-midi avait déjà commencé. Depuis combien de temps es-tu debout ?

— Assez longtemps pour avoir joué au tennis ce matin, puis déjeuné.

Pour une jeune fille qui s'était couchée complètement ivre, Cosima semblait dans une forme éblouissante.

— Maintenant les hommes sont partis à la chasse et nous allons faire du shopping. Alors, lève-toi.

— Du shopping ? Pourquoi ?

— Ta question est très révélatrice, Tally. Il n'est pas nécessaire d'avoir une raison précise pour faire du shopping ! Mais il y a une grande fête ce soir et tu ne peux en aucun cas remettre cette petite robe noire bon marché. Et puis j'ai envie de m'acheter quelque chose aussi.

— A propos d'hier au soir…

— Ne me fais pas la morale, s'il te plaît. Mais je te dois des excuses pour cette chambre… c'est un taudis.

Devant la mine horrifiée avec laquelle Cosima regardait la peinture écaillée des murs et le mobilier fatigué, Tally ne put s'empêcher de rire.

— N'exagère pas ! Qu'est-il arrivé à Chaz, hier soir ?

Cosima se raidit.

— Il s'est perdu, répondit-elle d'un air de défi suggérant que certaines de ses amies n'avaient pas été convaincues par cette explication.

Quelques instants plus tard, Tally se retrouva dans une Range Rover appartenant à l'une des amies en question. N'ayant pas eu le temps de manger, elle mourait de faim. Elle tenta d'obtenir plus de détails au sujet du petit ami de Cosima, mais celle-ci resta très évasive.

Elle regagna Westgrave Manor seule en taxi en fin d'après-midi. Les autres filles avaient pris des rendez-vous pour des soins esthétiques au spa voisin. Le personnel du manoir et les employés du traiteur s'affairaient à préparer la réception et une vive animation régnait dans toute la maison. Son père téléphona pour demander comment se déroulait le week-end. Elle ne lui rapporta pas l'incident de la veille mais en profita pour lui demander ce qu'il avait contre le petit ami de sa sœur.

— Charles Roberts a été condamné pour trafic de drogue. C'est un individu sans scrupules et je ne veux pas qu'il approche ma fille, répliqua Anatole Karydas.

Tally prit une douche et se lava les cheveux dans la salle de bains de Cosima, comme celle-ci le lui avait proposé. Sa sœur avait par ailleurs insisté pour lui offrir une minirobe en satin turquoise à l'encolure incrustée de paillettes. Elle n'avait pas l'habitude de s'habiller aussi court, mais il fallait reconnaître qu'elle se sentait superbe dans cette robe et que sa couleur illuminait son visage. Combien avait-elle coûté ? Elle n'en avait aucune idée et n'avait pas l'intention de poser la question. Par moments, le fait d'être plus raisonnable que sa mère lui donnait le sentiment d'être vieille. Pour une fois, elle avait envie de se sentir jeune et insouciante.

Le dîner fut servi sous forme de buffet. N'ayant pratiquement rien mangé de la journée, elle était affamée et se servit généreusement. Mais lorsqu'elle aperçut Sander à l'autre bout de la salle, elle abandonna son assiette et en prit une autre, qu'elle garnit avec plus de modération. Pas question de risquer qu'il la prenne pour une goinfre. Le savoir dans la même pièce qu'elle suffit à la faire vibrer d'excitation. Son cœur battait à tout rompre et elle ne parvenait plus à avaler.

Un jeune homme brun lui sourit et lui tendit une flûte.

— Prenez du champagne. Je ne crois pas que nous nous soyons rencontrés, déclara-t-il en souriant. Robert Miller…

— Tally Spencer… Oups, j'ai un peu de mal…

Elle pouffa tout en s'efforçant de tenir à la fois la flûte, son assiette et ses couverts. Sans parler de la pochette qui pendait à son bras.

Robert Miller la débarrassa de son assiette et l'entraîna vers une table.

Sander les observait de loin avec irritation. Robert Miller, le petit génie de la conception de logiciels, s'attaquait à Tally… Il fallait reconnaître qu'elle était incroyablement sexy dans cette robe turquoise, qui mettait en valeur son décolleté et dévoilait des jambes splendides qu'il n'avait pas eu l'occasion d'admirer la veille. Submergé par une vague de désir, il serra les mâchoires.

Alors que Cosima passait à côté d'elle au bras d'un grand blond aux cheveux hérissés, Tally l'appela. Cosima s'arrêta visiblement à contrecœur et fit les présentations. Chaz avait au moins trente ans, calcula Tally. Beaucoup trop mûr pour une gamine de dix-sept ans. D'autant plus que son regard calculateur était plutôt inquiétant. Cosima annonça que son petit ami avait réservé une table dans un club branché de Londres.

— Nous allons bientôt nous en aller et je ne reviendrai sans doute pas ici. Mais tu ne dois rien dire à papa…

— Il n'est pas question que je lui mente, Cosima, coupa Tally avec un pincement au cœur.

Les yeux de sa sœur lancèrent des étincelles.

— Tu ne *peux* pas…

— Si, je peux. Et je pense que tu devrais rester ici jusqu'à la fin du week-end avec tes amies.

Cosima jura entre ses dents puis s'éloigna d'un air furieux.

— Désolée, commenta Tally à l'adresse de son compagnon. Mais je suis censée veiller sur elle.

— Je suppose que ce n'est pas une tâche facile, commenta Robert avec un sourire désinvolte en lui avançant une chaise. C'est la fille d'Anatole Karydas, n'est-ce pas ? Vous travaillez pour lui ?

Embarrassée, Tally détourna les yeux.

— En quelque sorte…

Son regard se posa sur Sander, qui la regardait depuis l'autre bout de la salle. Aussitôt, son esprit se vida. Un long frisson la parcourut, tandis que les pointes de ses seins se hérissaient sous sa robe et qu'une vive chaleur se répandait entre ses cuisses. Allons bon... Même à cette distance il parvenait à la troubler comme aucun homme avant lui.

Un serveur s'approcha d'elle et lui tendit un verre sur un plateau.

— De la part de Mlle Karydas.

— Oh...

Tally jeta un coup d'œil au cocktail coloré et chercha sa sœur du regard sans la trouver. Etait-ce pour Cosima une façon de lui présenter ses excuses ?

Tandis que le serveur posait le verre sur la table, Robert Miller déclara :

— Si vous ne mangez pas, le contenu de votre assiette va refroidir.

Faisant appel à toute sa volonté pour ne pas regarder de nouveau dans la direction de Sander, Tally s'assit et contempla son assiette. Elle n'avait plus faim du tout... Prenant le verre qui venait de lui être servi, elle but une gorgée. Très fruité... et très agréable.

— Tally... Robert...

La voix de Sander la fit tressaillir. Elle leva les yeux et fut frappée par son regard étincelant et son sourire crispé. De toute évidence, il était furieux. La voir en compagnie d'un autre homme ne lui plaisait pas. Sander était jaloux ! Spontanément, elle se leva. Jamais aucun homme ne s'était montré possessif avec elle. Pour la première fois de sa vie, elle découvrait son pouvoir de femme. Cependant, elle n'avait aucune envie d'en abuser. Même s'il était très excitant de voir jaillir des étincelles des yeux noirs de Sander…

Eleni Ziakis se joignit à eux et s'efforça d'engager une conversation. Sans lui prêter attention, Sander prit Tally par la main pour lui faire faire le tour de la table. Jetant un coup d'œil contrit à Robert, elle saisit son verre puis laissa Sander glisser un bras autour de sa taille et l'attirer contre lui. Ignorant la mine contrariée d'Eleni, elle savoura le souvenir de leur baiser de la veille et sentit son cœur se gonfler de joie.

— Ce soir, tu es avec moi, annonça Sander d'une voix ferme en l'entraînant dans la foule.

— Et demain ? lança-t-elle d'un air de défi avant de boire une longue gorgée de son cocktail.

Sander s'immobilisa, la contempla, et cala une boucle blonde derrière son oreille d'un geste caressant. Electrisée par son regard brûlant, elle fut prise de vertige.

— Demain, tu seras toujours avec moi, *glikia mou*, répliqua-t-il en refermant son autre main sur sa hanche pour l'attirer contre lui.

Le contact de sa virilité pleinement éveillée contre son ventre décupla son excitation.

— Que bois-tu ? demanda-t-il.

— Je ne sais pas… C'est Cosima qui me l'a fait servir. Ça m'a surprise parce que nous venions d'avoir une discussion et qu'elle était furieuse contre moi.

Tally plissa le front. Pourquoi avait-elle autant de mal à articuler, tout à coup ?

— A quel sujet avez-vous eu cette discussion ?

— Elle voulait s'en aller avec son petit ami et je

lui ai dit qu'il n'était pas question que je la couvre et que je mente à son père. Le petit ami a été condamné pour trafic de drogue, murmura Tally d'une voix de plus en plus pâteuse.

— Je vais te chercher quelque chose à manger, déclara Sander.

— Pas faim... En fait, je me sens un peu bizarre...

— Combien de verres as-tu bus ?

— Juste celui-ci... Je le jure ! ajouta-t-elle devant le regard soupçonneux de Sander. Je ne comprends pas comment je peux être dans cet état après un seul verre...

Les jambes en coton, elle s'agrippa à son bras. A son grand soulagement il l'aida à s'assoir à une table. La tête lourde, elle appuya le menton sur ses mains, tandis que la pièce tournoyait autour d'elle.

— Sander... Je suis désolée... Je crois que je vais... m'évanouir...

Alors qu'elle s'affaissait, la tête sur ses bras croisés sur la table, Sander fit signe à Cosima, qui les regardait fixement. Il indiqua le verre.

— Dois-je donner ça à la police ?

— La police ?

Tally se redressa tant bien que mal.

— La police ? s'écria Cosima d'un air horrifié.

— Tu as trafiqué le verre de Tally.

— Pas... la police..., marmonna Tally. Pas la police.

— Elle menaçait de gâcher ta soirée ? Eh bien, tu viens de gâcher la mienne ! déclara Sander, tandis que Tally s'affaissait de nouveau sur la table. Très mauvaise idée, Cosima. Maintenant tu vas me dire ce qui a été versé dans ce verre et je déciderai quoi faire ensuite. Mais, pour commencer, le petit ami s'en va. Eleni ne veut pas qu'on trafique les boissons à sa soirée.

Cosima fixait sur Sander un regard à la fois terrifié et furieux. Tally cligna les paupières, puis elle ferma les yeux avec délectation.

3

Tally ouvrit les yeux avec un délicieux sentiment de bien-être. Son regard se posa sur le ciel de lit de soie écrue au-dessus d'elle… et elle se redressa d'un bond. Où était-elle ? Pas dans sa chambre, en tout cas. La lumière du jour qui filtrait à travers les rideaux éclairait une vaste pièce au mobilier ancien. Ce n'était pas non plus la chambre de Cosima… Son regard se posa sur des vêtements masculins jetés sur un fauteuil et elle baissa aussitôt les yeux. Elle était en culotte et soutien-gorge… et sa robe turquoise était en boule par terre avec ses chaussures et sa pochette. Les derniers événements de la soirée de la veille lui revinrent à la mémoire et elle déglutit péniblement. L'oreiller voisin du sien portait l'empreinte d'une tête. Et on entendait de l'eau couler derrière la porte entrouverte qui se trouvait en face du lit… La porte d'une salle de bains ?

A sa grande consternation, elle vit soudain apparaître Sander Volakis, les cheveux humides et une serviette nouée sur les hanches. Plus superbe que jamais.

— Ah… tu es réveillée, commenta-t-il avec le plus grand naturel.

Remontant le drap jusqu'à son cou, elle s'exclama :

— Comment suis-je arrivée ici ? Que s'est-il passé ? Tu as dormi ici, toi aussi ?

— Bien sûr, c'est ma chambre.

— Alors qu'est-ce que je fais ici ?

— Il n'y avait personne d'autre pour s'occuper de toi. Quand le médecin est reparti après t'avoir examinée…

— Le médecin ? Quel médecin ?

— Celui du village. Eleni et moi, nous avons préféré l'appeler. Cosima avait juré qu'elle n'avait rien mis d'autre dans ton verre qu'un somnifère… que lui avait donné une amie et *pas* son petit ami, selon elle. Bref, le médecin a demandé à voir le flacon, il a consulté un confrère par téléphone, puis il a déclaré que tu ne risquais rien. Ensuite, il a fait un sermon à Cosima sur les risques liés à la prise de médicaments sans avis médical, qui l'a mise dans tous ses états.

— Oh ! non…, gémit Tally.

Elle aurait préféré que son malaise ne provoque pas une telle agitation… Cependant, il était vrai que Cosima lui avait fait courir des risques inconsidérés. Il faudrait avoir une discussion sérieuse avec elle. Mais il y avait plus urgent. Le fait qu'elle portait ses dessous suggérait qu'il ne s'était rien passé entre elle et Sander. Cependant, elle tenait à s'en assurer.

— Je suppose que… nous n'avons rien fait cette nuit ? demanda-t-elle, les joues en feu.

— J'aime que les femmes soient réveillées. Et consentantes. Je ne profiterais jamais d'une femme qui n'est pas en pleine possession de ses moyens.

— Excuse-moi. Je ne voulais pas t'offenser mais

je ne comprends toujours pas pourquoi j'ai passé la nuit dans ta chambre.

— Cosima n'a pas proposé de s'occuper de toi et j'ai préféré ne pas te laisser dans les mains du personnel, qui ne te connaît pas. Je voulais être certain que tu n'aurais pas de problèmes.

— Merci.

Incapable de contenir plus longtemps une envie pressante, Tally se leva et courut à toute vitesse jusqu'à la salle de bains.

Savourant le spectacle, Sander pouffa quand la porte se referma derrière elle. Elle était petite mais admirablement proportionnée ! Et sa pudeur — sentiment étranger aux femmes qu'il fréquentait d'ordinaire — la rendait encore plus désirable. D'ailleurs, il avait été obligé de prendre une douche froide au milieu de la nuit parce qu'elle s'était blottie contre lui dans son sommeil…

Tally laissa échapper un gémissement devant les reflets que lui renvoyaient les multiples miroirs de la salle de bains. Quelle vision d'horreur ! Saisissant un peigne, elle s'efforça de démêler ses cheveux sans les faire friser davantage. Après s'être lavé le visage, elle se brossa les dents avec l'une des brosses neuves disponibles, puis elle entra dans la cabine de douche.

Sa fuite éperdue jusqu'à la salle de bains avait dû paraître ridicule à Sander… Mais il fallait reconnaître qu'étant donné les circonstances, il s'était comporté de manière remarquable pour un homme qui avait la réputation d'être un séducteur invétéré. Alors qu'il la connaissait à peine et qu'ils n'avaient échangé qu'un seul baiser, il avait tenu à prendre soin d'elle. A sa place, beaucoup d'hommes se seraient défilés.

Tally enfila le peignoir blanc en éponge pendu derrière la porte, mit ses dessous dans la poche et regagna la chambre.

— Petit déjeuner ? demanda Sander d'un ton léger en se levant.

Uniquement vêtu d'un jean qui moulait ses hanches étroites, il était splendide. Tally jeta un coup d'œil à la table chargée de nourriture et secoua la tête.

— Non, merci. Je vais retourner dans ma chambre.

— Pourquoi passes-tu ton temps à me fuir ? demanda-t-il en arquant les sourcils.

Mieux valait éviter de lui avouer que plus il lui plaisait plus il lui faisait peur, décida-t-elle. Si elle préférait garder ses distances, c'était justement parce qu'il lui donnait envie de renoncer à sa réserve habituelle pour commettre des folies. Il lui suffisait de le regarder pour mourir d'envie de se jeter dans ses bras… Battre en retraite était donc l'attitude la plus raisonnable.

— Je ne te fuis pas, répliqua-t-elle avec un sourire crispé.

Il s'approcha lentement d'elle.

— Tu ressens les mêmes vibrations que moi.

Elle déglutit péniblement. Comment le nier ? Elle avait toutes les peines du monde à respirer…

Il saisit les extrémités de la ceinture de son peignoir et l'attira vers lui. Au lieu de protester, elle pouffa avec une espièglerie qu'elle ne se connaissait pas.

— J'ai envie de toi, *moli mou,* murmura-t-il d'une voix profonde.

— Tu ne m'auras pas...

— Juste un petit baiser avant que tu t'en ailles.

La serrant contre lui, il lui donna un baiser chaste qui la fit frissonner. Lorsqu'il lécha sa lèvre inférieure du bout de la langue, elle lui abandonna sa bouche, submergée par une excitation intense. Tout en approfondissant son baiser, il referma la main sur un de ses seins et caressa sa pointe hérissée du bout du pouce. Transpercée par mille petites flèches de plaisir, elle laissa échapper un gémissement étranglé. « Va-t'en », lui intima la voix de la raison. S'en aller ? Où donc ? Elle n'avait qu'une envie. Rester là, dans les bras de Sander.

Refermant les mains sur ses hanches, il la souleva légèrement de terre et plaqua son bassin contre le sien sans cesser de l'embrasser. Le contact de sa virilité pleinement éveillée acheva de l'embraser tout entière. Le temps qu'il l'allonge sur le lit et la rejoigne après avoir enlevé son jean, elle ne s'appartenait plus. Ce désir irrésistible contre lequel elle ne pouvait rien devrait l'effrayer, songea-t-elle confusément. Mais elle le trouvait exaltant, au contraire. Sander ressemblait tant à l'homme qu'elle rêvait secrètement de rencontrer un jour... Bien sûr, elle le connaissait à peine. Mais, en prenant soin d'elle la nuit précédente, il avait gagné sa confiance...

— Tu as des seins somptueux, *glikia mou,* murmura-t-il en écartant les pans de son peignoir.

Il referma les mains sur les deux globes frémissants et pinça délicatement leurs pointes durcies entre ses doigts.

— Ils me font fantasmer depuis que je t'ai vue pour la première fois.

Embarrassée par sa nudité, elle s'empourpra. Si seulement la lumière du jour n'entrait pas à flots par la fenêtre… Mais, soudain, Sander aspira entre ses lèvres un bourgeon hérissé et se mit à le lécher. Le souffle coupé, elle eut l'impression qu'une boule de feu éclatait entre ses cuisses. Elle qui croyait avoir atteint le summum du désir… Son esprit se vida, tandis que Sander refermait la bouche sur la pointe de l'autre sein pour la sucer goulûment. Il s'empara ensuite de sa bouche dans un nouveau baiser gourmand avant de demander d'une voix rauque :

— Tu restes ?

Le souffle court et le corps en feu, elle resta interdite. Pourquoi cette question ?

— J'ai envie de toi, poursuivit-il en effleurant sa lèvre inférieure du bout des doigts. J'ai eu envie de toi dès que je t'ai vue pour la première fois, mais je préfère m'assurer que tu es partante. Je veux également être sûr que tu es complètement remise de ton malaise.

— Bien sûr.

« J'ai eu envie de toi dès que je t'ai vue pour la première fois. » Quelle joie d'entendre ça ! Il avait ressenti la même chose qu'elle… Le cœur gonflé de joie, elle plongea son regard dans celui de Sander. Elle avait tellement envie de lui que la boule de feu entre ses cuisses devenait presque douloureuse… Mais ce désir irrépressible ne lui brouillait-il pas l'esprit ? N'était-elle pas sur le point de commettre une grave erreur ? En réfléchissant calmement, elle trouverait sans doute au moins vingt raisons de ne pas coucher avec Sander… Certes. Mais, pour une fois, tout en elle se refusait à la prudence. D'autant plus que les raisons de coucher avec Sander ne manquaient pas non plus. Il était superbe, sexy et incroyablement prévenant. Et puis son désir pour elle était si flatteur… Jamais elle ne trouverait un homme aussi parfait pour être son premier amant.

— Tally…

Le sourire de Sander la décida. Assez réfléchi. Nouant les bras sur sa nuque, elle s'empara de sa bouche avec ardeur. Sander fut galvanisé par son impétuosité. Non seulement elle avait un corps de déesse mais elle était d'un tempérament volcanique… Tout en répondant à son baiser, il glissa la main entre ses cuisses. Le contact de sa fleur humide de désir acheva de l'enflammer. Après s'être débarrassé de son caleçon, il enfila prestement un préservatif et se présenta devant le cœur de sa féminité.

Aussi impatiente que lui, Tally noua les jambes sur ses reins mais lorsqu'il entra en elle d'un coup de reins puissant, une douleur fulgurante lui arracha un cri et elle se raidit. Il se figea et se retira en étouffant un juron.

— Que se passe-t-il ?

— Tu n'étais pas obligé d'arrêter, murmura-t-elle, au comble de la confusion.

— Bien sûr que si. Je t'ai fait mal.

Elle eut l'impression que son visage tout entier prenait feu.

— Je ne savais pas que… que ce serait aussi… douloureux la première fois.

Sander s'écarta encore.

— La première fois ? Tu veux dire que tu étais vierge ?

— Eh bien… oui.

Sander roula jusqu'au bord du lit et se leva d'un bond.

— A quoi joues-tu ? s'exclama-t-il en se dirigeant vers la salle de bains.

— Pardon ?

Mortifiée, elle s'enveloppa dans le peignoir et se redressa. Quelle catastrophe ! Non seulement il s'était arrêté net, mais il n'avait visiblement pas l'intention de continuer et en plus il était furieux !

Sander ramassa son caleçon par terre et l'enfila.

— A quoi joues-tu ? répéta-t-il en dardant sur elle un regard soupçonneux. Tu es vierge. Je n'ai pas besoin de complications.

Malgré son envie de disparaître sous le lit, Tally fut assaillie par une bouffée de colère.

— Quel est ton problème ? J'aurais peut-être dû te prévenir ?

— Bien sûr ! Si je l'avais su, j'aurais pris mon temps et je ne t'aurais pas fait mal !

Nouant étroitement la ceinture de son peignoir, elle se leva, les jambes tremblantes.

— Pas la peine d'en faire tout un plat, déclara-t-elle en ramassant sa robe et ses chaussures. Je veux bien comprendre que tu sois surpris, mais tu n'as aucune raison d'être aussi furieux contre moi.

— Je n'aime pas les surprises. Les femmes ont

tendance à avoir une idée derrière la tête en ce qui me concerne…

— Mon idée à moi c'est de sortir d'ici le plus vite possible.

— En général, les femmes ne sacrifient pas leur virginité au hasard d'une rencontre sans lendemain.

— Eh bien, moi si, rétorqua-t-elle en priant pour qu'il ne remarque pas son humiliation.

« Une rencontre sans lendemain. » Mais à quoi d'autre s'attendait-elle donc ?

— Désolée de ne pas être dans la norme. J'ignorais que tu ne fréquentais que des femmes toutes bâties sur le même modèle. Quel modèle ? Ou bien est-ce une question indiscrète ?

A vrai dire, toutes les femmes qu'il avait fréquentées, même adolescent, étaient expérimentées. Et c'était d'ailleurs le cas de tout le monde dans l'univers dans lequel il évoluait. Et bien qu'ayant remarqué sa pudeur inhabituelle, il ne lui avait jamais effleuré l'esprit que ce n'était pas le cas de Tally.

— Tu es la première femme vierge que je rencontre, admit-il en enfilant son jean. Et j'ai entendu dire que moins une femme a d'expérience plus elle attend d'un homme.

— C'est faux. En ce qui me concerne, en tout cas. Je n'ai aucune expérience mais je n'attends rien de toi. Et surtout pas un sermon parce que j'ai choisi de sacrifier ma virginité au hasard d'une rencontre sans lendemain ! ajouta-t-elle en relevant le menton d'un air de défi.

— Je n'aurais pas envisagé de faire l'amour avec toi si j'avais su que je serais ton premier amant. Si tu as attendu aussi longtemps pour coucher avec un homme, il doit bien y avoir une raison…

Tally serra les dents. Pas question de flatter son ego en reconnaissant qu'il était le premier à lui avoir inspiré ce désir.

— Je ne suis pas exactement une vieille dame. Je ne suis pas non plus aussi exceptionnelle que tu le penses. Toutes les filles ne commencent pas leur vie sexuelle à l'adolescence. Il se trouve juste que ça me paraissait le bon moment.

Elle se dirigea vers la salle de bains. Pas question de se rhabiller devant lui…

— Et pourquoi m'as-tu choisi ? Ou bien est-ce une question stupide ?

— Une question stupide ? répéta-t-elle, la main sur la poignée de la porte.

— Peut-être qu'en travaillant pour la fille Karydas tu as pris goût au luxe et que tu espères mener le même genre de vie qu'elle avec moi.

— Oh ! à présent tu me prends pour une aventurière… C'est incroyable, tu es aussi obsédé par l'argent que Cosima ! s'exclama Tally, outrée par les soupçons de Sander. Réveille-toi, Sander ! Je n'attends rien de toi ! En fait, j'espère bien ne jamais te revoir !

Tally claqua la porte de la salle de bains et s'habilla en quelques secondes. En ressortant, elle poussa énergiquement Sander, qui se trouvait sur son passage.

— Tally…

— Va au diable !

Elle quitta la chambre à grands pas et regagna la

sienne, à l'étage au-dessus. Dire qu'elle le considérait comme l'homme de ses rêves ! Elle se changea, fit sa valise et prit son portable pour se renseigner sur les horaires des trains. Ensuite, elle appela son père. C'était un coup de téléphone dont elle aurait préféré se passer, mais il valait mieux l'informer de ce qui s'était passé au cas où Cosima lui donnerait une version très personnelle du week-end… Visiblement choqué, Anatole Karydas ne fit pas beaucoup de commentaires. Le cœur lourd, elle redescendit et alla trouver sa sœur.

— Oh ! c'est toi…

Enveloppée dans un kimono de soie, elle prit un air de martyre et la laissa entrer de mauvaise grâce.

— Je suppose que tu attends des excuses, mais tu aurais dû te mêler de tes affaires, hier soir. Chaz n'était pour rien dans ce qui s'est passé, mais il a été jeté dehors. Tu es contente ?

— Je me moque éperdument de ton petit ami ! Grâce à toi, je me suis évanouie en public et des étrangers ont été obligés de s'occuper de moi !

Pas question de montrer à sa sœur qu'elle était blessée par son absence de remords, décida Tally avant de poursuivre sur le même ton accusateur.

— Comment as-tu pu m'infliger ça ? C'était une expérience très désagréable, qui aurait pu tourner beaucoup plus mal.

— Et alors ? Je ne voulais pas que tu viennes, ce week-end.

— Ne t'inquiète pas, tu n'auras plus ce genre de problème !

En suivant Tally jusqu'à la porte, Cosima remarqua sa valise, qu'elle avait laissée dans le couloir.

— Où vas-tu ?

— J'ai un train à prendre.

— Mais tu es censée partir avec moi cet après-midi ! protesta Cosima, visiblement surprise et contrariée.

— Je préfère rentrer maintenant. A un de ces jours, Cosima. Ou pas.

4

Après son petit déjeuner, Sander s'apprêtait à consulter les pages financières d'un des journaux du dimanche lorsqu'il jeta un coup d'œil par la fenêtre et vit Tally qui s'éloignait dans l'allée avec sa valise.

Il réprima un juron. Pourquoi ce départ précipité ? Cette petite garce de Cosima avait-elle renvoyé son assistante ? Après tout, ça ne le regardait pas... Il ouvrit son journal et commença sa lecture. Mais quelques minutes plus tard, mû par le même élan qui lui avait fait remuer ciel et terre quelques mois plus tôt pour retrouver un chien perdu, il se leva, sortit du manoir et se dirigea vers sa voiture.

Il ne regrettait pas le moins du monde ce qu'il avait dit à Tally Spencer. S'il avait su qu'elle était vierge, il n'aurait jamais eu l'idée de la mettre dans son lit. Et elle ne l'intéressait plus du tout. L'épisode très frustrant qu'il venait de vivre avec elle lui avait servi de leçon. En choisissant une femme différente de celles qu'il fréquentait d'ordinaire, il avait commis une grave erreur. A l'avenir il s'en tiendrait aux créatures sophistiquées et expérimentées.

Tally tourna la tête en entendant une voiture

ralentir à sa hauteur. A la vue de Sander, elle releva le menton et le foudroya du regard.

— Que veux-tu ?

Ses boucles blondes volaient au vent, ses yeux verts étincelaient et ses lèvres pulpeuses étaient légèrement entrouvertes. A sa grande irritation, Sander sentit l'excitation le gagner. Bon sang, mais qu'avait-elle donc pour lui faire un tel effet ?

— Je ne sais pas où tu vas, mais je t'y emmène, déclara-t-il.

— Merci, mais je vais à la gare et c'est à cent mètres.

Pourquoi était-il aussi beau ? se demanda-t-elle avec désespoir. Elle ne pouvait pas s'empêcher de le dévorer des yeux… Mais s'il l'avait suivie c'était sans aucun doute par pitié. Or elle se sentait déjà bien assez humiliée par ce qui s'était passé entre eux. Elle ne voulait surtout pas de sa pitié !

Sander descendit de voiture, lui prit sa valise et la mit derrière les sièges de sa voiture de sport.

— Allez, intima-t-il d'un ton impatient.

Elle pinça les lèvres. Impossible de se quereller avec lui juste devant le manoir… Elle monta dans la voiture.

— La petite peste t'a renvoyée ? demanda Sander en redémarrant.

Les yeux fixés devant lui, il s'efforçait d'ignorer les courbes féminines mises en valeur par le pull et le jean moulants de Tally.

— Non… Nous avons juste décidé d'en rester là d'un commun accord, répliqua-t-elle après une hésitation.

Quelle situation embarrassante ! Elle n'avait pas envie de mentir mais elle ne voulait pas non plus risquer de faire passer Cosima pour une menteuse.

— Cette gamine va trop loin. Elle a commis un délit, hier soir, déclara Sander en s'engageant sur la route.

— Elle est jeune. Ça lui passera sûrement.

— Quel âge as-tu ?

— Vingt ans.

— Tu parais plus mûre que ton âge.

— Mais pas assez pour t'inciter à rester au lit avec moi ce matin !

— Il ne faut pas le prendre comme ça, commenta Sander en s'arrêtant devant la gare.

— Comment veux-tu que je le prenne ? s'exclama-t-elle, outrée par son ton désinvolte. C'était une expérience minable et en plus tu m'as insultée !

Elle descendit de voiture et se retourna pour prendre son bagage, mais il fut plus rapide qu'elle et lui tendit sa valise. Les lèvres pincées, elle la prit sans un mot tout en se maudissant. Pourquoi avait-elle donné libre cours à sa rancœur ? Elle se sentait d'autant plus ridicule qu'il gardait un calme imperturbable…

Sander était à la fois intrigué et amusé. Les femmes ne se querellaient jamais avec lui et elles se permettaient encore moins de le critiquer. Etait-ce pour cette raison qu'il avait envie de lui prouver qu'il pouvait transformer une expérience « minable » en souvenir inoubliable ?

— Nous devrions dîner ensemble, un soir, murmura-t-il.

— Tu plaisantes !

Pivotant sur elle-même, Tally s'éloigna à grands pas.

— Tu ne sais pas ce que tu manques, *glikia mou*.

— Vraiment ? Je viens de te dire ce que je pensais de toi ! Et ne m'appelle pas « ma chérie » !

— Elles sont absolument magnifiques ! s'exclama Binkie en humant le parfum des roses qui venaient d'être livrées.

— Mon Dieu, commenta Tally en la rejoignant dans la cuisine. Un des amis de maman croit qu'elle est rentrée du Portugal ?

— Ce bouquet n'est pas pour ta mère mais pour toi ! annonça Binkie, le regard brillant.

— Pour moi ?

Stupéfaite, Tally prit l'enveloppe que Binkie avait dans la main et la déchira avec des doigts fébriles. La carte qu'elle contenait ne comportait que deux mots et un numéro de téléphone.

« Dîner ? Sander »

— Oh…

Elle lâcha la carte comme si elle venait de se brûler. Pourquoi Sander Volakis lui adressait-il des messages contradictoires ? Et s'imaginait-il vraiment qu'il suffisait de lui envoyer quelques fleurs pour qu'elle oublie la façon dont il l'avait insultée ?

Cinq jours plus tôt, il lui avait annoncé sans ménagement qu'il ne voulait plus rien avoir affaire avec elle. Et il avait osé insinuer qu'elle avait décidé de coucher avec lui parce qu'il était riche ! Mais une heure plus tard il lui avait proposé de dîner avec lui. Elle lui avait pourtant signifié clairement qu'elle n'était pas intéressée. Alors pourquoi lui envoyait-il des fleurs ? Un énorme bouquet de roses hors de prix et vraiment très belles…

Binkie voulut tout savoir sur l'expéditeur et Tally dut lui expliquer qu'elle avait rencontré Sander à Westgrave Manor. Pour ne pas perturber la vieille dame, elle passa sous silence les frasques de Cosima. Embarrassée par l'espoir qu'elle voyait briller dans les yeux de Binkie, elle insista sur la réputation de séducteur de Sander.

Pas question d'appeler Sander, se répéta-t-elle fermement tout en disposant les roses dans un vase qu'elle installa dans sa chambre. Malgré tout, dans un moment de faiblesse, elle fit une recherche sur son nom sur internet. Le résultat la conforta dans sa décision de garder ses distances. De toute évidence, Sander avait une prédilection pour les grandes blondes célèbres, qu'elles soient top model, actrices, chanteuses ou membres de la jet-set. Des femmes superbes photographiées par les paparazzis en minijupe à la sortie d'un club branché ou en maillot de bain sur le pont d'un yacht.

Et, de toute façon, il était odieux, se rappela-t-elle. Si elle ne l'avait pas giflé dans sa chambre à Westgrave, c'était uniquement pour tenter de conserver ses dernières bribes de dignité.

Alors pourquoi passait-elle des heures chaque nuit à penser à lui et à se remémorer chaque trait de son visage sublime ? Elle avait beau savoir que ce n'était pas du tout le genre d'homme qu'il lui fallait, elle ne parvenait pas à l'oublier. C'était d'autant plus insensé qu'il l'avait repoussée, lui laissant de sa première expérience sexuelle un souvenir aussi frustrant qu'humiliant. Elle avait pourtant éprouvé dans ses bras des sensations très prometteuses. Que se serait-il passé s'il avait continué ? La douleur qu'elle avait ressentie aurait-elle laissé place au plaisir ?

Tally poussa un soupir excédé. C'était le genre de question qui ne la mènerait nulle part. Elle ferait mieux de se rappeler la leçon qu'elle avait apprise. Tomber dans les bras d'un inconnu était une très mauvaise idée.

Quelques instants plus tard, elle reçut un coup de téléphone de Cosima, qui lui annonça que Sander l'avait appelée pour lui demander son adresse.

— Tu sors avec lui ?

— Non, mais il m'a envoyé des fleurs.

— Papa a été très impressionné quand je lui ai dit…

— Tu n'aurais pas dû lui en parler. Il ne se passera rien.

— Peut-être que Sander a fait un pari, suggéra Cosima. Sinon pourquoi chercherait-il à te voir ?

— Je l'ignore, mais tu sembles en savoir plus long que moi à ce sujet, répliqua Tally d'un ton pince-sans-rire.

Ce soir-là, Crystal rentra d'un séjour d'un mois dans la villa de son petit ami du moment au Portugal. Arborant un bronzage impressionnant et de nouveaux bijoux en or, elle soupira en voyant sa fille travailler à son dernier projet d'aménagement intérieur pour l'université.

— Tu n'en as jamais assez d'être aussi raisonnable, Tally ?

— Pourquoi cette question ? demanda Tally en remarquant les cernes qui creusaient les yeux de sa mère.

— Peter a décidé de faire une pause.

Crystal eut un haussement d'épaules qui se voulait désinvolte sans y parvenir.

— Il trouve que ça devient trop sérieux entre nous. Il est vrai que nous avons pratiquement vécu ensemble ces six derniers mois…

Tally se leva et serra Crystal dans ses bras. Sa mère était peut-être volage et dépensière mais elle l'aimait et elle ne supportait pas de la voir souffrir. Or, à en juger par le tremblement de sa voix, elle était beaucoup plus affectée qu'elle ne voulait le laisser paraître.

— Oh ! maman, je suis désolée !

— Il m'a plaquée, avoua Crystal, les yeux brillant de larmes. D'habitude c'est moi qui plaque mais je ne l'ai pas vu venir. Quelle idiote ! Je croyais que Peter voulait une relation durable avec moi…

— Ne t'inquiète pas. Tu rencontreras quelqu'un d'autre.

— Ce n'est plus si facile.

Crystal soupira.

— Je vais avoir quarante-trois ans, pas vingt-trois. Les hommes de mon âge veulent des femmes beaucoup plus jeunes et ils n'ont aucun mal à les séduire.

Cependant, se lamenter sur son sort n'était

pas le genre de Crystal. Quelques jours plus tard, grâce à ses nombreuses relations et à sa vie sociale très animée, elle avait retrouvé tout son entrain. Le week-end suivant, elle partit pour une semaine dans un château écossais en compagnie d'une amie.

Tally, qui s'efforçait de gérer le budget de sa mère, fut consternée lorsqu'elle reçut ses factures de carte bleue. Crystal dépensait sans compter et Peter, un retraité très aisé, n'était plus là pour financer ses goûts de luxe. A son retour, il faudrait tenter une nouvelle fois de convaincre sa mère d'arrêter de vivre au-dessus de ses moyens.

Au début de la semaine, ce fut au tour de Binkie de partir pour ses vacances annuelles en Pologne, où elle séjournait chez sa famille.

Le lendemain soir, on sonna à la porte. Encore les gamins du quartier qui s'amusaient… Tally alla ouvrir en soupirant, persuadée qu'elle ne trouverait personne sur le seuil. A la vue de Sander Volakis, d'une élégance suprême en costume anthracite et cravate de soie or, elle resta interdite.

L'espace d'un instant, elle fut tentée de refermer la porte et de la verrouiller à double tour. Mais c'était surtout parce qu'elle était mal coiffée et à peine maquillée, reconnut-elle aussitôt. Ce qui prouvait qu'elle avait perdu la tête. Dire qu'elle se considérait comme quelqu'un de sensé… Si seulement Sander n'était pas aussi séduisant ! Impossible de ne pas être fascinée par cette barbe naissante qui accentuait la perfection de ses traits et mettait en valeur sa bouche sensuelle. Quant à ses yeux noirs…

— Tally, murmura-t-il en promenant un regard

appréciateur sur la minijupe en jean et le T-shirt en coton blanc.

On pouvait difficilement imaginer une tenue plus quelconque, et pourtant il avait rarement trouvé une femme aussi sexy... Et que dire de ses grands yeux verts écarquillés ? Oui, elle était irrésistible...

— Invite-moi à entrer.

— Non.

Tally repoussa au contraire légèrement la porte.

— Tu as peur de ce qui pourrait arriver ? demanda-t-il avec un sourire malicieux.

— Il n'arriverait rien. J'ai vu ce que ça donnait...

— Non, tu n'as rien vu. Nous avons à peine commencé, objecta-t-il avec agacement.

— C'était ton choix, rappela-t-elle en s'empourprant. Aujourd'hui, mon choix est d'en rester là.

— C'est le mauvais choix.

— Tu dis ça parce que ce n'est pas ce que tu veux. Je suis sûre que tu as l'habitude de faire exactement ce que tu veux.

— En général, les femmes ne discutent pas tout ce que je dis.

— Raison de plus pour en rester là, Sander. Je pense que je ne pourrais pas m'en empêcher.

Sander pouffa.

— Tu me défies.

— Si c'était le cas, tu trouverais ça amusant pendant... combien de temps ? Cinq minutes ? Tu sais quel est ton problème ? Tu t'ennuies. C'est uniquement pour ça que tu perds ton temps à m'envoyer des fleurs et à venir sonner là où tu n'es pas le bienvenu.

L'espace d'un instant, Sander resta sans voix. Elle avait raison. Depuis quelque temps, il trouvait de moins en moins surprenantes et excitantes les femmes qu'il fréquentait. D'ailleurs, il était incapable de se rappeler quand son intérêt avait été éveillé à ce point pour la dernière fois. Etait-ce avant tout parce qu'elle lui résistait que Tally lui plaisait ? Pour une fois, il se trouvait face à une femme qui ne lui tombait pas dans les bras au bout de cinq minutes et qui ne faisait aucun effort pour lui plaire. Tally Spencer avait une mauvaise opinion de lui et elle ne le cachait pas.

— J'ai parlé trop franchement et je t'ai offensée. C'est tout ce que tu as contre moi ?

— Non. Tu es riche et habitué à voir satisfaire tes moindres désirs. Nous n'avons rien en commun.

— A part *ça*… que tu ne peux pas nier.

Avant que Tally ait le temps de deviner son intention, il se rapprocha d'elle et s'empara de sa bouche dans un baiser qui l'enflamma instantanément. Parcourue de longs frissons, elle sentit une chaleur vive la submerger, tandis que ses genoux se dérobaient sous elle.

Sander s'arracha à sa bouche et plongea son regard dans le sien.

— Dîner demain soir. Je passerai te prendre à 20 heures.

Puis, avec cette assurance insolente qui n'appartenait qu'à lui, il s'éloigna sans attendre sa réponse. Déglutissant péniblement, elle referma la porte et s'y adossa, tout étourdie. Il avait très bien joué son coup... Ce baiser brûlant l'avait privée de toute capacité de raisonnement.

Et si elle s'arrangeait pour ne pas être là quand il viendrait la chercher ? Non, ce serait de la lâcheté. Et puis à quoi bon le nier ? Elle mourait d'envie de le revoir...

5

Pour son rendez-vous avec Sander, Tally avait choisi son plus beau jean et un corsage rouge décolleté dans le dos. Pas question de s'endetter pour s'acheter une tenue plus appropriée, avait-elle décidé. Rien n'illustrait mieux le fossé qui la séparait de Sander que la pauvreté de sa garde-robe, mais tant pis. Elle n'avait pas l'intention d'en avoir honte. Ce dont elle n'était pas très fière, en revanche, c'était d'avoir fouillé dans le tiroir de produits de maquillage de sa mère… Pour la deuxième fois de sa vie seulement, elle avait mis de l'eye-liner.

— Qu'as-tu fait, aujourd'hui ? demanda Sander en savourant le mouvement de ses seins sous son corsage tandis qu'elle prenait place sur le siège passager.

Elle ne portait pas de soutien-gorge… Une bouffée de désir l'assaillit. Allait-il tenir jusqu'à la fin du dîner ? Toute la journée, la perspective de cette soirée l'avait empêché de se concentrer. Il avait pourtant l'habitude de cloisonner sa vie et d'éviter que ses aventures perturbent son travail. Mais nul doute qu'une fois son désir assouvi, tout rentrerait dans l'ordre.

— J'ai travaillé dans un cabinet d'architecture intérieure à Putney.

Jusqu'à présent elle avait été tenue soigneusement à l'écart des clients et cantonnée dans des tâches subalternes, mais pourquoi le préciser ? songea-t-elle. Elle espérait bien avoir très vite l'occasion d'exprimer sa créativité.

— C'est un stage dans le cadre de mes études. Je passe mes examens dans quelques mois et je commence déjà à chercher un emploi.

— Tu arrives à concilier tes études et ton travail pour Cosima Karydas ? demanda Sander, visiblement surpris.

Allons bon, le mensonge de sa sœur lui était déjà sorti de l'esprit… S'efforçant de masquer son embarras, elle déclara d'un ton léger :

— Oh ! l'autre week-end c'était exceptionnel. En fait, j'étudie l'architecture intérieure à l'université et je suis en dernière année.

— J'ignorais que tu étais étudiante.

— Et toi, dis-moi ce que tu fais, demanda-t-elle, pressée de changer de sujet.

Sander lui expliqua qu'il avait des intérêts dans des sociétés immobilières, des laboratoires pharmaceutiques et des chaînes hôtelières, mais que parallèlement il était toujours à l'affût de nouvelles possibilités d'investissement.

Elle le considéra avec perplexité. Il était ambitieux et consacrait beaucoup de temps à ses affaires, mais de toute évidence il n'était jamais satisfait. Pour quelle raison ?

Il se gara devant un petit immeuble de style

géorgien. Sûrement un restaurant très chic, songea-t-elle en le suivant dans le hall. Mais, à sa grande surprise, il l'entraîna dans un ascenseur.

— Où se trouve le restaurant ?

— Nous n'allons pas au restaurant, répondit-il en s'effaçant pour la laisser sortir de la cabine.

Il sortit une clé de sa poche et ouvrit la porte qui se trouvait de l'autre côté du palier.

— Nous dînons chez moi.

Aussitôt, elle se raidit. Allons bon, elle ne s'attendait pas du tout à ça et elle aurait nettement préféré dîner dans un endroit public... Malgré son appréhension, elle ne put s'empêcher de promener un regard curieux autour d'elle. Les murs blancs, le parquet ciré et les meubles design constituaient un décor très masculin, mais qui tirait le meilleur parti des proportions des pièces. Dans l'une d'elles les attendait une table dressée pour deux, sur laquelle étaient allumées des bougies.

— J'aurais préféré dîner dehors, confia-t-elle avec franchise.

— Pourquoi ?

— J'ai l'impression d'avoir été attirée dans un piège.

— Que veux-tu dire ?

Une note d'impatience était perceptible dans la voix de Sander. La femme qui venait d'arriver dans la pièce, deux assiettes dans les mains, marqua une hésitation. Il lui dit en grec qu'elle pouvait servir le repas.

A contrecœur, Tally s'assit et déplia sa serviette.

— Explique-toi, insista-t-il.

Les hors-d'œuvre étaient très appétissants, mais elle était si contrariée qu'elle se sentait incapable d'avaler une bouchée. Elle darda sur Sander un regard accusateur.

— Tu as choisi de dîner ici parce que tu as prévu de coucher avec moi. Tu exagères !

Imperturbable, il ne tenta pas de nier qu'elle avait vu juste.

— Dois-je m'excuser de te trouver désirable ?

— Non, mais... je ne suis pas seulement un corps. Je n'ai aucune envie de rester ici avec toi si tout ce qui t'intéresse c'est de me mettre dans ton lit.

Sander crispa la mâchoire. Elle ne manquait pas d'aplomb... Mais qu'espérait-elle donc ?

— J'aimerais que tu passes la nuit avec moi. Je ne vois pas ce qu'il y a de mal à cela.

— Je n'aime pas ta façon de considérer mon accord comme acquis, déclara-t-elle d'un ton crispé.

— Tu as le droit de dire non.

— Ne me parle pas sur ce ton condescendant !

Au comble de l'exaspération, Tally jeta son couteau sur la table et repoussa son assiette d'un geste vif.

— Tu as mauvais caractère, dis-moi.

Mauvais caractère ? Mortifiée, elle ravala une réplique cinglante. Elle était parfaitement capable de garder son calme et elle allait le prouver. Elle reprit son assiette et commença à manger lentement. Cependant, elle fut incapable d'apprécier la moindre bouchée de ce plat délicieux.

— Toujours prête à te quereller avec moi, ajouta Sander d'un ton malicieux.

— Je ne comprends même pas pourquoi je suis ici !

— Oh ! c'est très facile à expliquer. Tu es ici pour la même raison que moi. C'est plus fort que toi.

Elle réprima un soupir. Malheureusement, il avait raison… Elle le regarda et un long frisson la parcourut. C'était comme s'il lui avait jeté un sort. L'attirance irrésistible qu'elle éprouvait pour lui l'avait privée de son libre arbitre. Il l'avait insultée, il la mettait sans arrêt hors d'elle, et pourtant elle avait accepté de dîner avec lui… C'était insensé ! Encore plus irritée contre elle-même que contre Sander, Tally se leva.

— Ne te dérange pas. Je vais rentrer par mes propres moyens.

— Es-tu toujours aussi versatile ? demanda Sander en se levant à son tour.

Tally se sentit pâlir. Aurait-elle plus de points communs avec sa mère qu'elle ne l'imaginait ? Face à Sander, elle découvrait un aspect de sa propre personnalité qu'elle ignorait jusque-là. Elle devenait ardente, capricieuse et incroyablement vulnérable. Tout à coup, elle n'avait plus rien de la jeune femme raisonnable et équilibrée qu'elle avait toujours cru être. Elle se surprenait à rêver de choses dont elle n'avait jamais eu envie. Des cheveux raides, une silhouette élancée et des jambes interminables, par exemple. Elle rêvait de devenir une femme irrésistible, qui rendait fous les hommes et pour laquelle ils étaient prêts à se battre.

— Non, justement. C'est toi qui me rends impulsive, avoua-t-elle à contrecœur.

— A vrai dire, tu as le même effet sur moi, reconnut Sander. Je ne voulais plus entendre parler de toi, mais dès que je t'ai vue quitter Westgrave Manor, je n'ai pas pu m'empêcher de te courir après.

Stupéfaite, Tally le dévisagea. Cet aveu avait l'accent de la sincérité. De toute évidence, Sander était aussi dérouté qu'elle par leur attirance mutuelle.

Rassérénée, elle reprit place à table et put enfin savourer le contenu de son assiette tout en posant une foule de questions sur l'appartement. Le contraste entre le décor ultramoderne et l'architecture géorgienne lui plaisait beaucoup. Sander lui expliqua que c'était lui qui avait fait rénover le bâtiment, dans lequel avaient été aménagés plusieurs appartements.

De son côté, elle lui parla de ses études et lui confia que son ambition était d'ouvrir un jour son propre cabinet. Elle était si détendue qu'elle faillit même laisser échapper une allusion à son père.

Après le dîner, ils s'installèrent dans le salon. Sander était charmé par la volubilité de Tally et son enthousiasme. Quelle compagnie agréable ! Non seulement elle ne passait pas son temps à débiter des futilités, mais il n'y avait pas la moindre trace de vanité dans ses propos… Incapable de résister plus longtemps, il lui prit son verre de vin et le posa sur la table basse. Le cœur battant, elle se rapprocha instinctivement de lui. Il referma la main sur son épaule et se pencha vers elle pour effleurer ses lèvres. Aussitôt, elle sentit une vive chaleur se répandre dans son ventre. Comment un baiser aussi chaste pouvait-il lui faire un tel effet ? se demanda-t-elle confusément.

Sander l'embrassa avec une douceur infinie avant d'approfondir son baiser. Elle lui répondit avec ardeur et laissa échapper un petit gémissement étranglé lorsqu'il plongea la main sous son corsage pour la refermer sur un sein. Il caressa tour à tour les deux bourgeons hérissés avec une habileté diabolique qui acheva de l'embraser tout entière.

— Allons dans la chambre, murmura-t-il en la hissant sur ses pieds.

Mais il ne put s'empêcher de s'immobiliser pour s'emparer de nouveau de sa bouche dans un baiser passionné. Nouant les bras sur sa nuque, elle se plaqua contre lui et lui rendit son baiser avec fougue. Avec un grognement satisfait, il la souleva de terre et la porta jusqu'à la chambre, de l'autre côté du couloir.

Il la déposa sur le lit et plongea son regard dans le sien.

— Il y a une chose que j'ai oublié de te préciser. Je ne suis pas fidèle.

— Dans ce cas, je m'en vais, répliqua-t-elle sans la moindre hésitation.

Sander la lâcha.

— Tu n'es pas sérieuse !

— Les autres femmes acceptent ça ?

— Avec toutes les possibilités qui existent, qui a envie de se limiter ? Elles acceptent, oui.

Tally soupira.

— Pas moi.

Avec un grognement de dépit, Sander recula d'un pas. Sous son jean, l'éveil de sa virilité était flagrant.

— Tu as vraiment juré de me rendre fou !

Il était vrai que cette situation était une véritable torture, reconnut Tally intérieurement en s'efforçant de réprimer le désir qui la dévorait. Mais pas question de faire le moindre compromis en matière de fidélité.

— A toi de choisir, insista-t-elle avec entêtement.

Sander poussa un soupir exaspéré.

— C'est ridicule !

— Je ne coucherai pas avec toi si tu continues à coucher avec d'autres femmes.

— C'est du chantage !

— Appelle ça comme tu voudras, mais c'est à prendre ou à laisser.

Sur ces mots, Tally se leva et se dirigea vers la porte. Obligé de faire appel à toute sa volonté pour garder son sang-froid, Sander resta immobile. Il la suivit des yeux tandis qu'elle regagnait le salon pour prendre son sac puis ressortait dans le couloir.

— Je vais appeler un taxi, annonça-t-elle d'un ton léger.

Plus tard il ne se souvint pas d'avoir bougé, mais il se retrouva soudain en train de l'embrasser goulûment. Adossée à la porte d'entrée, elle lui rendait son baiser avec une ferveur enivrante.

— Sander…, murmura-t-elle d'une voix tremblante quand il finit par s'arracher à sa bouche.

— Tant que j'aurai envie de toi, il n'y aura personne d'autre. Mais ne te fais pas d'illusions, ça ne durera peut-être pas plus de quelques heures…

Il n'était pas du genre à céder au chantage et cette concession lui coûtait énormément, comprit-elle. Soudain assaillie par une bouffée de tendresse, elle se hissa sur la pointe des pieds pour déposer un baiser sur ses lèvres.

De retour dans la chambre il enleva sa chemise avant de débarrasser Tally de son corsage. Puis, il l'allongea sur le lit tout en couvant ses seins d'un regard ébloui. Tandis qu'il lui ôtait son jean, elle avait du mal à croire à sa propre audace. Malgré son désir irrépressible, elle ne pouvait s'empêcher d'être gênée de se retrouver presque nue devant Sander.

Pourtant, lorsqu'il se pencha sur elle pour lui caresser les seins et refermer les lèvres sur une pointe frémissante, elle oublia aussitôt sa timidité. Assaillie par des sensations divines, elle enfonça les doigts dans ses épais cheveux noirs en gémissant, tandis qu'il léchait et mordillait tour à tour les deux bourgeons hérissés de ses seins. Après avoir de nouveau capturé sa bouche dans un baiser passionné, il se redressa et se débarrassa de son jean et de son caleçon avec des gestes fébriles. Lorsqu'il la rejoignit, elle sentit une boule de feu se former au creux de ses reins.

Avec dextérité, il lui enleva sa culotte, puis il glissa la main entre ses cuisses et effleura son sexe offert avec un grognement approbateur.

— Ne t'inquiète pas, ça va être fantastique, *glikia mou,* promit-il alors qu'elle se raidissait imperceptiblement.

Mortifiée qu'il ait senti son appréhension, elle ferma les yeux tandis qu'il explorait son corps dans ses moindres recoins, le couvrant de caresses expertes. Très vite, elle se détendit de nouveau, savourant les sensations délicieuses qui l'envahissaient. Il parsema ses seins de baisers et s'attarda de nouveau sur leurs pointes hérissées avant de poursuivre lentement sa descente vers son triangle soyeux.

— Non, protesta-t-elle, de nouveau très embarrassée.

Il se redressa et déposa un baiser sur ses lèvres.

— Je veux te donner le plus de plaisir possible. Je veux réécrire notre histoire.

— C'est impossible. On ne peut pas revenir en arrière.

— Fais-moi confiance, insista-t-il d'une voix douce.

Elle ferma les yeux. Du bout de la langue et des doigts, il explora délicatement sa fleur humide et lui fit découvrir des terminaisons nerveuses dont elle ignorait l'existence. Sous ses caresses expertes, elle sentait monter du plus profond d'elle une excitation intense. Abandonnant toute retenue, elle se mit à onduler des hanches en gémissant, dans l'attente d'un plaisir qu'elle devinait prodigieux. Il enfonça un doigt dans le cœur brûlant de sa féminité tout en caressant de l'autre main la pointe frémissante d'un de ses seins. L'excitation montait inexorablement, devenait presque insupportable… Soudain, elle crut défaillir. Le souffle coupé par l'explosion qui se déclencha entre ses reins, elle laissa échapper un cri aigu.

Des ondes de volupté la parcouraient encore quand Sander plongea en elle avec un grognement étouffé. Elle cria de nouveau. Pas de douleur comme la première fois à Westgrave Manor, mais de plaisir. Le plaisir fabuleux de l'accueillir dans le cœur encore palpitant de sa féminité. Sous ses coups de reins nonchalants, elle sentit bientôt renaître des ondes prometteuses. Il accéléra peu à peu le mouvement et elle fut emportée dans un tourbillon irrésistible.

Les premiers spasmes qui la secouèrent arrachèrent un grognement appréciateur à Sander, quelques secondes avant qu'un raz-de-marée ne la précipite de nouveau dans un gouffre sans fond.

Le souffle court, elle savoura longuement les vagues de volupté qui refluaient peu à peu. Comment avait-elle pu ignorer jusque-là les ressources inouïes de son propre corps ? Jamais elle n'aurait pu imaginer un plaisir aussi extrême… Un plaisir extraordinaire, mais un peu effrayant également. Une fois qu'on y avait goûté, on ne devait plus pouvoir s'en passer…

Sander était impressionné. Jamais il n'avait vécu une expérience aussi intense avec une femme. Il se doutait bien que Tally était sensuelle. Mais à ce point… Il la serra dans ses bras et sentit son excitation renaître déjà…

— Tu as été fantastique, *glikia mou*. Je savais que ce serait magique entre nous.

— J'ai tellement à apprendre…

— Je sais et je suis impatient de parfaire ton éducation.

Avec un sourire malicieux, il referma la main sur un sein et pinça délicatement entre le pouce et l'index le bourgeon encore frémissant.

Parcourue d'un long frisson, elle murmura d'une voix à peine audible :

— Alors ce n'est pas une aventure sans lendemain…

Sans répondre, il lui prit la main et la posa sur son sexe pour lui montrer comment le caresser. Très vite, elle prit conscience du pouvoir grisant qu'elle possédait. Les réactions de Sander à ses caresses étaient très flatteuses… et terriblement excitantes !

Quelques minutes plus tard, il la fit rouler sur le dos et s'enfonça de nouveau en elle. Il n'y avait pas de limites à son plaisir, découvrit-elle quand l'univers se désintégra pour la troisième fois autour d'elle. Et elle n'avait jamais été aussi épuisée, songea-t-elle confusément quand elle reprit peu à peu conscience.

— Je crois qu'il est temps que je te ramène chez toi, déclara Sander en se levant et en gagnant la salle de bains.

Un peu plus tard, alors qu'ils roulaient dans les rues silencieuses, il demanda d'une voix douce :

— Puis-je te donner un conseil sans que tu te vexes ?

— Ça dépend du conseil, répliqua-t-elle en étouffant un bâillement.

— Ne t'attache pas à moi. Entre nous l'entente sexuelle est parfaite et j'apprécie beaucoup ta compagnie. Mais je ne recherche ni une compagne, ni une épouse, ni même une petite amie.

Tally se sentit pâlir.

— Charmant !

— Cette précision nous permettra d'éviter les malentendus, poursuivit-il, impassible. Tu ferais bien également d'envisager d'utiliser un moyen de contraception efficace.

Elle roula les yeux.

— Ça, c'est mon problème.

— Non, c'est notre problème à tous les deux tant que nous partageons le même lit.

— Ne t'inquiète pas, je ne vais pas tomber enceinte de toi.

Que s'imaginait-il ? Même s'il avait pris des

précautions chaque fois qu'ils avaient fait l'amour, elle avait déjà décidé de prendre rendez-vous chez son médecin.

— Plusieurs de mes amis ont été confrontés à ce problème. Quelle que soit la solution adoptée, ça se termine toujours très mal. Ne m'inflige jamais ça, Tally, insista Sander d'un ton ferme.

Elle ne put s'empêcher de pouffer.

— Est-ce une habitude chez toi d'envisager le pire scénario ?

Il la regarda d'un air grave.

— Dans ce domaine, oui…

6

— Dépêche-toi ! s'exclama Sander dans son portable. Je suis garé en double file !

— J'arrive !

Tally courut jusqu'à la Ferrari gris métallisé. Elle lança sa serviette à l'intérieur et sauta sur le siège passager. Sander était toujours aussi beau ! Et le simple fait de le voir suffisait toujours à faire battre son cœur à grands coups... Il revenait d'Athènes où il était resté une semaine. Il lui avait tellement manqué qu'elle avait décidé de transgresser une de ses règles les plus strictes. Elle séchait les cours pour ce rendez-vous avec lui en plein après-midi.

Sander cessa de surveiller dans le rétroviseur l'agent de la circulation qui dressait une contravention à quelques mètres pour regarder Tally. Vêtue d'un jean et d'une tunique de couleur vive, elle avait les cheveux ébouriffés et les yeux brillants. Comme d'habitude, elle débordait d'énergie et parlait avec animation sans cacher sa joie de le revoir. Son enthousiasme était authentique, comme celui d'un enfant.

Pour Sander, qui avait été élevé par des parents austères et peu démonstratifs, l'exubérance et le naturel de Tally étaient aussi séduisants que ses yeux verts, son teint de pêche et ses lèvres pulpeuses. Il captura sa bouche dans un long baiser gourmand avant de démarrer.

Submergée par une vive chaleur, elle jeta un coup d'œil furtif sur le jean de Sander. Il était aussi excité qu'elle, constata-t-elle avec joie. Apparemment, il n'avait pas satisfait sa libido avec une autre pendant son absence. Quel soulagement ! Même si elle ne pouvait être sûre de rien…

De toute façon, elle avait décidé depuis le début de ne pas se bercer d'illusions, non ? Trop de choses la séparaient de Sander pour envisager une relation à long terme. D'autant plus qu'il l'avait prévenue dès le départ qu'il ne fallait rien attendre de lui. Malgré tout, au bout de sept semaines leur attirance mutuelle n'avait rien perdu de sa force.

Binkie avait rencontré brièvement Sander un soir où il était venu chercher Tally et elle l'avait trouvé « charmant ». Crystal avait en revanche mis sa fille en garde contre l'homme d'affaires grec.

— Ce que tu peux espérer de mieux, c'est une aventure torride. Mais, tôt ou tard, il se lassera et il passera à une autre femme, avait prévenu Crystal d'un ton cynique. C'est pour ton bien que je te dis ça. Si tu es prévenue, tu souffriras moins.

— Je sais que Sander ne recherche pas une relation sérieuse, avait répliqué Tally avec un sourire vaillant. Ça ne m'empêche pas d'être bien avec lui.

— Du moment que tu es consciente de n'avoir aucun avenir avec lui…

— J'en suis consciente. Je sais que ça ne durera pas toujours entre nous et ça me convient parfaitement.

Ce jour-là, elle avait dû se rendre à l'évidence.

Personne n'était dupe. Surtout pas elle-même. Elle adorait Sander. Elle était folle de lui. Le seul son de sa voix au téléphone la transportait de joie. Un simple regard de ses yeux noirs suffisait à l'enflammer tout entière. Elle avait eu beau se promettre de ne pas tomber amoureuse, elle n'avait pas pu s'en empêcher…

Sander n'avait pas encore rencontré Crystal, au grand soulagement de Tally. Sa mère aurait bien été capable de faire allusion à son père devant lui ! Crystal gardait une rancune tenace à Anatole Karydas. Elle ne résisterait sans doute pas au plaisir de le dénigrer devant un autre homme d'affaires grec, dévoilant du même coup qu'il était son père. Sander ignorait toujours ce détail. A quoi bon le lui révéler puisque ses relations avec son père étaient pratiquement inexistantes ?

Dans l'ascenseur qui les conduisait à l'appartement de Sander, elle était vibrante de désir mais elle ne se sentait pas très bien. Décidément, il fallait qu'elle retourne chez le médecin. Il lui arrivait trop souvent d'avoir la nausée, ces derniers temps. La pilule qu'il lui avait prescrite ne devait pas lui convenir…

Dès qu'ils atteignirent le hall de son appartement, Sander la prit dans ses bras et l'embrassa avec avidité. Glissant les mains sous sa tunique, il dégrafa son soutien-gorge et recouvrit ses seins avec un grognement étranglé.

— J'ai tellement envie de toi que je pourrais te prendre ici, tout de suite…

— Toi aussi tu m'as manqué, confia-t-elle en lui enlevant sa veste avec des gestes fébriles.

— *Skase !* Tais-toi, intima-t-il en s'emparant de nouveau de sa bouche. Tu parles trop…

Sans cesser de l'embrasser, il l'entraîna jusqu'à la chambre. Le désir insatiable qu'il éprouvait pour elle grisait Tally et compensait certaines frustrations qu'elle avait par ailleurs. A part ceux qu'il leur arrivait de rencontrer par hasard lorsqu'ils sortaient, il ne l'avait encore présentée à aucun de ses amis. Il ne lui avait jamais proposé non plus de passer toute la nuit avec lui. Et il ne la prévenait pas plus de quarante-huit heures à l'avance quand il voulait la voir. Jamais rien dans son attitude ne lui permettait d'espérer qu'ils seraient encore ensemble une semaine plus tard.

Après avoir débarrassé Tally de sa tunique, de son soutien-gorge et de son jean, Sander se déshabilla. Il avait tellement envie d'elle que c'était à la limite du supportable… D'ailleurs, à l'idée de la revoir il n'avait pas fermé l'œil de la nuit. Jamais il ne s'était entendu aussi bien au lit avec une femme. Et, curieusement, savoir qu'elle n'avait connu aucun autre homme avant lui était une immense satisfaction. C'était lui qui l'avait initiée au plaisir. Elle était tout à lui et rien qu'à lui. C'était sans doute pour cette raison qu'il ne s'était pas encore lassé d'elle…

Tally s'agenouilla, à la fois flattée et enivrée par l'intensité du désir de Sander. La seule vue de sa virilité fièrement dressée attisait son désir, déjà brûlant. Elle y promena la langue et les lèvres et Sander enfonça les doigts dans ses cheveux en gémissant. Mais presque aussitôt, il s'écarta d'elle.

— Je veux me perdre en toi, *latria mou*.

Etant donné qu'il avait fait un bilan de santé et qu'elle-même prenait la pilule, Tally avait accepté qu'il arrête d'utiliser des préservatifs. Elle savait que la confiance qu'elle lui accordait était réciproque, parce qu'il lui avait confié qu'elle était la première femme avec laquelle il se dispensait de cette précaution.

Il la déposa sur le lit, la rejoignit et aspira la pointe durcie d'un sein entre ses lèvres tout en glissant la main entre ses cuisses. Au contact des doigts de Sander sur son sexe, elle creusa les reins en laissant échapper un gémissement étranglé. Se redressant, il captura sa bouche en même temps qu'il entrait en elle d'un seul mouvement puissant. Les doigts crispés sur ses épaules, elle noua les jambes sur ses reins, tandis qu'il l'emportait dans une spirale de feu tourbillonnante. La passion qui les dévorait était si débridée qu'elle atteignit très vite son point culminant. Ils furent balayés l'un et l'autre au même instant par un raz-de-marée dévastateur, et leurs cris de jouissance mêlés résonnèrent dans tout l'appartement.

Au bout d'un moment, Sander se redressa sur un coude et considéra Tally d'un air inquiet.

— Je me suis laissé emporter. Est-ce que je t'ai fait mal ?

— Bien sûr que non, répondit-elle, les yeux brillants, en refermant les bras sur lui avec enthousiasme.

Il déposa un baiser au creux de son épaule. Curieusement, les démonstrations d'affection de Tally ne l'agaçaient pas. A vrai dire, il n'était même pas loin de les trouver agréables. Mais sans doute était-ce parce qu'il savait qu'elles étaient dénuées d'arrière-pensées. Elle était aussi caressante qu'exubérante. C'était dans sa nature. Elle fondait tout autant devant les enfants ou les animaux. Il n'y avait aucune inquiétude à avoir. Ce n'était pas le genre de femme à devenir un crampon…

— Qu'as-tu fait à Athènes ?

— Je n'ai pas envie de discuter… J'ai envie de dormir, répliqua-t-il d'un ton taquin.

— Oh non ! Ça fait une semaine qu'on ne s'est pas vus ! Alors, Athènes ? Raconte-moi.

— Mon père veut que je m'installe en Grèce pour travailler avec lui dans sa société. Et ma mère veut que j'épouse une jeune fille grecque de bonne famille. Elle en a d'ailleurs invité quatre à l'occasion d'une soirée qu'ils ont organisée pendant mon séjour…

Ces informations ne réjouirent pas du tout Tally mais elle s'efforça de garder un visage serein. Après tout, c'était elle qui avait insisté pour avoir des détails sur le séjour en Grèce de Sander, et elle pouvait lui être reconnaissante de lui avoir répondu avec franchise.

— En as-tu trouvé une à ton goût ? demanda-t-elle d'un ton qu'elle espérait désinvolte.

— Non. Et, de toute façon, je n'ai aucune envie de me marier.

Sander pinça délicatement la pointe d'un sein entre ses doigts.

— Pourquoi chercherais-je une femme alors que je t'ai dans mon lit ? Tu sais, j'ai l'impression que tes seins ont grossi.

Tally s'empourpra.

— Ça doit être la pilule.

— En tout cas, ils sont toujours aussi sublimes. Au fait, nous sortons ce soir.

— Où allons-nous ?

— Un de mes amis organise une soirée privée dans un club.

Le cœur de Tally se gonfla de joie. Il allait enfin la présenter à ses amis !

Il se leva et la souleva du matelas.

— Il est temps de prendre une douche, paresseuse.

— Il va falloir que je rentre me changer…

— Non, ce n'est pas la peine. J'ai fait le nécessaire.

— Que veux-tu dire ?

— Tu verras…

Sander porta Tally dans la cabine de douche et entreprit de la savonner en s'attardant longuement sur ses seins. Très vite, ils oublièrent l'un et l'autre qu'ils étaient censés se laver.

— Tu as envie de moi ? murmura-t-il, la bouche contre ses seins.

— Terriblement envie, répliqua-t-elle d'une voix hachée.

La saisissant par les hanches, il la souleva du sol, la cala contre la paroi carrelée et s'enfonça en elle. Cette nouvelle danse d'amour échevelée s'acheva dans une explosion de plaisir qui la laissa comblée et rompue.

Lorsqu'elle regagna la chambre, enveloppée dans un drap de bain, Sander, qui s'était éclipsé, arriva les bras chargés de cartons qu'il déposa sur le lit.

— Ta tenue pour ce soir, annonça-t-il avec un large sourire.

Elle le fixa avec stupéfaction.

— Tu m'as acheté des vêtements ?

— Si je dois te voir une fois de plus dans ta robe noire ou bien dans la turquoise à l'encolure incrustée de paillettes, je les déchire l'une et l'autre ! Tu as besoin d'une nouvelle tenue.

Il ouvrit le premier carton et en sortit une robe de soie vert émeraude somptueuse. Au comble de l'embarras, Tally se hérissa.

— Cette robe a dû coûter une fortune... Je ne peux pas l'accepter.

Irrité, Sander réprima une réplique blessante. D'accord, contrairement à la plupart de ses autres maîtresses, Tally refusait tout cadeau de sa part et c'était tout à son honneur. Mais il y avait des limites. Ne pouvait-elle pas se douter que dans le milieu où il évoluait les apparences avaient de l'importance ? Il ne pouvait pas l'emmener à cette soirée dans n'importe quelle tenue ! Et, de toute façon, il commençait à être frustré de ne jamais rien pouvoir lui offrir.

Sans un mot, il ouvrit les autres cartons et répandit leur contenu sur le lit. La vue des dessous en dentelle, des bas et des chaussures qui accompagnaient la robe accrut l'humiliation de Tally. Les joues en feu, elle releva le menton avec fierté.

— Si je comprends bien, tu es embarrassé quand tu sors avec moi parce que mes tenues ne sont pas dignes de toi ?

— Pas du tout ! Mais je connais assez les femmes pour savoir que c'est toi qui seras embarrassée si tu ne portes pas ça, ce soir.

Mortifiée, elle détourna les yeux. C'était la première fois que l'argent les dressait l'un contre l'autre. A en juger par son visage fermé, Sander était furieux. Que faire ? Sa fierté lui ordonnait de ne pas céder. Mais, d'un autre côté, ne serait-il pas dommage de se quereller avec lui pour un cadeau que la plupart des femmes accepteraient avec reconnaissance ? Même si l'idée ne l'avait jamais effleurée auparavant, c'était visiblement le manque d'élégance de sa garde-robe qui avait dissuadé jusque-là Sander de la présenter à ses amis… Elle soupira.

— Ce qui m'embarrasse, c'est que tu m'aies acheté tout ça. Mais tu es visiblement animé des meilleures intentions et je te remercie de ta générosité. Mais, s'il te plaît, ne m'achète plus jamais de vêtements.

— Je ne veux pas que tu te sentes mal à l'aise avec mes amis.

Si ses amis attachaient une telle importance aux apparences, ça prouvait qu'il les choisissait mal… Mais c'était sans doute le genre de commentaire qu'il valait mieux éviter… Inutile de jeter de l'huile sur le feu.

Elle passa la main sur le tissu soyeux de la robe.

— Elle est magnifique.

— Dès que je l'ai vue j'ai su qu'elle était faite pour toi.

Comment lui en vouloir plus longtemps ? songea-t-elle, désarmée par le regard ébloui dont Sander l'enveloppait. Cependant, il fallait que cela reste une exception. Pas question d'accepter d'autres cadeaux de ce genre à l'avenir.

— Es-tu certain qu'elle est à ma taille ?

— Ce n'est pas la première fois que j'achète une robe à une femme.

— Je ne veux pas le savoir, marmonna-t-elle avec un pincement au cœur.

Elle se dirigeait vers la salle de bains pour se sécher les cheveux, lorsque la voix de Sander l'arrêta.

— Je t'ai aussi acheté des boucles d'oreilles.

Elle tressaillit et pivota sur elle-même. Depuis le seuil, Sander la défia du regard.

— Je n'en veux pas, déclara-t-elle d'un ton crispé.

Il leva les bras en l'air avec exaspération.

— Quel est ton problème, bon sang ? Je passe des moments fantastiques avec toi. Pourquoi ne pourrais-je pas te le prouver en utilisant le seul moyen à ma disposition ?

A ces mots, elle réprima un soupir. Avec ce genre de raisonnement, il réussissait à lui donner le sentiment d'être ingrate et mesquine. Et pourtant…

— Je ne peux pas m'empêcher de penser que ce n'est pas bien d'accepter des cadeaux luxueux de ta part.

— Ne crée pas de problèmes là où il n'y en a pas.

Indécise, elle le fixa du regard. Il était tentant de continuer à défendre son point de vue, mais elle n'avait aucune envie de se quereller avec Sander après avoir été séparée de lui pendant une semaine. D'autant plus que sa mère semblait déterminée à lui présenter toutes les célibataires de la haute société d'Athènes… Certes. Mais si elle n'y prenait pas garde, son amour pour Sander risquait de la conduire à la lâcheté. Si elle ne pensait plus qu'à lui plaire, elle finirait par se perdre. Pas question d'en arriver là, se promit-elle en se séchant les cheveux. L'amour ne la transformerait pas en paillasson.

La robe se révéla parfaite. De coupe sobre, elle n'était ni trop courte ni trop décolletée et semblait avoir été taillée sur mesure pour elle. Impossible d'émettre la moindre réserve, songea-t-elle en se contemplant dans le miroir.

Sander lui tendit un écrin qui contenait des boucles d'oreilles en forme d'étoiles constituées chacune d'une émeraude entourée de diamants.

— Elles m'ont rappelé tes yeux, confia-t-il en l'enveloppant d'un regard admiratif qui l'empêcha de protester contre le luxe inouï de ces bijoux.

Elle les mit, puis étudia de nouveau son reflet. Il fallait reconnaître qu'elles étaient sublimes et qu'elles allaient à merveille avec la robe.

Sander l'emmena dans un club londonien réputé pour sa clientèle hype, où il avait visiblement ses habitudes. Il commanda du champagne, mais de nouveau nauséeuse, elle préféra s'en tenir à l'eau minérale. Plusieurs personnes vinrent le saluer à leur table, et chaque fois il fit les présentations. Quand les femmes daignaient lui accorder un regard, il était franchement hostile, remarqua Tally avec agacement. Elle en vit une glisser quelque chose dans la poche de Sander, et lorsqu'ils furent de nouveaux seuls elle insista pour savoir ce que c'était.

Il sortit de sa poche une carte sur laquelle étaient écrits un numéro de téléphone et un bref message. Avant qu'elle ait le temps de lire ce dernier, il chiffonna la carte en commentant d'un ton désinvolte :

— Ça arrive souvent. Certaines femmes seraient

prêtes à tuer pour mettre le grappin sur un homme riche. J'ignore toujours ce genre d'invitations.

Le défilé se poursuivit et la tendance se confirma. La plupart des femmes draguaient ouvertement Sander malgré la présence de Tally. Pour avoir la paix il finit par l'emmener dans la zone VIP, plus calme. Mais là aussi, il avait des connaissances. Une superbe brune filiforme, installée au bar avec des amies, se déplaça jusqu'à leur table pour le saluer. Il fit les présentations.

— Oleia Telis, une vieille amie d'Athènes… Tally Spencer…

Tout en gardant un sourire éclatant aux lèvres, la jeune femme foudroya Tally du regard. Puis elle se mit à discuter en grec avec Sander qui éclata de rire. Désemparée, Tally les regarda discuter. La musique était de toute façon trop forte pour qu'elle entende quoi que ce soit à la conversation D'autant plus qu'en quelques minutes, la brune filiforme — comment pouvait-on être aussi mince ? à côté d'elle, elle se sentait énorme — avait réussi à se glisser entre elle et Sander, sur la cuisse duquel elle avait aussitôt posé une main possessive. Lorsqu'elle l'entraîna sur la piste de danse, Tally se rendit aux toilettes, à la fois furieuse et déorientée. Après s'être lavé les mains, elle se retrouva soudain face à trois jeunes femmes qu'elle reconnut comme étant les amies d'Oleia.

— Pourquoi ne rentres-tu pas chez toi ? lança l'une d'elles d'un ton venimeux. Sander danse avec Oleia. Ils n'ont pas besoin que tu t'accroches à eux.

Tally releva le menton.

— C'est moi que Sander a amenée ici ce soir.

— Il connaît Oleia depuis toujours. Tu n'es pas faite pour lui. Tu ne peux pas comprendre ça et laisser tomber ? intervint une autre avec un mépris cinglant.

Les joues en feu, Tally passa devant le trio et regagna la zone VIP. Sur la piste de danse, Oleia était collée à Sander. Lorsqu'elle se hissa sur la pointe des pieds pour l'embrasser tout en frottant son bassin contre le sien, il ne la repoussa pas. Anéantie, Tally se détourna vivement et sortit son portable de sa pochette pour envoyer un texto à Sander.

Je ne peux pas tolérer que tu embrasses une autre femme. C'est fini entre nous. Je rentre chez moi.

Puis elle gagna la sortie, sans pouvoir s'empêcher de prendre son temps au cas où Sander lirait son texto tout de suite et la suivrait. Dehors, un videur lui appela un taxi dans lequel elle monta comme un automate. Etait-il possible que ça se termine comme ça ? Sans aucun signe avant-coureur ? Sans que Sander ait paru se désintéresser d'elle jusque-là ?

Une fois dans sa chambre, elle s'allongea sur son lit, hébétée, son portable à portée de main, et attendit la réponse de Sander. Mais lorsqu'elle se réveilla le lendemain à l'aube, elle n'avait toujours rien reçu. Cette fois, il n'y avait plus aucun doute. C'était bien fini.

Effondrée, elle fut prise d'une nausée qui la précipita dans la salle de bains, où elle vomit comme jamais auparavant. Par ailleurs ses seins étaient douloureux, constata-t-elle. Décidément, tout allait mal… Il était grand temps de soigner ces problèmes digestifs. Elle alla en cours malgré une violente migraine, et prit rendez-vous chez le médecin pour l'après-midi même.

La consultation fut brève. Une fois qu'elle lui eut expliqué ses symptômes, le médecin lui proposa un autre type de pilule mais elle lui dit qu'elle préférait arrêter de la prendre. A quoi bon continuer, puisque c'était fini avec Sander ? Le médecin lui prescrivit une analyse de sang, une infirmière fit le prélèvement dans la foulée, puis elle retourna à l'université. Lorsqu'elle rentra chez elle en fin d'après-midi, Binkie lui annonça que le cabinet médical avait téléphoné pour lui donner un rendez-vous le lendemain. Elle l'informa également que sa mère rentrait dans la soirée d'Espagne, où elle avait séjourné pendant quelques semaines en compagnie d'une amie.

Le lendemain matin, Tally se réveilla à la fois abattue et furieuse. Le silence de Sander était insultant ! Au bout de sept semaines, il la traitait avec la même désinvolture que s'ils n'avaient passé qu'une nuit ensemble... De toute évidence, elle n'avait jamais compté pour lui. Les liens qu'elle croyait avoir noués avec lui n'avaient existé que dans son imagination. Mais, après tout, elle n'avait que ce qu'elle méritait. Ne l'avait-il pas prévenue dès le début qu'il ne fallait pas s'attacher à lui ?

Elle n'aurait plus jamais de nouvelles. Elle ne le verrait plus jamais. C'était fini... Vraiment fini...

C'était fini, se répétait-elle encore avec désespoir un peu plus tard en patientant dans la salle d'attente du médecin. Ce dernier l'accueillit avec un sourire crispé.

— J'ai demandé qu'on vous donne ce rendez-vous parce que les résultats de l'analyse de sang indiquent que vous êtes enceinte.

Elle pâlit.

— Mais c'est impossible… Je prenais la pilule…

— Oui, mais une minipilule. Avez-vous continué à prendre d'autres précautions pendant les trois premières semaines ? Etes-vous certaine de ne jamais avoir oublié un seul comprimé ? C'est le genre de détails qui peuvent nuire à l'efficacité de la contraception.

L'estomac de Tally se noua. Elle avait en effet oublié de prendre un comprimé. Et elle était à peu près certaine que Sander avait cessé de mettre des préservatifs avant la fin de la troisième semaine… Consternée, elle demanda d'une voix éteinte depuis combien de temps elle était enceinte.

— Environ six semaines, répondit le médecin.

Puis il lui conseilla de se ménager et d'adopter un régime alimentaire très sain, mais elle ne l'écoutait plus. Une seule pensée tournait en boucle dans son esprit. Elle était enceinte de Sander alors qu'ils avaient rompu. D'accord c'était elle qui était partie, mais il n'avait rien fait pour la retenir… Il n'avait même pas répondu à son texto ! Désespérée, elle décida de rentrer chez elle. Impossible d'aller en cours comme si de rien n'était. Elle avait besoin de parler à quelqu'un… Et c'était à Binkie qu'elle avait envie de se confier.

— Oh ! Tally, que vas-tu faire ? demanda la vieille dame, bouleversée.

— Je vais garder le bébé. Après tout, maman m'a eue dans les mêmes circonstances.

— Sauf qu'elle était fiancée avec ton père quand elle est tombée enceinte et qu'elle pensait qu'ils se marieraient. Toi, il faut que tu parles à Sander du bébé…

— Quel bébé ?

En entendant la voix de sa mère, Tally tressaillit.

— Tally est enceinte, répliqua Binkie en se levant. Je vous laisse discuter.

— Enceinte ! s'exclama Crystal d'un ton outré. De Sander Volakis ?

Tally hocha la tête.

— Oui, mais il ne le sait pas. Il faut que je le prévienne.

Crystal eut une moue désabusée.

— Oh, ma chérie, j'espère que tu es consciente qu'il se volatilisera dès qu'il sera au courant.

— De toute façon, nous ne sommes plus ensemble. Mais c'est son bébé. Il faut qu'il le sache.

— Attends un peu que ton père apprenne ça !

Quelque chose dans le regard de Crystal suggérait que la perspective d'annoncer cette mauvaise nouvelle à Anatole Karydas ne lui déplaisait pas.

Tally sentit un frisson la parcourir.

— Pourquoi lui dirais-tu ? Ça ne le regarde pas.

En fait, il y avait très peu de chances que Crystal annonce à son père qu'elle était enceinte, se dit-elle aussitôt. Après tout, les relations entre ses parents ne s'étaient jamais améliorées au fil des ans et ils ne se parlaient que très rarement.

— Tu es trop jeune pour te retrouver avec un

bébé sur les bras, décréta Crystal. Tu ferais mieux d'avorter.

— Je vais réfléchir à toutes les possibilités, répliqua Tally pour avoir la paix.

Elle monta dans sa chambre et envoya un texto à Sander pour lui dire qu'elle avait besoin de le voir de toute urgence. Plus tôt elle lui annoncerait la nouvelle, mieux ça vaudrait. Elle sentit son cœur se serrer. Il allait être furieux… Dès le début de leur relation, il avait été très clair à ce sujet.

Malgré tout, elle ne pouvait s'empêcher de nourrir tout au fond d'elle l'espoir que la réaction de Sander ne serait pas aussi négative que tout le laissait prévoir.

7

S'exhortant au calme, Sander inspira profondément quand son assistante lui annonça que Tally était arrivée. Il avait bien fait de lui donner rendez-vous à son bureau. C'était le cadre idéal pour que la rencontre ne s'éternise pas. Après tout, que restait-il à dire ? Elle avait osé le laisser en plan au milieu de la soirée ! Il s'apprêtait à lui présenter des amis quand il avait découvert qu'elle était partie. Quant à son texto péremptoire… Rien que d'y penser, il vibrait de rage !

Tally avait mis un legging, des baskets et un long T-shirt marron. Il ne fallait surtout pas donner l'impression d'avoir fait des efforts pour plaire à Sander, avait-elle décidé. Ce qui ne l'avait pas empêchée de passer plus d'une heure à se coiffer et à se maquiller. Elle s'était également changée trois fois avant de finir par admettre avec dépit que rien au monde ne pourrait lui donner la même allure de brindille qu'Oleia.

Elle pénétra dans le bureau en s'efforçant d'ignorer les battements de son cœur. Sander était toujours aussi beau, bien sûr… Négligemment appuyé contre son bureau, il arborait un air détaché. Nul doute qu'il allait perdre ce calme insolent dès qu'elle lui parlerait du bébé. *Leur* bébé, rectifia-t-elle, incapable de réprimer une bouffée de joie mêlée de fierté qui la fit aussitôt culpabiliser.

— Je ne comprends pas ce que tu fais ici, déclara-t-il d'un ton glacial.

Malgré lui, son regard fut irrésistiblement attiré par les seins de Tally, qui tendaient le tissu de son T-shirt. Irrité contre lui-même, il s'efforça d'ignorer la bouffée de désir qui l'assaillait.

— Ça n'a rien à voir avec ce qui s'est passé au club, s'empressa-t-elle de préciser pour éviter tout malentendu.

Il serait bien capable de s'imaginer qu'elle regrettait sa décision et qu'elle était venue tenter de recoller les morceaux !

— A ce sujet, je n'ai rien à ajouter à mon texto, insista-t-elle en relevant le menton.

Les yeux de Sander lancèrent des étincelles.

— Ta grande scène de la femme outragée était ridicule.

— Il est vrai que j'ai été outragée par ta conduite inadmissible, mais j'ai au contraire choisi de ne pas faire de scène.

Le calme affiché par Sander à son arrivée masquait en réalité une colère noire, comprit Tally. De toute évidence il n'avait pas supporté qu'elle ose le laisser tomber l'autre soir. Mais à en juger par ce qu'elle avait pu observer au club, il avait l'habitude que les femmes soient prêtes à tout pour lui plaire. Y compris sans doute à accepter sans broncher qu'il les traite avec désinvolture. Eh bien, pour sa part, elle en était incapable…

— Tu m'as laissé tomber uniquement parce que Oleia flirtait avec moi. Elle avait trop bu et c'est une de mes plus vieilles amies.

— Je ne t'ai pas vu la repousser.

La mâchoire de Sander se crispa.

— Je ne suis pas de bois et je ne t'appartiens pas.

— Non, en effet. Mais ce n'est pas pour parler de ça que je t'ai demandé de me recevoir…

— Tu veux me récupérer, coupa-t-il avec une arrogance qui la hérissa.

— Non, pas du tout.

Si seulement c'était vrai ! songea-t-elle, le cœur serré. Malheureusement, elle l'aimait encore. Elle avait beau trouver sa conduite odieuse, elle mourait d'envie de se retrouver dans ses bras. Mais il n'était pas question de revenir sur sa décision. A moins qu'il s'excuse platement, bien sûr. Mais ça, il ne fallait pas y compter…

— Alors que fais-tu ici ?

Elle déglutit péniblement.

— J'irai droit au but. J'ai vu mon médecin, hier. Je viens d'apprendre que je suis enceinte.

Il y eut un silence. Epais, pesant, interminable.

— De combien de temps ? finit par demander Sander.

— Environ six semaines.

Il considéra longuement Tally. Dès l'instant où il avait lu son texto, il l'avait rayée de sa vie. Et maintenant… Il réprima un juron. Jamais il ne s'était senti aussi trahi !

— J'ai visiblement eu tort de te faire confiance.

— Je ne l'ai pas voulu et je n'ai rien fait pour !

protesta-t-elle, consternée. J'ai eu tort de croire que tout risque de grossesse était écarté dès le premier comprimé. Je reconnais que je n'ai même pas lu la notice. Je croyais tout savoir. C'est mon médecin qui m'a expliqué hier que l'efficacité de la pilule pouvait être réduite dans certaines…

— Inutile de te fatiguer, coupa sèchement Sander. Je ne suis pas complètement idiot. Je suppose que tu as l'intention de garder ce bébé.

— Oui.

— Bien sûr.

Son ton sarcastique fit tressaillir Tally.

— Qu'est-ce que tu insinues ?

— Qu'élever mon enfant te permettra de vivre à mes crochets pendant au moins vingt ans, répliqua Sander avec un mépris cinglant. Tomber enceinte de moi est un excellent investissement à long terme.

Elle eut l'impression de recevoir une gifle.

— Nous avons tous les deux pris des risques, Sander. Crois-moi, je n'ai pas prémédité ça et l'idée de vivre à tes crochets pendant les vingt prochaines années me fait horreur !

— Un homme riche est toujours une cible de choix pour ce genre d'arnaque…

— Ce n'est pas une arnaque. Je te répète que je n'ai jamais eu l'intention de t'escroquer ! hurla-t-elle, hors d'elle. C'est un accident et cette situation ne me réjouit pas plus que toi ! Après tout, ce bébé va avoir des conséquences bien plus importantes sur ma vie que sur la tienne !

— Je t'ai fait confiance, insista Sander en dardant sur elle un regard accusateur indiquant qu'il ne croyait pas un mot de ce qu'elle venait de lui dire. J'aurais dû me méfier. Une fille appartenant au même milieu que moi aurait trop de classe pour avoir recours à une combine aussi minable !

Elle suffoqua d'indignation.

— Pour qui te prends-tu ? Comment oses-tu me parler comme ça ? Tu te trompes complètement à mon sujet ! Mes parents se sont séparés quand ma mère était enceinte, et je n'ai jamais vraiment eu de relations avec mon père parce qu'ils se détestent encore aujourd'hui. Je suis la dernière femme au monde qui souhaite avoir un enfant dans les mêmes circonstances. J'ai trop souffert de grandir sans père.

— Il va de soi que j'assumerai mes responsabilités et que je subviendrai à vos besoins à tous les deux.

Le ton froid de Sander serra le cœur de Tally. L'argent ne suffisait pas, malheureusement. Elle aimerait que son enfant ne subisse pas comme elle les conséquences d'une discorde persistante entre ses parents.

— Tu devrais me connaître assez bien pour savoir que je ne serais jamais tombée enceinte délibérément.

Il arqua un sourcil narquois.

— Vraiment ? J'étais persuadé que je n'aurais jamais ce genre de problème avec toi et je m'étais trompé. Je me demande quelles autres erreurs j'ai commises à ton sujet.

La gorge nouée, elle refoula ses larmes.

— Il y a quelques jours encore nous étions heureux…

— Et aujourd'hui nous ne le sommes plus. C'est la vie. J'apprécie que tu sois venue jusqu'ici pour m'annoncer cette nouvelle de vive voix. Mais si tu as dit tout ce que tu avais à dire, je ne vois pas ce qu'il y a à ajouter pour l'instant. Le cabinet d'avocats qui s'occupe de mes affaires à Londres se mettra en contact avec toi.

— Je ne te croyais pas aussi dur, commenta-t-elle, dévastée.

— Tu savais depuis le début que je ne voulais pas d'enfant ni même d'une petite amie.

— On n'est jamais à l'abri d'un imprévu… mais il ne tient qu'à nous que cet imprévu — le bébé — ne soit pas un désastre…

— Epargne-moi ce genre de lieux communs, coupa Sander avec morgue. Mon avocat prendra contact avec toi.

Livide, Tally se dirigea vers la sortie.

— Je n'apprécie pas du tout d'être traitée comme un escroc.

— Et moi je n'apprécie pas du tout de me retrouver père sans l'avoir décidé.

Une semaine après cet entretien, Sander eut la surprise d'apprendre par son assistante qu'Anatole Karydas souhaitait le voir.

Karydas était un personnage influent et il arrivait souvent à Petros Volakis de traiter des affaires par son intermédiaire. Pour sa part, Sander ne l'avait rencontré qu'une ou deux fois mais ce qu'il savait de ses méthodes douteuses lui déplaisait fortement. Anatole Karydas avait par ailleurs la réputation d'être une brute, et il était d'autant plus redouté par ses employés et ses concurrents qu'il n'oubliait jamais une erreur ni un affront.

— Bonjour, Volakis, marmonna-t-il en pénétrant dans le bureau.

Petit et corpulent, le regard perçant, il arborait un air pompeux.

— Je crois que vous avez rencontré ma fille à Westgrave Manor, il y a quelques mois.

— J'ai raccompagné Cosima en voiture au manoir un soir, commenta Sander d'un ton circonspect.

— Tally m'a dit que vous aviez joué les bons samaritains.

Devant l'air surpris de Sander, Karydas ajouta :

— Bien que je n'aie pas l'habitude de le crier sur les toits, il se trouve que Tally Spencer est elle aussi ma fille.

Sander le fixa avec incrédulité.

— Tally est... votre fille ?

— Je n'ai jamais épousé sa mère, et mon épouse et Cosima préfèrent que nos liens familiaux soient passés sous silence. Pour être très franc, je n'ai jamais eu des relations très étroites avec Tally. Je ne supporte pas sa mère, qui est une harpie. Mais Tally est malgré tout ma fille et je ne peux pas vous laisser gâcher sa vie sans intervenir.

Sander crispa la mâchoire. Si Tally était là, il l'étranglerait... Comment avait-elle osé lui cacher sa véritable identité ! En fait, elle lui avait menti dès leur rencontre en prétendant travailler pour sa demi-sœur. Décidément, elle n'avait pas cessé de se payer sa tête...

— De toute évidence, vous savez qu'elle est enceinte

de moi. J'espère n'avoir gâché la vie de personne, commenta-t-il d'un ton pince-sans-rire. En tout cas, je n'ai pas l'habitude de fuir mes responsabilités. Tally peut compter sur mon soutien financier.

— Vous avez mis ma fille enceinte, vous l'épousez, rétorqua Karydas d'un ton suffisant. En ce qui me concerne, je considérerai toute autre forme de soutien comme une insulte personnelle.

Atterré, Sander s'exhorta au calme.

— Je n'ai jamais eu l'intention d'insulter personne.

Karydas avança vers lui en brandissant le poing d'un air menaçant.

— Ou vous épousez ma fille ou votre père va avoir des problèmes.

Sander se figea.

— Que voulez-vous dire ?

— Vous l'ignorez peut-être, mais la compagnie de navigation Volakis Shipping est surendettée. Votre frère avait contracté des emprunts excessifs, surtout dans le contexte de crise actuel. Pour que l'entreprise familiale reste solvable, votre père doit absolument décrocher le contrat TKR. Il suffit d'un mot de ma part pour que ce soit une autre société qui le signe. Volakis Shipping sera alors en faillite.

Sander considéra Anatole avec répulsion. Il n'ignorait rien du surendettement de Volakis Shipping. En réalisant des investissements à un moment inopportun, Titos avait pris des risques inconsidérés dans un secteur où la concurrence était féroce.

Malheureusement, il ne doutait pas un seul instant que Karydas avait le pouvoir de faire échouer les négociations concernant le contrat TKR et qu'il n'hésiterait pas à mettre sa menace à exécution. Sander fut assailli par un vif sentiment de culpabilité. Il soupçonnait depuis quelque temps que son père était confronté à des problèmes trop lourds pour un seul homme mais il avait préféré l'ignorer. Et voilà qu'aujourd'hui, son aventure regrettable avec Tally risquait de coûter très cher à sa famille.

— Il faut que je réfléchisse, déclara-t-il en réprimant une furieuse envie d'envoyer un crochet du droit à Karydas. C'est Tally qui vous a dit qu'elle était enceinte ?

— Non, c'est sa mère. Tally ne sait pas que je suis ici.

Après le départ de l'homme d'affaires, Sander resta un long moment hébété. Il était censé l'épouser ? Epouser Tally Spencer... Karydas ? La rage le submergea et il faillit se défouler à coups de poing sur le mur. Il se sentait pris au piège. Quel cauchemar ! Il n'avait aucune envie de se marier ! Autrefois, à l'époque où il était encore un adolescent naïf, il voulait épouser Oleia. Mais ce rêve s'était effondré du jour au lendemain, à tout jamais. Il avait beaucoup appris de cette cruelle déception. Mais visiblement pas autant qu'il le pensait...

Tally l'avait bien mené en bateau. Une fille ordinaire ? Il réprima un rire amer. C'était tout le contraire ! Elle avait déployé des trésors d'ingéniosité pour lui cacher sa véritable identité. Malgré tout, elle n'avait pas hésité à sortir l'artillerie lourde le moment venu et à lui envoyer son père. Comment pourrait-il croire un seul instant que ce n'était pas elle qui avait informé Anatole Karydas de son état ?

Une grossesse accidentelle ? S'il avait eu le moindre doute sur la véracité de cette version, la visite qu'il venait de recevoir l'aurait fait voler en éclats. Karydas était l'homme le plus retors qui pouvait exister, et Tally n'avait visiblement pas hérité de lui que sa petite taille.

Sander ne décolérait pas. Anatole Karydas le faisait chanter ! « Epousez Tally, sinon… » Quel plaisir ce serait de lui rire au nez ! Malheureusement, il ne pouvait pas se le permettre. S'il refusait de céder au chantage, ce n'était pas lui qui en pâtirait mais ses parents. Or il avait déjà mauvaise conscience parce qu'il n'avait jamais été très proche d'eux. Ce qui ne l'empêchait pas de les aimer et de se préoccuper de leur bien-être.

Sander soupira. Pour sa part, il survivrait sans problème à la faillite de Volakis Shipping. Financièrement, il ne dépendait ni de ses parents ni de l'entreprise familiale. En revanche, il était conscient que si elle était devenue une compagnie maritime de renommée internationale, c'était grâce au travail acharné de six générations de Volakis, qui y avaient consacré toute leur vie. En l'espace de trois ans, son frère aîné l'avait conduite au bord de la ruine à cause de ses rêves de grandeur. Si ses parents perdaient définitivement la société, ainsi que le confort matériel et le statut social auxquels ils étaient habitués, ils ne s'en remettraient pas.

Impossible d'envisager cette éventualité. Il était leur fils et il y avait des liens que même le plus rebelle des hommes ne pouvait renier. Laisser couler

Volakis Shipping pour préserver sa liberté ? Il n'en était pas question.

Et puis, après tout, Tally était la sensualité incarnée. Avantage non négligeable… Contrebalancé par un inconvénient de taille. Le bébé qu'elle portait. Sander secoua la tête. Comment avait-il pu prendre un risque pareil uniquement pour le plaisir de faire l'amour sans préservatif ? Que lui avait-il pris ? Il n'avait jamais eu aucune envie de devenir père. Les bébés pleuraient sans arrêt et réclamaient une attention de tous les instants. Et par la suite ils devenaient de plus en plus exigeants et envahissants au fur et à mesure qu'ils grandissaient. D'ailleurs, il avait remarqué que les femmes avaient tendance à se focaliser sur eux et à négliger leurs maris. Un bébé… Sander eut des sueurs froides. Il s'organiserait. Une nurse… non, une armée de nurses, professionnelles, efficaces, fiables. Ça réglerait le problème du bébé.

Quant au mariage… Sander se servit un verre de whisky et le vida d'un trait. Il allait avoir besoin d'en boire beaucoup d'autres avant de se rendre chez Tally, demain…

8

Tally n'était pas du genre à se complaire dans le désespoir et à passer des jours entiers à se lamenter sur son sort. Elle s'accorda vingt-quatre heures pour surmonter sa détresse après le rejet brutal de Sander.

Du moins avait-il été franc dès le début. Il l'avait prévenue qu'il ne voulait pas d'une relation durable et encore moins d'une grossesse. Malgré tout, elle ne s'attendait pas à un mépris aussi cinglant. Ni à une telle détermination à couper les ponts. Il avait été très clair. A part son soutien financier, il ne fallait rien attendre de lui. Avait-il l'intention d'adopter la même attitude que son père ? Leur enfant allait-il devenir comme elle une erreur de jeunesse inavouable ? Pensait-il vraiment qu'elle l'avait piégé par cupidité ?

Mais, après tout, n'était-ce pas ce qu'avait fait Crystal ? Dès que la pension alimentaire lui avait été accordée par la justice, elle avait abandonné toute velléité de gagner sa vie. Même si son objectif initial était de se faire épouser. Malheureusement pour elle, cet espoir avait été déçu et elle ne s'en était jamais remise. Pas question de suivre le même chemin, décida Tally. Elle n'avait pas l'intention de se laisser ronger par l'amertume année après année.

Cette résolution ne l'empêcha pas de verser toutes

les larmes de son corps. Non seulement elle avait perdu l'homme qu'elle aimait mais elle avait été profondément blessée par son manque de compassion et ses soupçons.

— Franchement, à quoi t'attendais-tu quand tu es allée lui annoncer la nouvelle ? demanda Crystal, une semaine plus tard, quand Tally commença à être capable d'aborder le sujet sans éclater en sanglots.

— Je pensais qu'il tenait à moi… Pas qu'il m'aimait, bien sûr, juste qu'il tenait un peu à moi. Mais quand je lui ai dit que j'étais enceinte, il m'a traitée de la même façon que si nous avions passé une seule nuit ensemble sans jamais nous revoir ensuite.

— Ce que tu peux être naïve, Tally. Sander était avec toi uniquement pour s'amuser. Et il y a très peu d'hommes qui considèrent que devenir père est amusant. Ce n'est pas ce qu'il avait prévu.

— Je sais.

Tally réprima un soupir. Elle non plus, ce n'était pas ce qu'elle avait prévu. Mais si elle le faisait remarquer, Crystal en profiterait pour lui conseiller une fois de plus l'adoption ou l'avortement. Elle l'avait assurée de son soutien quelle que soit sa décision, mais elle ne manquait jamais une occasion d'insister sur tous les problèmes auxquels elle-même avait été confrontée quand elle était devenue mère, à commencer par la perte de sa liberté.

— Mais, au moins, Sander n'a pas tenté de fuir ses responsabilités et il s'est tout de suite engagé à subvenir à tes besoins. De ce point de vue, il est beaucoup plus correct que ton père…

Tally préféra ignorer ce commentaire acerbe et se

retira dans sa chambre pour étudier. Les examens approchaient et vu les nouvelles responsabilités qui l'attendaient, il était plus important que jamais d'obtenir le diplôme dont elle avait besoin pour trouver du travail…

En fin de semaine, elle fut stupéfaite de recevoir un appel de Sander.

— Il faut que nous parlions, déclara-t-il d'un ton neutre dès qu'elle décrocha. Je passerai te prendre à 20 heures…

— Non, coupa-t-elle vivement.

Elle n'avait aucune envie qu'il tombe sur Crystal ! Mais pas question de refuser de le voir…

— C'est inutile. Dis-moi où je peux te retrouver.

Il lui donna rendez-vous chez lui. Elle aurait préféré un endroit moins chargé de souvenirs heureux, songea-t-elle avec un pincement au cœur. Mais pour discuter de sa grossesse, c'était plus indiqué qu'un lieu public. Mais de quoi voulait-il lui parler, au juste ? Lors de leur dernier entretien, il semblait pourtant déterminé à ne plus la revoir…

La porte d'entrée était ouverte lorsqu'elle arriva à l'appartement. Prenant une profonde inspiration, elle s'efforça en vain de maîtriser les battements effrénés de son cœur.

Sander n'avait qu'une idée en tête. Faire ce qui devait être fait, puis passer à autre chose. Il avait l'habitude d'affronter les situations délicates avec sang-froid et d'aller droit au but sans se laisser détourner de son objectif. Mais quand Tally pénétra dans le salon, il ne put s'empêcher de remarquer son attitude circonspecte et son regard éteint. Aucune trace de l'exubérance à laquelle il avait été habitué…

La gorge sèche, Tally laissa son regard errer sur le visage superbe de Sander. Il était toujours aussi séduisant et il faisait toujours naître le même trouble en elle… Mais la tension qui régnait dans la pièce était palpable.

— Tu veux boire quelque chose ? demanda-t-il d'un ton courtois.

— Non, merci.

S'efforçant d'afficher un calme qu'elle était loin de ressentir, elle s'assit au bord d'un canapé de cuir, genoux serrés, son sac à ses pieds. La lumière de la lampe voisine fit chatoyer ses boucles blondes et accentua la transparence de son corsage. Le regard de Sander fut attiré par les deux globes rebondis qui semblaient à l'étroit dans leur soutien-gorge. Il fut assailli par une bouffée de désir qui l'horripila. Crispant la mâchoire, il concentra son attention sur les yeux verts fixés sur lui. Son irritation redoubla à la vue de la lueur anxieuse qui y brillait. Elle était inquiète ? Pas étonnant ! Elle lui avait raconté des mensonges et caché des informations essentielles. Elle l'avait délibérément piégé. Ça ne faisait plus aucun doute. Après la visite d'Anatole Karydas, il avait mené son enquête. Ce qu'il avait appris sur le passé de Tally avait achevé de le convaincre de sa duplicité. Les points communs entre les circonstances de sa naissance et sa situation actuelle étaient trop nombreux. Personne ne lui ferait croire que c'étaient de simples coïncidences.

— Tu voulais que nous parlions ? demanda-t-elle d'un ton crispé.

— La semaine dernière tu m'as pris par surprise et je crains de ne pas avoir très bien réagi, répliqua-t-il d'une voix suave.

Au comble de la perplexité, Tally croisa les doigts pour empêcher ses mains de trembler.

— En effet, acquiesça-t-elle. Mais je comprends que tu aies reçu un choc.

— Oui, mais comme tu l'as souligné, ce n'est pas une raison pour considérer l'arrivée d'un enfant comme un désastre.

Sander but une gorgée de whisky. Avec un peu de chance, l'alcool lui faciliterait la tâche. Il avait tellement peu l'habitude de dire le contraire de ce qu'il pensait… A vingt-cinq ans, il n'était pas prêt à avoir un bébé. Il ne serait pas prêt avant de longues années. S'il l'était un jour… Mais, aujourd'hui, il était obligé de mentir. Il ne pouvait pas prendre le risque de dire le fond de sa pensée à Tally avant qu'ils soient mariés. L'avenir de Volakis Shipping était en jeu. Anatole Karydas ne lui avait pas laissé d'autre choix que de céder à son chantage.

— Il serait bon que nous parvenions à établir des relations dénuées d'animosité, commenta Tally.

— Je suis prêt à faire tout ce que je peux pour toi et le bébé. Ce qui va peut-être te surprendre après la façon dont je me suis comporté.

— Non, ça ne me surprend pas.

Tally esquissa un pâle sourire, dans un effort pour dissiper la tension qui régnait toujours dans la pièce.

— Tu n'es pas quelqu'un d'irresponsable. Mais

tu as un tempérament explosif et ce jour-là tu étais furieux. Je l'ai compris.

Jamais aucune autre femme n'avait osé exprimer son opinion sur son caractère avec une telle franchise... Sander vida son verre et le reposa sur la table basse d'un geste décidé.

— Je veux t'épouser.

Après tout, ce n'était pas tout à fait faux. En réalité, il avait *besoin* de l'épouser pour sauver Volakis Shipping. Il était donc naturel que sa demande ait un accent de sincérité...

Tally écarquilla les yeux, abasourdie. C'était bien la dernière chose à laquelle elle s'attendait...

— Tu es sérieux ?

— Ne serait-ce pas stupide de ma part de dire ça si je ne l'étais pas ?

Tally était au comble de la confusion. S'efforçant de le cacher, elle redressa les épaules.

— Mais tu es conscient que tu n'as pas réellement *envie* de m'épouser, Sander. Ce serait donc une erreur.

Désarçonné par cette réaction, Sander plissa le front.

— Je veux réellement t'épouser, Tally.

Le cœur battant à tout rompre, elle s'humecta la lèvre inférieure. Comme il était tentant d'accepter cette proposition avec enthousiasme ! Après tout, elle l'aimait et il lui offrait de réaliser son rêve le plus cher. Mais, justement, c'était trop beau pour être vrai. Ça tenait plus du rêve que de la réalité. Si Sander l'épousait par devoir et renonçait à sa liberté à contrecœur, leur mariage ne durerait pas.

— Pour le bébé, que nous soyons mariés ou pas ne fera pas de différence, fit-elle valoir d'une voix douce. Et nous ne nous connaissons pas depuis assez longtemps pour envisager de nous marier. Si tu me demandes en mariage, c'est parce que je suis enceinte.

— Où est le problème ? rétorqua-t-il d'un ton sarcastique. Dans ma famille nous nous marions *avant* d'avoir des enfants, toute autre solution est inacceptable à mes yeux.

Tally devint écarlate. L'allusion était claire… Il savait que ses parents n'étaient pas mariés et il lui signifiait qu'il appartenait à une famille plus conventionnelle.

— Je ne veux pas que tu me demandes en mariage uniquement à cause du bébé, insista-t-elle. Ce n'est pas une base assez solide pour une relation, et ce n'est pas dans ta nature. Tu aimes trop ta liberté.

Sander darda sur elle un regard soupçonneux. A quoi jouait-elle ? Etait-il censé être impressionné par sa soi-disant réticence à accepter de devenir sa femme ?

— Bien sûr que j'aime ma liberté, mais je me suis rendu compte que j'aimerais encore plus t'avoir dans mon lit toutes les nuits.

Parcourue d'un long frisson, Tally s'efforça de garder la tête froide.

— Mais il y a dix jours, c'était apparemment Oleia Telis que tu voulais dans ton lit.

— Il y a plus de cinq ans que j'ai couché avec Oleia pour la dernière fois et je peux t'assurer que je n'ai pas l'intention de reprendre cette relation.

— Mais visiblement tu la trouves toujours attirante, insista Tally, consternée.

C'était bien ce qu'elle craignait. Il y avait eu quelque chose entre Sander et Oleia…

— Non, c'est elle qui me trouve toujours attirant,

rectifia Sander. C'est un jeu assez pervers entre nous. Laisse-moi t'expliquer. A vingt ans j'étais très amoureux d'Oleia mais elle a couché avec un autre garçon et je l'ai plaquée. Depuis, elle essaie de me récupérer, mais je n'ai jamais pu lui pardonner ce qu'elle m'a fait.

Il disait la vérité. Ça s'entendait dans sa voix et ça se voyait sur son visage, constata Tally avec un pincement au cœur. Nul doute que les efforts d'Oleia pour le reconquérir flattaient son orgueil blessé.

— Et ça t'amuse de la laisser se frotter à toi et t'embrasser.

— Je n'y attache aucune importance. Ça ne veut rien dire et ça ne mène nulle part. Je ne savais pas que tu épiais le moindre de mes mouvements et que tu avais l'esprit aussi étroit.

Tally serra les poings. Elle avait enfin eu l'explication qu'elle attendait et elle n'avait pas envie de perdre son temps à se quereller à propos d'Oleia. Même si la vérité n'était pas très agréable à entendre, elle lui était reconnaissante d'avoir été franc avec elle. Mais le sujet n'était plus d'actualité. Elle avait d'autres préoccupations beaucoup plus importantes.

— J'ai une excellente raison d'avoir l'esprit étroit. Je ne suis pas pour une trop grande liberté sexuelle. Si j'ai grandi sans père, c'est en grande partie à la liberté sexuelle que je le dois.

— Mais Anatole te considère malgré tout comme sa fille…

Tally tressaillit.

— Tu sais qu'Anatole Karydas est mon père ? Je n'ai jamais jugé utile de te le dire parce que nos relations sont pratiquement inexistantes. Mais comment l'as-tu découvert ?

— C'est lui qui me l'a dit. Il a également reconnu que sa femme et Cosima préféraient que les gens ignorent que tu es sa fille.

Tally était soulagée que Sander soit dans le secret mais surprise que son père se soit confié à lui.

— Cosima ne voulait absolument pas que ça se sache. Elle a insisté pour me présenter comme son assistante lors du week-end à Westgrave. Comment as-tu rencontré Anatole ?

— Ton père fait des affaires avec le mien, répliqua sobrement Sander.

A quoi jouait-elle ? Furieux, il la dévisagea longuement. Mais, pour l'instant, il n'était pas en position de contester sa version des faits, ni de lui révéler ce qu'il pensait réellement. Il y avait plus urgent.

— Je veux t'épouser aussi vite que possible.

— Mais pourquoi ? Tu ne m'aimes pas.

— Il y a très longtemps que je n'ai pas désiré une femme comme je te désire et c'est très important pour moi. En ce moment même, je n'ai qu'une envie. Te prendre dans mes bras et te porter jusqu'à mon lit.

Aussitôt, Tally sentit les pointes de ses seins se hérisser tandis qu'une chaleur familière se répandait entre ses cuisses. Pas de doute. Le désir ne s'était pas éteint. Il brûlait toujours, intense et partagé. Malgré tout…

— On ne se marie pas uniquement pour partager le même lit, objecta-t-elle.

— Pourquoi pas ? Je t'épouse et je prends soin de toi et du bébé. Quoi de plus normal ?

Il fallait reconnaître que pour une femme qui s'était sentie délaissée par ses deux parents pendant toute son enfance, c'était une proposition très séduisante...

— Mais tu ne risques pas d'être frustré ?

— Pourquoi le serais-je ? Pourquoi compliques-tu les choses à ce point ?

— Je veux éviter que nous commettions une erreur, l'un et l'autre.

Et pourtant, si elle s'écoutait elle dirait oui et elle suivrait Sander dans sa chambre sans attendre, reconnut-elle intérieurement avant de poursuivre.

— La dernière fois, à ton bureau, tu semblais fermement décidé à ne rien avoir affaire avec moi et le bébé.

— C'est vrai. Mais depuis j'ai eu le temps de me faire à l'idée que ce bébé est aussi le mien.

— Tu étais pourtant furieux contre moi.

— C'était injuste.

Sander haussa les épaules.

— Etant donné que j'ai arrêté de mettre des préservatifs, je suis aussi responsable que toi de ce qui est arrivé.

— Si tu penses vraiment que je peux te convenir comme épouse, j'accepte, finit-elle par déclarer d'une voix mal assurée.

Pourquoi cette demande en mariage la mettait-elle aussi mal à l'aise ? Etait-ce parce que ça semblait trop beau pour être vrai ?

— Parfait. Le plus tôt sera le mieux, commenta Sander sans perdre de temps en belles paroles ni en gestes tendres. La semaine prochaine, j'ai un créneau dans mon emploi du temps.

— La semaine prochaine ? s'exclama Tally, incrédule. La période des examens est sur le point de commencer et elle va durer deux semaines !

— Oh ! un mariage civil tout simple avec seulement quelques personnes ne devrait pas durer trop longtemps ni être très compliqué à organiser.

Elle jeta à Sander un regard consterné.

— Je préférerais me marier à l'église. Ça peut être tout aussi simple et intime.

— Si tu le dis, répliqua-t-il avec une impatience manifeste. En fait, les détails de la cérémonie m'importent peu. Tout ce que je veux, c'est qu'elle ait lieu le plus vite possible.

Tally se mordit la lèvre. Pourquoi une telle précipitation ? Sander tenait-il à se marier avant que sa grossesse soit visible ? Il n'était pourtant pas du genre à avoir le souci des convenances. Et, de toute façon, sa grossesse ne se remarquerait pas avant plusieurs semaines. Non, il y avait autre chose... Elle prit une profonde inspiration.

— Ecoute, nous devrions peut-être prendre quelques jours pour réfléchir à tout ça chacun de notre côté...

Sander la foudroya du regard.

— Tu as dit que tu étais d'accord pour m'épouser.

— Oui, et j'étais sincère ! Mais c'est un changement de vie radical pour toi et je préférerais que tu prennes ton temps.

Il poussa un soupir exaspéré.

— Je ne vois pas où est le problème.

Le problème, c'était peut-être qu'elle aurait aimé conquérir son cœur, reconnut-elle intérieurement.

Or Oleia avait visiblement infligé à ce dernier une blessure mal cicatrisée qui l'avait mis hors d'usage…

— J'ai besoin d'être sûre que ta décision est mûrement réfléchie et que tu ne vas pas la regretter amèrement dans quelques mois.

Sander eut un sourire cynique.

— Tu me crois vraiment inconscient au point de prendre une décision de ce genre sur un coup de tête ? Ou es-tu tout simplement offensée que je n'aie pas fait ma demande dans les règles ?

— Il y a une semaine tu me mettais à la porte de ton bureau en m'annonçant que je n'aurais plus affaire qu'à ton avocat ! rappela-t-elle en se levant.

D'un pas décidé, elle se dirigea vers la porte. Il valait mieux qu'elle s'en aille avant de perdre le contrôle d'elle-même. Elle n'avait aucune envie de se quereller avec lui.

Le regard brillant de colère et de frustration, Sander referma les mains sur ses bras et l'attira contre lui. Au contact de sa virilité pleinement éveillée contre son ventre, elle fut envahie par une vive chaleur.

— Arrêtons de discuter, murmura-t-il d'une voix rauque. Ça ne nous mène nulle part. Allons au lit.

Cette invitation acheva de l'embraser tout entière. Parcourue de longs frissons, elle sentit les pointes de ses seins se hérisser tandis qu'une boule de feu se lovait au creux de ses reins. Oh ! comme elle avait envie de dire oui ! Elle en mourait d'envie ! Elle avait besoin d'avoir la confirmation qu'il la désirait toujours autant. A défaut de l'aimer… Mais son instinct l'empêchait de céder à la tentation. Une angoisse diffuse l'incitait à prendre ses jambes à son cou.

— Il vaut mieux que je rentre chez moi, répondit-elle en s'arrachant à ses bras au prix d'un effort surhumain.

Il resta un instant interdit, puis il passa la main dans ses cheveux en jurant à mi-voix.

— Je pensais que nous fêterions ça.

— Je suis en pleine révolution hormonale, en ce moment, plaida-t-elle avec un sourire contrit. Et puis il faut que je révise mes examens.

— Je ne te comprends pas…

— Fixons une date pour le mariage, coupa-t-elle précipitamment.

Dans son anxiété de couper court à toute discussion, elle s'approcha de lui et se hissa sur la pointe des pieds pour déposer un baiser conciliant au coin de ses lèvres. Mais il en profita pour enfoncer les doigts dans ses boucles blondes et s'emparer de sa bouche avec une ardeur qui l'enflamma. Pas question de céder, se dit-elle fermement. Elle prit le temps de répondre avec ardeur à son baiser, puis elle s'écarta de lui.

— Dans trois semaines, dit-elle, le souffle court. On se marie dans trois semaines, d'accord ?

Lorsqu'elle fut partie, dans un taxi qu'il avait appelé et payé, Sander esquissa une moue de dérision. Après tout, il avait atteint son objectif principal. Le mariage était acquis. Avait-elle décidé de lui refuser son corps tant qu'il ne lui aurait pas glissé l'alliance au doigt ? La jeune femme candide et spontanée qui l'avait attiré au premier regard n'avait-elle existé que dans son imagination ? Cette pensée était terriblement déprimante.

Exceptionnellement, Crystal se leva pour voir comment allait sa fille à son retour. Tally lui annonça aussitôt la nouvelle.

— Sander m'a demandée en mariage et nous envisageons de fixer la cérémonie à dans trois semaines, si c'est possible.

Le visage de Crystal s'illumina et elle serra sa fille dans ses bras dans un geste de tendresse inhabituel.

— C'est merveilleux, ma chérie ! Ça va être un peu compliqué d'organiser un mariage en si peu de temps mais je reconnais qu'il vaut mieux éviter d'attendre plus longtemps. Regarde ce qui m'est arrivé !

Mieux valait s'abstenir de faire remarquer à sa mère qu'elle était en grande partie responsable de l'annulation de son mariage, décida Tally en prenant des tasses pour le thé dans un placard.

— Si Sander change d'avis, je ne lui en voudrai pas. Le mariage est une responsabilité énorme.

— Avoir un enfant aussi. Pourquoi Sander changerait-il d'avis ? demanda Crystal d'un ton vif en sortant une bouteille de vodka d'un autre placard. Pas de thé pour moi. Je vais arroser cette grande nouvelle avec quelque chose d'un peu plus fort.

— Tu vas sans doute me trouver stupide mais je ne veux surtout pas que Sander se sente obligé de m'épouser parce que je suis enceinte, confia Tally.

— Pourquoi ?

Un sourire triomphant étira les lèvres de Crystal.

— Oh ! ma chérie, je suis si heureuse que tu aies réussi ton coup !

Tally la considéra avec perplexité.

— De quel coup parles-tu ?

— Tu as mis le grappin sur un multimillionnaire et tu vas devenir une épouse respectable. Moi je ne suis jamais devenue une épouse ! Je n'ai pas eu droit non plus à un grand mariage, mais toi...

— Sander ne veut pas d'un grand mariage et il ne veut pas qu'on annonce la grossesse pour l'instant, coupa Tally, embarrassée.

Si seulement Crystal n'était pas aussi impressionnée par la fortune de Sander... Malgré tout, sa joie était touchante.

— Maman, j'ai vraiment été stupéfaite quand il m'a demandée en mariage et j'ai peur qu'il n'ait pas suffisamment réfléchi.

Crystal tressaillit.

— C'est ridicule. Pourquoi faut-il toujours que tu voies des problèmes partout ?

— Je trouve tout simplement que je ne suis ni assez belle, ni assez importante, pour épouser un homme comme Sander. Il est superbe, riche et...

— Et c'est le père de ton enfant. Tu mérites qu'il t'épouse ! coupa Crystal avec feu. Pourquoi devrais-tu trimer pendant des années pour élever un enfant toute seule ?

— Des tas de femmes le font.

— Je veux que tu aies tout ce que je n'ai pas eu !

Les jours suivants Tally se concentra sur ses révisions, tandis que Sander était en voyage d'affaires au Brésil d'où il ne l'appelait que rarement.

En ce qui concernait sa mère, elle dut se rendre à l'évidence très vite. C'était *son* rêve que Crystal vivait enfin et non celui de sa fille. Anatole, prévenu que sa fille allait se marier, avait annoncé qu'il prendrait en charge tous les frais du mariage mais qu'il n'y assisterait pas. Crystal engagea une organisatrice de mariage prestigieuse et donna libre cours à sa folie des grandeurs malgré les protestations de Tally.

Une semaine avant le mariage, Sander passa à l'improviste.

— Je ne savais pas que tu étais de retour à Londres, déclara Tally, mortifiée.

Si elle avait su qu'il lui rendrait visite, elle aurait mis autre chose qu'un jogging ! D'autant plus qu'il était d'une élégance irréprochable, vêtu d'un costume marine griffé et d'une chemise blanche. La barbe naissante qui ombrait sa mâchoire lui donnait un charme redoutable. Mais, à en juger par son regard noir, il était furieux…

— Que se passe-t-il ? demanda Tally, l'estomac noué.

— Mes parents ont reçu un faire-part et une liste d'invités de deux cents personnes à compléter. Or ils n'étaient pas au courant que je me mariais !

Tally le fixa avec effarement.

— Tu n'as pas encore prévenu tes parents ?

— Ce n'est pas le genre de nouvelle qu'on annonce par téléphone. Je pars en Grèce ce soir.

— Tu aurais dû le leur dire dès que nous avons fixé la date ! protesta Tally, consternée.

Pourquoi n'avait-il rien dit à ses parents ? Avait-il honte d'elle ? Ou bien s'efforçait-il tout simplement d'oublier qu'il serait bientôt marié et que sa future épouse était enceinte ?

— Et toi, tu ne m'avais pas parlé de tout ce cirque qui se préparait ici à Londres ! rétorqua-t-il d'un ton vif. Je t'avais dit que je voulais une cérémonie très simple avec juste quelques personnes. J'ai horreur des grandes réceptions et du luxe tapageur.

— Etant donné que tu n'as pas manifesté le moindre intérêt pour tout ce qui concerne notre mariage et que tu n'as pas posé une seule question au sujet des préparatifs, je ne vois pas pourquoi tu fais toute une histoire aujourd'hui !

Les griefs accumulés par Tally depuis des semaines et étouffés par diplomatie resurgissaient en masse.

— Tu es conscient que tu ne m'as pas appelée depuis cinq jours ?

— Si tu espères un rapport d'activité quotidien, tu vas être très déçue ! Ne commence pas à me dire ce que je dois faire !

— Quelqu'un veut du café ? demanda Binkie d'un ton très calme depuis le seuil de la cuisine.

— Pas pour moi, merci, répondit Sander d'un ton crispé en se tournant vers elle. Il faut que je passe au bureau pour régler les affaires en suspens avant de partir pour Athènes, Tally. Je ne pense pas que je te reverrai avant le mariage.

Déterminé à masquer son dépit, Tally croisa les bras avec une moue boudeuse.

— Je survivrai !

— Tally ! protesta Binkie dès qu'elle eut refermé la porte derrière Sander. Qu'est-ce qui te prend ?

La gorge nouée, Tally garda le silence. L'angoisse diffuse qui ne la quittait pas depuis que Sander l'avait demandée en mariage progressait chaque jour un peu plus. Cependant, elle n'avait aucune envie de reconnaître ses craintes. Ni de se poser la question qui la hantait. Devait-elle ou non épouser un homme qui semblait se désintéresser totalement d'elle ?

Elle préféra écouter Binkie lui expliquer d'un ton apaisant que la plupart des hommes ne supportaient pas le tourbillon de folies indissociable des préparatifs de mariage.

Quelques instants plus tard, juste au moment où le doute s'insinuait de nouveau en elle, on sonna à la porte. Un paquet qui lui était adressé, livré par porteur spécial. Vibrant de curiosité, elle ouvrit l'enveloppe et en sortit une carte portant la signature de Sander. Dans le paquet, elle trouva un écrin à bijou contenant une somptueuse bague de diamants.

Stupéfaite et ravie, elle la glissa à son doigt et téléphona à Sander, qui était déjà en route pour l'aéroport.

— Merci… elle est magnifique.

— Tu devrais laisser tomber tes examens et venir en Grèce avec moi.

Cette suggestion la combla encore davantage que le cadeau. Submergée par un immense soulagement, elle savoura la joie qui l'envahissait. Elle aurait tellement aimé l'accompagner et rencontrer ses parents avant le mariage…

— C'est très tentant, mais ça fait trois ans que je travaille d'arrache-pied à l'université et j'ai envie de décrocher mon diplôme cette année.

Tout allait très bien entre eux, se dit-elle ce soir-là dans son lit. La bague était une attention délicate destinée à lui donner le sentiment d'être une mariée normale. Il fallait cesser de se torturer l'esprit et se concentrer sur l'essentiel. Elle était sur le point d'épouser l'homme qu'elle aimait et dont elle portait l'enfant. Rien d'autre n'avait d'importance...

9

C'était Tally qui avait choisi elle-même sa robe. Crystal avait eu carte blanche dans tous les autres domaines, mais Tally s'était réservé le droit de choisir seule sa robe.

Pour cette raison, celle-ci n'était ni la plus tendance, ni la plus chère, ni la plus provocante. En dentelle blanche, de coupe droite, elle se terminait par une traîne courte et mettait en valeur la silhouette pulpeuse de Tally. Son voile court et son diadème de perles étaient également d'une élégance sobre.

Les demoiselles d'honneur lançaient des pétales de rose devant Tally, qui avançait lentement dans l'allée centrale au bras de sa mère, vêtue d'une robe droite en lamé argent et d'une veste assortie. Les examens étaient terminés. Tally pouvait savourer la journée, l'esprit libre.

Alors qu'elle approchait de l'autel, le regard hostile de ses futurs beaux-parents lui serra le cœur. Ne cachant pas leur désapprobation pour le choix de leur fils, les parents de Sander donnaient l'impression d'assister à des funérailles… Tally se rasséréna lorsque Sander tourna la tête vers elle. Le cœur battant, elle lui adressa un sourire. Il avait les yeux les plus beaux du monde et son charme dévastateur lui faisait toujours autant d'effet…

Dans quelques minutes Sander serait son mari et elle avait encore du mal à croire à sa chance… Elle l'avait à peine vu depuis le jour où elle avait accepté de l'épouser, mais elle était consciente qu'il consacrait beaucoup de temps et d'énergie à ses affaires. Un magazine économique prestigieux venait de publier un portrait de lui dans lequel étaient commentés les investissements les plus récents qu'il avait réalisés, ainsi que sa prochaine nomination à la tête de Volakis Shipping, où il prendrait la succession de son père. A vrai dire, Tally était si fière de lui qu'elle avait fait lire cet article à tous les gens de sa connaissance.

Sander contempla sa future épouse avec une pointe de dérision. Yeux brillants, sourire aux lèvres, visage rayonnant… Pas de doute, elle était heureuse. Ça faisait au moins une personne que ce mariage réjouissait, songea-t-il en se remémorant la discussion houleuse qu'il avait eue avec son père. Ce dernier l'avait exhorté à renoncer à épouser la « fille naturelle de Karydas ». Quant à l'allusion au bébé, elle n'avait pas allumé la moindre lueur attendrie dans le regard de la future grand-mère. En fait, sa mère avait même qualifié cette future naissance de « plus vieille ruse du monde ».

La bonne nouvelle c'était que ni son père ni sa mère ne se doutaient que ce mariage était la conséquence d'un chantage auquel avait été soumis leur fils. Petros Volakis ne semblait d'ailleurs pas inquiet que le contrat TKR, dont dépendait la survie de Volakis Shipping, n'ait pas encore été signé.

Tout était pour le mieux, songea Sander avec satisfaction. Il était préférable que ses parents ne sachent rien des menaces d'Anatole Karydas. A quoi bon leur révéler son sacrifice ? Cela ne servirait qu'à renforcer — si c'était possible — leur ressentiment contre son épouse.

Sur le porche de l'église après la cérémonie, alors que les photographes prenaient les mariés sous toutes les coutures, Tally fut prise de vertige et chancela. Sander glissa le bras autour de sa taille.

— Ça va ?

— Juste un léger malaise. J'ai l'habitude, répliqua-t-elle avec une mine contrite. Ça va passer.

Il fallait l'espérer, en tout cas... S'il y avait un jour où elle n'avait pas envie d'être malade, c'était bien aujourd'hui ! Elle leva les yeux vers Sander et sentit son cœur se serrer. A en juger par son visage fermé, il était contrarié. Comme s'il préférait oublier qu'elle était enceinte...

— Il faut vraiment que tu me présentes à tes parents, murmura-t-elle, lorsqu'ils montèrent dans la limousine. Ils savent que je suis enceinte ?

— Bien sûr.

— Je suis très gênée de ne pas les avoir encore rencontrés.

— Entre tes examens et mon emploi du temps surchargé, il n'y a pas eu une seule occasion. Mais au cours des prochains mois nous serons plus libres. Nous vivrons à Athènes. Pendant quelque temps, en tout cas.

Surprise par cette information, Tally tressaillit.

— Tu vas prendre la succession de ton père à la tête de Volakis Shipping ?

— Oui. Je ne peux pas reculer plus longtemps et, à vrai dire, je crois que je suis prêt. Après tout, c'est l'héritage familial. Cependant, si mon frère Titos n'était pas mort, il n'en aurait jamais été question.

C'était la première fois qu'il faisait allusion à son frère, nota Tally avant de demander avec curiosité :

— Comment était-il ?

— C'était quelqu'un de bien, très intelligent, mais il n'avait aucun sens des affaires. Nous n'aurions jamais pu travailler ensemble. Mais, pour mes parents, il était le centre de l'univers.

— Toi tu es toujours là pour eux, fit-elle valoir d'une voix douce.

Sander laissa échapper un petit rire sarcastique.

— Titos avait le profil, pas moi. Ils ont été accablés tous les deux par sa mort. Ma présence ne fait que leur rappeler ce qu'ils ont perdu.

Tally réprima un frisson. Il fallait espérer qu'il se trompait… Elle se remémora le regard glacial que ses parents dardaient sur elle quand elle se dirigeait vers l'autel. Etait-il possible qu'ils n'apprécient pas les multiples qualités de leur fils cadet ?

Quelques minutes plus tard, dans un salon de l'hôtel où avait lieu la réception, Sander présenta son épouse à ses parents. Petros Volakis et sa femme Eirene ne firent aucun effort pour masquer leur hostilité et l'atmosphère resta glaciale. Sander ne parut pas s'en apercevoir et se mit à discuter avec son père, un peu à l'écart. Tally sourit à Eirene Volakis et déclara :

— Je parle un peu le grec.

— J'imagine que votre mère vous a appris tout ce qu'elle sait, répliqua Eirene d'un ton dédaigneux. A commencer par la leçon la plus importante. Comment piéger un riche mari en lui faisant un enfant. Contrairement à elle, vous avez réussi votre coup.

Tally eut l'impression de recevoir une gifle. Complètement désarçonnée, elle dit la première chose qui lui vint à l'esprit.

— Ma mère n'a jamais appris le grec.

Puis elle s'éloigna précipitamment. Sa mère la saisit par le bras et murmura :

— Cette vieille bique semble sculptée dans la glace ! Qu'est-ce qu'elle t'a dit ?

— Je crois qu'on peut dire sans risque de se tromper que je ne corresponds pas du tout à leur idéal de belle-fille.

— Ne fais pas attention à ce qu'elle raconte, conseilla Crystal, dont les joues en feu indiquaient pourtant qu'elle avait été elle aussi mortifiée par l'accueil glacial qu'elle avait reçu.

Sander remarqua le visage livide de Tally, alors qu'elle s'éloignait de sa mère. Devinant la cause de sa détresse, il fut assailli par une bouffée de colère, qui le surprit. Il était pourtant le premier à avoir des réserves à émettre au sujet de son épouse… Ses parents avaient sans doute le plus grand dédain pour cette réception plus bling-bling que raffinée, mais il ne pouvait pas tolérer qu'ils se montrent blessants avec son épouse.

— Maman s'est un peu laissé emporter par son enthousiasme, déclara Tally en le rejoignant.

Elle promena un regard contrit sur la salle de réception, décorée avec une profusion de fleurs, de plumes, de perles, de boules à facettes et de guirlandes électriques.

— J'aurais dû modérer son enthousiasme mais elle s'amusait tellement que je n'en ai pas eu le cœur.

— Tu as bien fait, assura Sander.

Impossible de nier la nature généreuse et attentionnée de Tally, reconnut-il intérieurement. Et pourtant… Elle était également capable de calcul et de duplicité. Il était bien placé pour le savoir. Une question lui vint soudain à l'esprit pour la première fois. Etait-elle amoureuse de lui ? Etait-ce pour cette raison qu'elle était tombée enceinte ? Certes il avait décidé de se passer de préservatifs, mais seulement une fois qu'elle lui avait assuré que c'était sans risque… Si elle l'avait piégé par amour, était-il censé lui pardonner ? Il ne se sentait pas du tout magnanime. Il avait l'impression d'être un animal sauvage qui venait d'être jeté dans une cage. Tout à coup il était privé de sa liberté, à laquelle il tenait tant.

La réception se poursuivit sans qu'il y ait le moindre contact entre les invités du marié et ceux de la mariée. Les parents de Sander ne se départirent pas un seul instant de leur arrogance et s'en allèrent les premiers. Soulagée, Tally se détendit et suivit Sander sur la piste de danse, où il l'entraîna au rythme de la musique en la serrant étroitement contre lui. Quel plaisir de se retrouver enfin dans ses bras ! De s'alanguir contre son corps musclé, de humer le parfum enivrant de sa peau... Elle s'abandonnait aux sensations délicieuses qui l'envahissaient peu à peu, quand des petites crampes au niveau du ventre la firent tressaillir. Elle quitta Sander pour monter dans leur suite et constata avec inquiétude qu'elle saignait. Serait-elle en train de perdre le bébé ? Sa mère la rejoignit et appela aussitôt Sander. Ce dernier demanda conseil à son cousin médecin.

— Il vaut mieux t'hospitaliser pour faire des examens, annonça-t-il en arrivant dans la suite.

— Mais c'est notre nuit de noces ! protesta-t-elle avec consternation.

— Ce sont des choses qui arrivent, répliqua-t-il d'une voix apaisante.

Une heure et demie plus tard, Tally était au lit dans une clinique privée. Crystal était restée à l'hôtel pour jouer son rôle d'hôtesse, mais la mariée n'aurait pas l'occasion de lancer son bouquet, ni de s'attarder avec ses invités. Les paupières mi-closes, elle observait Sander, affalé dans un fauteuil, en manches de chemise, la mâchoire recouverte d'une barbe naissante. Les cheveux légèrement ébouriffés, il était plus beau que jamais...

— Je suis vraiment désolée, murmura-t-elle.

Sander se leva d'un bond et passa la main dans ses cheveux.

— Ne sois pas ridicule. Ce n'est pas ta faute.

A son grand dam, elle sentit des larmes lui brûler les paupières et les refoula aussitôt. Il ne manquerait plus qu'elle se mette à pleurer devant lui !

— Ce n'est pas la peine de rester ici avec moi. Va retrouver tes amis à l'hôtel.

— Il est 2 heures, objecta Sander d'une voix douce. Je ne peux pas te laisser seule ici.

— Pourquoi pas ? Je suis sur le point de m'endormir.

Sander était désemparé. Le médecin lui avait assuré que tout avait été fait pour éviter que Tally perde le bébé mais que ça ne signifiait pas que tout risque était écarté. Il ne restait plus qu'à attendre. Si elle devait le perdre, elle le perdrait. Il réprima un soupir. Il était incapable de dire ce que lui inspirait l'éventualité d'une fausse couche. Il ne voulait pas y penser. Il s'inquiétait surtout pour Tally. Il espérait qu'elle allait redevenir elle-même le plus tôt possible. Il avait l'impression que la femme pâle et éteinte qui était allongée dans le lit et qui passait son temps à s'excuser était une étrangère.

— Les infirmières t'appelleront s'il se passe quelque chose, insista-t-elle. Va-t'en, s'il te plaît. Je me sentirai mieux.

Sander finit par s'en aller après lui avoir promis d'être de retour à la première heure le lendemain matin. Ce fut seulement après son départ qu'elle donna libre cours à ses larmes. Ce n'était pas du tout ainsi qu'elle avait rêvé de commencer leur mariage !

Quarante-huit heures plus tard elle quitta la clinique, toujours enceinte, et se rendit directement à l'aéroport en taxi. Sander était déjà à bord du jet privé. Il passa la plus grande partie du vol à étudier des dossiers, puis il annonça qu'une réorganisation de la compagnie maritime familiale s'imposait et qu'il allait être obligé de se mettre au travail sans attendre.

Sander possédait un appartement à Athènes, visiblement conçu pour un célibataire avec sa cuisine minuscule et son salon équipé de nombreux appareils électroniques à la pointe de la technologie. Pour éviter qu'elle s'ennuie pendant qu'il travaillait, il suggéra sans grande conviction à Tally de rendre visite à sa mère pour qu'elle lui présente des gens. Elle s'abstint de tout commentaire et décida plutôt d'acheter un livre de cuisine.

Cependant, ses efforts culinaires se révélèrent superflus. Sander travaillait tard toutes les nuits et se glissait invariablement à l'autre bout du lit au petit matin. Leurs relations restaient platoniques. Il ne l'avait pas touchée depuis son hospitalisation et elle en était très déstabilisée.

Une nuit, elle finit par prendre son courage à deux mains alors qu'il se déshabillait dans le noir.

— Sander ?

— Je t'ai réveillée ? Excuse-moi.

— Non, au contraire. Je veux que tu me réveilles. Je ne te vois jamais.

Elle eut une hésitation. Il ne fallait surtout pas avoir l'air de se plaindre…

— Tu sais, je suis enceinte mais en pleine forme. Et d'après le gynécologue, faire l'amour ne présente aucun risque…

— Je suis trop fatigué ce soir, répliqua-t-il sèchement en se dirigeant vers la salle de bains.

Les joues en feu dans l'obscurité, Tally réprima un gémissement de frustration. Que se passait-il ? Elle avait d'abord pensé que Sander n'osait plus lui faire l'amour de peur de provoquer une fausse couche. Mais, de toute évidence, il n'y avait pas que ça. Il l'excluait de sa vie. Ils ne se voyaient pratiquement plus et ils se parlaient à peine. Et puis elle avait le sentiment qu'il était irrité contre elle. Qu'il lui en voulait. Pour quelle raison ? Regrettait-il de s'être marié ? Avait-il le sentiment d'avoir commis une erreur ? Après tout, sa liberté devait lui manquer.

Mais peut-être était-il réellement fatigué. Il travaillait énormément et elle soupçonnait que son père et lui partageaient rarement le même point de vue. Ce qui devait être très frustrant pour un homme aussi indépendant que Sander.

Le lendemain, Tally envoya un texto à Sander pour l'inviter à dîner à 20 heures à l'appartement. Puis, surmontant ses inhibitions habituelles, elle se rendit dans une boutique de lingerie et acheta plusieurs pièces de soie et dentelle, susceptibles à son avis d'exciter n'importe quel homme normalement constitué.

Quelques minutes avant 20 heures, elle alluma des bougies sur la table et s'étudia dans le miroir avec une moue embarrassée. Elle portait un ensemble soutien-gorge et culotte de soie crème et café, des bas de soie, des escarpins à talons aiguilles et un peignoir en mousseline de soie qui révélait plus de choses qu'il n'en cachait. Sander ne pourrait avoir aucun doute sur ses intentions…

Les minutes passèrent. A 20 h 30, elle commença à être inquiète. A 21 heures, il n'était toujours pas là et il n'avait pas téléphoné. Elle versa des larmes de rage. Jamais elle ne s'était sentie aussi seule de sa vie... Et elle ne pouvait même pas se servir un verre parce qu'elle était enceinte ! A 22 heures, elle jeta le repas à la poubelle, laissa les assiettes et les plats sales dans la cuisine et se réfugia dans la chambre.

Sander rentra vers 2 heures. Pour quelqu'un qui avait passé une grande partie de la soirée à boire de la vodka en compagnie des membres du consortium russe qui venait de signer un contrat très lucratif avec Volakis Shipping, il était étonnamment lucide. Mais ivre de fatigue. Une lumière était allumée dans la cuisine. A la vue de la vaisselle sale, il resta un instant interdit. A force de travailler jour et nuit pour tenter de remettre à flot l'entreprise familiale, il avait du mal à se souvenir qu'il avait une femme...

En prenant du jus d'orange dans le réfrigérateur, il se rappela également que Tally l'avait invité à dîner. Il avait éteint son portable en arrivant dans le club où il avait emmené les Russes. Il avait eu l'intention d'appeler Tally plus tard, mais il avait oublié. Avec un juron étouffé, il se rendit dans le salon. A la vue de la table, sur laquelle se trouvaient encore les couverts, les verres et les bougies, ainsi qu'un petit vase dans lequel un bouquet piquait du nez, il ressentit un vif sentiment de culpabilité.

Dans la chambre, Tally fut réveillée par la porte du réfrigérateur qui se refermait. Elle se redressa et constata qu'il y avait de la lumière sous la porte. Sander avait daigné rentrer ! Elle se leva et constata avec surprise qu'elle avait toujours ses escarpins à talons aux pieds. Apparemment, elle s'était endormie sur la housse de couette... Ecartant ses boucles ébouriffées de ses yeux, elle quitta la chambre et se dirigea à grands pas vers le salon.

En voyant apparaître Tally, Sander fut interloqué par sa tenue. Elle ne mettait jamais de dessous sexy pour l'affrioler, mais ce soir elle avait mis le paquet… Ses seins somptueux débordaient du bord en dentelle de son soutien-gorge, tandis que son peignoir court transparent couvrait à peine la culotte assortie au soutien-gorge et dévoilait ses jambes galbées.

Assailli par une bouffée de désir qui lui coupa le souffle, Sander eut toutes les peines du monde à détacher ses yeux de ce spectacle.

— Je te dois des excuses, *moli mou*. J'aurais dû t'appeler.

10

Ces excuses étaient trop brèves et trop tardives pour Tally.

Depuis un mois, elle supportait sans se plaindre d'être abandonnée à son sort dans une ville où elle ne connaissait personne. Elle s'efforçait d'être une épouse compréhensive et patiente mais elle était chaque jour un peu plus mortifiée par l'indifférence de son mari à son égard. Aujourd'hui, elle avait du mal à croire qu'elle avait supporté cette situation en silence pendant si longtemps…

— Tu me dois plus que des excuses pour le mois qui vient de s'écouler. Tu me dois une explication.

Sander arqua un sourcil.

— A quel propos ?

Les yeux étincelants, Tally s'exclama :

— Depuis notre mariage j'ai l'impression d'être devenue la femme invisible ! Pourquoi m'as-tu épousée si tu avais l'intention de me traiter de cette façon ? Quel intérêt ?

Epuisé, Sander haussa les épaules.

— Je suis trop fatigué pour discuter de ça maintenant. Nous verrons ça demain.

— Demain, je ne te verrai probablement pas. Tu

n'as pas remarqué que tu pars le matin à l'aube et tu ne reviens pas longtemps avant l'aube le lendemain ?

— Je ne suis pas en état de me quereller…

— Je m'en moque ! J'ai le droit de savoir où j'en suis. J'ai le droit de savoir pourquoi tu m'as épousée alors que tu n'as pas l'air de vouloir de moi comme épouse !

Sander eut une moue de dérision.

— Evitons de parler de ça.

— Pourquoi ?

— Parce que ma réponse risquerait de te déplaire ! rétorqua Sander sans réfléchir.

Il était épuisé ! Il ne pensait qu'à une seule chose. Dormir ! Même le parquet commençait à lui paraître tentant.

Tally s'était figée.

— Pourquoi risquerait-elle de me déplaire ?

— Laisse tomber, Tally.

Exaspéré, Sander se dirigea vers la chambre.

— Et si je n'ai pas envie de laisser tomber ? insista-t-elle en le suivant.

— Tu regretteras de ne pas m'avoir écouté. Tally, je reconnais que tu as des raisons de te plaindre. Jusqu'à présent je n'ai pas été le plus attentionné des maris, mais ce soir ce n'est pas le moment de me demander des comptes pour mes erreurs. Je suis trop épuisé pour discuter. J'ai passé des heures à discuter avec des hommes d'affaires capables de boire la vodka pure et de ne pas s'écrouler.

— Tu ne peux pas me balancer un truc comme ça et refuser de me raconter toute l'histoire.

— Il n'y a pas d'histoire, répliqua Sander en déboutonnant sa chemise.

— Je veux savoir pourquoi tu m'as épousée !

— Eh bien, pas parce que tu hurles à 3 heures du matin et que tu exiges de moi des réponses que j'aurais beaucoup de mal à te donner, même si j'étais moins fatigué.

— J'ai le droit de savoir la vérité. Il paraît évident que tu m'as épousée uniquement parce que je suis enceinte.

Sander leva les yeux au ciel.

— Demain, Tally...

— Non, pas demain... maintenant ! Jusque-là, c'est toi qui as contrôlé chaque étape de cette relation. A mon tour, à présent. Pourquoi m'as-tu demandé de t'épouser ?

Excédé, Sander finit par perdre patience.

— Parce que ton père m'a menacé de provoquer la faillite de Volakis Shipping si je ne le faisais pas !

Tally s'attendait si peu à cette réponse qu'il lui fallut quelques instants avant de retrouver sa voix.

— Mon père ? Il t'a menacé ? Quand ? Tu lui as dit que j'étais enceinte ?

— Non ? Quelqu'un — toi, ta mère ou peut-être ta demi-sœur — a dit à Anatole que tu étais enceinte et que c'était moi le responsable. Il était furieux. Il est venu me voir à mon bureau de Londres pour exiger que je t'épouse. Il m'a menacé de faire échouer la signature d'un contrat essentiel pour la survie de Volakis Shipping si je refusais. Ton père est un homme très influent dans le monde des affaires. Il est très bien informé. Les gens importants écoutent ses conseils.

Tally était sous le choc.

— Ce n'est pas moi qui le lui ai dit... Et Cosima ne savait même pas que j'étais enceinte. Si c'est ma mère, c'est vraiment incroyable. D'ordinaire, elle ne supporte pas de lui adresser la parole.

— Ce n'est donc pas toi...

Chemise ouverte, Sander scrutait le visage de Tally. Sa mine abasourdie ne pouvait pas être feinte. Elle disait la vérité. C'était évident...

— Je préfère ça, reconnut-il.

Mortifiée, Tally ne parvenait plus à regarder Sander en face. Il l'avait épousée sous la contrainte ! Elle ignorait que son père avait autant d'influence. Cependant, quelque chose clochait... Son père ne l'aimait pas. Il ne l'avait jamais aimée. Pourquoi aurait-il fait pression sur le père de son enfant pour l'obliger à l'épouser ?

— Il y a quelque chose que je ne comprends pas. Mon père ne s'est jamais intéressé à moi. Il a subvenu à mes besoins et payé mes études, mais parce qu'une décision du tribunal l'y obligeait. Je le vois très rarement. Il a du mal à me supporter parce que je lui rappelle ma mère. Et il a payé mon mariage, mais il n'y a pas assisté. Or si je l'intéresse si peu, pourquoi t'obliger à m'épouser ?

— Pour lui c'était une question de principe et d'honneur. Que sa fille soit enceinte et célibataire était un affront à sa dignité. Anatole Karydas est très soucieux de son image.

— Tu as sans doute raison. Mais avait-il vraiment

le pouvoir de nuire à Volakis Shipping ? Je ne savais pas qu'il avait une telle influence.

— Oui, il aurait pu faire en sorte que ce contrat nous échappe. Malheureusement, mon frère a laissé l'entreprise dans un état beaucoup plus grave que je ne le pensais. Je n'ai découvert l'étendue des dégâts qu'après notre mariage. Mon père était dépassé. Il n'est plus dans le coup.

Sander poussa un profond soupir.

— Si j'avais été moins rebelle et moins entêté, je lui aurais proposé mon aide beaucoup plus tôt et nous aurions peut-être évité la crise actuelle. Malheureusement, il a fallu la menace de ton père pour que je reconnaisse l'importance des liens du sang.

Mais Tally ne l'écoutait pas. Elle était anéantie par ce qu'elle venait d'apprendre. Son mari l'avait épousée sous la contrainte… Quelle humiliation ! Cette pensée l'obsédait. Levant les yeux, elle aperçut son reflet dans le miroir et elle devint écarlate. Dire que c'était justement ce soir qu'elle avait décidé de s'exhiber en lingerie sexy pour le séduire… En réalité, il ne la désirait plus depuis longtemps. Pas étonnant ! Il était pris au piège dans un mariage dont il n'avait jamais voulu.

Elle gagna précipitamment le dressing pour se changer. Après avoir enlevé son peignoir et ses escarpins à talons aiguilles, elle enfila un pantalon, un corsage, et des chaussures plates. Puis elle s'efforça d'oublier qu'elle portait toujours la culotte et le soutien-gorge.

N'était-il pas ironique qu'elle doive son humiliation et son malheur à ses parents, qui ne s'étaient jamais vraiment intéressés à elle ? Crystal devait se douter qu'Anatole serait contrarié d'apprendre que leur fille était enceinte et elle avait dû éprouver une grande jubilation à lui annoncer la nouvelle.

Dire que son père avait soumis Sander à un odieux chantage pour l'obliger à l'épouser... Elle ne s'en remettrait jamais !

— Tally ?

La voix de Sander, qui venait d'ouvrir la porte du dressing, la fit tressaillir.

— Ça va ?

Elle releva le menton.

— Bien sûr que ça va.

Puis elle regagna la chambre.

Non, ça n'allait pas, comprit Sander. Elle avait les traits tirés, le teint gris, les yeux éteints et elle était parcourue de tremblements, comme si elle avait froid. Mais à quoi s'attendait-il ? Bien sûr que ça n'allait pas ! Il lui avait révélé la vérité sur leur mariage sans aucun ménagement... Assailli par un vif sentiment de culpabilité, Sander prit Tally par la main et la fit asseoir au bord du lit.

— Tu sembles aussi épuisée que moi. Il est trop tard pour continuer à discuter. Nous parlerons de tout ça demain. Je vais prendre une douche et je reviens me coucher.

Tally hocha la tête d'un air docile, mais dès que la porte de la salle de bains se referma elle bondit sur ses pieds et retourna dans le dressing. Elle prit un sac sur une étagère puis elle y jeta précipitamment les vêtements et les objets auxquels elle tenait le plus. Sander accepterait sans nul doute d'expédier le reste de ses affaires à Londres.

Le visage baigné de larmes, elle enfila une veste, quitta l'appartement et prit l'ascenseur. Leur mariage n'en avait jamais été un. Sander l'avait épousée contraint et forcé, et il l'avait même soupçonnée d'être à l'origine des pressions exercées sur lui par son père... Il n'y avait plus rien à dire, plus rien à sauver. Cette fois, c'était vraiment fini.

Au rez-de-chaussée, l'agent de sécurité lui appela un taxi. Tout au long du trajet jusqu'à l'aéroport, elle regarda défiler les rues sombres sans les voir. Comment allait-elle pouvoir vivre sans Sander ? Puisqu'il ne l'aimait pas, pourquoi l'aimait-elle tant ? Elle n'aurait peut-être pas été heureuse avec lui, mais elle le serait encore moins sans lui. Tant qu'ils avaient été ensemble, elle avait eu l'espoir que leurs relations s'amélioreraient. Maintenant ? Plus rien. Juste un long tunnel vide, sans la moindre lueur au bout.

Elle avait oublié que plusieurs compagnies aériennes étaient en grève. L'aéroport était bondé, il y avait des gens assis partout, d'autres allongés par terre, et des queues interminables aux comptoirs. Après une longue attente, elle apprit qu'elle devrait attendre huit heures avant de pouvoir embarquer à bord d'un avion à destination de Londres. Pour quelques heures, inutile de chercher une chambre d'hôtel, décida-t-elle. Elle regardait les vitrines des boutiques pour passer le temps lorsqu'elle leva la tête et vit Sander à quelques mètres, qui la regardait.

En regagnant la chambre après avoir pris sa

douche, Sander avait remarqué que le lit était vide. Il était allé dans le salon et avait constaté l'absence de la minuscule grenouille de jade de Tally sur la console. Sa grenouille « porte-bonheur » qu'elle emportait pour passer ses examens et pour toutes les occasions spéciales. Dans le dressing, il avait eu la confirmation qu'elle était partie précipitamment. Tally était partie. Tally l'avait laissé tomber. Il n'arrivait pas à y croire… Il ne voulait pas y croire ! Tally avait une qualité exceptionnelle. Contrairement à la plupart des femmes de sa connaissance, elle n'était pas du genre à agir sur un coup de tête.

« Jusqu'à ce que tu lui annonces que tu l'as épousée parce que son père t'y a contraint. »

Il s'était maudit pour le manque de tact avec lequel il lui avait fait cette révélation dévastatrice. Une foule de souvenirs joyeux de leur vie à Londres, avant leur mariage, l'avait soudain assailli. Puis il avait imaginé la vie sans elle.

Sans perdre plus de temps, il avait jeté par terre la serviette nouée sur ses hanches, s'était habillé en toute hâte, puis il avait pris au fond d'un tiroir un objet qu'il avait acheté quelques semaines auparavant. Une babiole, un achat impulsif qui l'avait embarrassé après coup, mais qui était également, il fallait l'espérer, le symbole d'un avenir moins chaotique.

Au rez-de-chaussée, l'agent de sécurité avait eu un regard entendu sur les cheveux en bataille qu'il n'avait pas pris le temps de coiffer, puis il lui avait appelé un taxi et lui avait indiqué — sans qu'il le lui demande — la destination de celui qu'avait pris Tally. Pendant le trajet, vibrant d'impatience, il s'était remémoré mille petits détails associés à Tally. Les bougies autour de la baignoire, les longs textos qui le faisaient sourire même quand il était débordé, son parfum, celui de son savon à l'orange, sa passion pour les cacahuètes, la musique qu'elle écoutait dans la chambre pendant qu'il regardait les actualités économiques et financières en résistant à la tentation de la rejoindre.

S'il avait un peu moins résisté, Tally, sa femme, ne serait peut-être pas partie…

Les femmes ne laissaient jamais tomber Sander et il avait compris depuis longtemps pourquoi Oleia l'avait trompé quand il était adolescent. Il adorait Oleia Telis mais son amour pour elle l'avait rendu ennuyeux, fleur bleue, crampon. Comme lorsqu'il était enfant et que sa mère le repoussait avec exaspération en lui disant qu'il était « bébé » et « collant ». Ce qui lui arrivait très souvent alors que son frère Titos ne subissait jamais le même traitement. Du coup, il avait très vite appris l'indépendance, et associé l'amour à la souffrance et à la faiblesse.

— Tally…

Clouée sur place devant un marchand de journaux, Tally regarda Sander avancer vers elle. Elle n'avait pas imaginé un seul instant qu'il la suivrait… Visiblement, il s'était habillé à la hâte et avait oublié de se coiffer.

— Que fais-tu ici ? demanda-t-elle.

Il passa nerveusement la main dans ses cheveux.

— Toi aussi tu es ici !

— Ça n'explique pas pourquoi tu m'as suivie, rétorqua-t-elle, le cœur battant.

— Ecoute, nous ne pouvons pas parler ici. Allons prendre un café.

— Tu n'as pas remarqué la cohue à cause de la grève ? Il n'y a de la place nulle part. Il est impossible de s'asseoir. De toute façon, nous n'avons plus rien à nous dire, Sander. Après ce que tu m'as dit, notre mariage est nul et non avenu.

— Comment peux-tu dire une chose pareille ? Tu portes mon enfant !

Tally resta bouche bée. Que lui arrivait-il ? Lui qui évitait toujours soigneusement de faire allusion à son état…

Il la prit par la main et l'entraîna vers une terrasse de café bondée. A la hâte, il se dirigea vers une table occupée par deux jeunes gens. Sortant son portefeuille de sa poche, il leur donna une excellente raison de libérer la table avant de revenir chercher Tally pour la faire asseoir.

— Donne-moi cinq minutes.

« Tu portes mon enfant ! »

Tally était au comble de la perplexité. Avait-il enfin accepté sa grossesse ? Pourquoi était-il venu à l'aéroport ? Elle était persuadée qu'il serait soulagé de son départ en catimini, sans discussion houleuse.

Il revint avec une tasse de thé qu'il posa en face d'elle et un gobelet de café.

— Je ne comprends pas ce que tu fais ici, murmura-t-elle. Il serait plus simple pour toi de me laisser partir.

— Je ne peux pas.

— Sander ! Pendant un mois tu t'es comporté comme si je n'existais pas, alors que nous vivions sous le même toit.

— Ce n'était pas délibéré. Je ne suis pas comme toi en ce qui concerne les relations... Je n'ai pas l'habitude de tout analyser.

Sander plongea son regard dans celui de Tally, comme pour la supplier de l'écouter.

— J'étais tellement furieux !

— Je sais, et je comprends ça.

— J'étais rongé par la colère et Volakis Shipping était au bord de la faillite.

— Le contrat que mon père t'avait menacé de te faire perdre a bien été signé ?

— Le contrat TKR, oui, mais ce n'était que la partie émergée de l'iceberg. Je craignais d'avoir réagi trop tard. Je n'étais pas certain de pouvoir sauver la société. Alors, c'est vrai, je n'ai pas vraiment pensé à notre mariage ces dernières semaines.

Sander sortit son portable de sa poche et donna un coup de téléphone en grec. Puis il raccrocha et bondit sur ses pieds.

— Viens, dit-il en prenant sa valise.

— Où ça ?

— J'ai trouvé un hôtel. Ici...

Sander indiqua la foule autour d'eux d'un air atterré.

— Ici, c'est impossible.

Tally hésita. Certes, cette terrasse de café n'était pas le lieu idéal pour une discussion aussi intime. Mais aller à l'hôtel avec Sander ? Ce n'était sans doute pas une bonne idée...

— Je ne vois pas de quoi nous pourrions encore discuter…

Sander ne pensait visiblement déjà plus à discuter. Il s'immobilisa brusquement, la prit dans ses bras et s'empara de sa bouche dans un baiser fervent. Elle fut submergée par une vague de désir qui la fit vaciller sur ses jambes.

Refermant la main sur une de ses hanches, il plaqua son bassin contre le sien pour lui prouver l'intensité de son désir. Puis il l'entraîna dehors. C'était de la folie de le suivre à l'hôtel ! songea-t-elle, le cœur battant à tout rompre. Mais peut-être avait-il quelque chose à lui dire qu'elle avait envie d'entendre… Et de toute façon, elle avait toujours son billet et rien ne pourrait l'empêcher de prendre cet avion, se dit-elle fermement.

A l'hôtel, ils montèrent dans la suite située au dernier étage, la seule disponible.

— Je comprends que tu as passé un mois à travailler avec acharnement pour renflouer Volakis Shipping, déclara-t-elle. Mais tu as attendu que je sois partie pour me l'expliquer. Comment veux-tu que nous ayons un avenir commun si tu ne partages même pas ce genre d'informations avec moi !

— C'est facile de parler quand tout va bien, mais quand la situation est critique, c'est beaucoup plus compliqué pour moi. J'ai l'impression de me plaindre.

— Alors je n'ai droit qu'aux bonnes nouvelles concernant tes affaires ?

Tally darda un regard accusateur sur Sander.

— Quand je pense que tu m'as soupçonnée d'avoir

incité mon père à te faire chanter pour t'obliger à m'épouser !

Il fit un pas vers elle.

— Dès que j'ai vu ton visage au moment où je t'ai parlé de ce chantage, j'ai su que tu n'y étais pour rien !

Tally fut soulagée par cet aveu, mais il ne suffit pas à apaiser totalement son amour-propre.

— Mais comment as-tu pu me croire un seul instant capable de ce genre de manipulation ?

— C'est le monde dans lequel j'évolue qui me rend suspicieux, *moli mou*. Les gens sont prêts à tout pour réussir.

— Pas moi. Je ne suis pas du tout comme ça.

— C'était ce que je pensais, moi aussi. Mais quand tu es tombée enceinte, je n'ai pas pu m'empêcher d'avoir des doutes. Le chantage de ton père les a renforcés. Mais je ne pouvais pas prendre le risque d'en parler avec toi avant le mariage.

Sur ce point, il avait raison, reconnut-elle à contrecœur. Mais elle avait bien d'autres interrogations.

— Etant donné que tu m'as épousée contraint et forcé, je ne comprends pas pourquoi tu m'as suivie à l'aéroport. Pourquoi ne pas tout simplement me laisser partir ?

— Parce que je ne peux pas ! répondit Sander sans hésitation. J'ai repensé à la vie que je menais avant de te rencontrer. Elle ne me manque absolument pas. Je n'ai pas envie de recouvrer ma liberté. J'ai envie que tu restes avec moi.

— Je pense que c'est un fond de culpabilité qui te fait dire ça.

Sander soupira.

— Si j'étais convaincu que je serais plus heureux si tu quittais la Grèce, je ne serais pas ici en train de te demander de rester. Je ne suis pas idiot à ce point.

Exténuée, Tally s'affaissa dans un fauteuil.

— Tu ne m'aimes pas. Considère la situation de mon point de vue. Pour quelle raison resterais-je ?

Sander resta un instant silencieux. Comment lui expliquer ce qu'il ressentait alors qu'il ne le comprenait pas lui-même ?

— L'amour, ce n'est pas mon truc, mais j'ai des tas d'autres choses à t'offrir, *pedhi mou*. Je serai là pour toi quand tu te sentiras seule, ou quand tu auras peur, ou quand tu seras malade. Il n'y aura pas d'autre femme dans ma vie. Je ne laisserai plus mes affaires provoquer des malentendus entre nous. Pour moi, tu seras le centre de l'univers. Je prendrai soin de toi et du bébé.

Tally fut touchée par la ferveur de Sander. Elle n'avait jamais entendu une telle émotion dans sa voix. Et il commençait à évoquer le bébé…

— Tu ne parles pas souvent du bébé.

Sander plongea la main dans sa poche et en sortit quelque chose qu'il lui tendit.

— Je l'ai acheté il y a quelques semaines. Je l'ai vu dans une vitrine.

Tally prit le petit train en métal et sa gorge se noua. C'était un jouet miniature pour adulte, qui serait très dangereux dans les mains d'un enfant. Mais Sander ne pouvait pas en être conscient. C'était surtout l'intention qui comptait et elle était particulièrement touchante.

— Les filles aussi peuvent jouer au train, ajouta-t-il, comme pour montrer qu'il n'était pas sexiste.

— Bien sûr, acquiesça-t-elle, de plus en plus émue.

« Tu seras le centre de l'univers. »

Cette déclaration accompagnée d'une promesse de fidélité, elle était prête à s'en contenter. Bien sûr, elle aimerait avoir l'amour en prime, mais il fallait rester réaliste. Elle ne vivait pas dans un monde parfait. Et, de toute façon, elle n'avait pas abandonné tout espoir. Peut-être qu'un jour il tomberait amoureux d'elle…

Il la prit dans ses bras et la serra contre lui à l'étouffer.

— Je veux que tu sois ma femme. Je veux que tu fasses partie de ma vie, *pedhi mou*. Et je te promets que tu ne regretteras pas d'être restée avec moi.

— J'espère bien. Et je compte sur des nuits animées, précisa-t-elle, les joues en feu.

Elle eut droit à un sourire étincelant.

— Si tu savais à quel point c'était difficile de garder mes distances… Mais chaque fois que j'étais sur le point de céder à la tentation, je repensais au chantage de ton père et j'avais l'impression d'être sa marionnette. Et ça me rendait fou de rage, reconnut Sander.

— Mais aujourd'hui tu n'as plus de colère en toi, murmura-t-elle d'une voix apaisante en lui caressant la joue.

Il la souleva de terre et la porta dans la chambre, où il l'allongea sur le lit. Après avoir enlevé sa veste il la rejoignit, et ils restèrent un long moment dans les bras l'un de l'autre, immobiles.

— J'ai une maison dans le sud de la France, murmura-t-il en écartant une mèche de son front. Elle appartenait à Titos et il me l'a léguée. Nous ne sommes pas partis en lune de miel et je crois qu'il est temps de combler cette lacune, *pedhi mou*. Nous y resterions quelques semaines et nous prendrions un nouveau départ.

— Le nouveau départ, il commence ici, objecta-t-elle en posant la main sur son torse, à l'emplacement du cœur. Peu importe où nous nous trouvons. Ce qui compte, c'est que nous soyons ensemble, corps et âme.

Sander lui prit le menton et plongea son regard dans le sien. Jamais il n'avait éprouvé une telle sérénité… C'était une sensation toute nouvelle pour lui. Et merveilleuse.

— Je tiens à toi, tu sais. Le mois qui vient de s'écouler n'est plus qu'une masse confuse de réunions et de nuits de travail. J'ai été très égoïste. *Je suis* très égoïste, *matia mou*.

— Je savais que tu n'étais pas parfait. Mais je me suis engagée sur le long terme, murmura-t-elle, les yeux noyés de larmes de bonheur.

— Ne perds jamais espoir en moi. Je suis capable d'apprendre. Et de m'améliorer.

Elle effleura les lèvres sensuelles de Sander du bout des doigts.

— Ce n'est pas une compétition.

— La compétition m'aide à me surpasser, reconnut-il.

Il déposa un baiser sur ses lèvres et elle fut parcourue d'un long frisson.

— Nous sommes tous les deux épuisés, murmura-t-elle avec une moue contrite.

— Je ne dormirai pas tant que nous ne nous serons pas retrouvés complètement.

Il lui ôta ses vêtements avec des gestes délicats, puis il se déshabilla beaucoup plus fébrilement.

Il lui fit l'amour avec une douceur, une nonchalance et une habileté extrêmes. Elle s'abîma dans un océan de volupté, où elle trouva un plaisir mêlé de bonheur, qui lui arracha des larmes. Il la serra dans ses bras en la taquinant sur sa sensibilité à fleur de peau, tout en s'émerveillant secrètement de la pureté de son cœur. A présent qu'il l'avait retrouvée, il ne la perdrait plus jamais, se promit-il.

— Dors, murmura-t-il quand elle étouffa un bâillement.

Quatre mois plus tard, Tally termina d'accrocher de nouveaux rideaux dans le salon de la maison du sud de la France, dont ils avaient fait leur résidence principale, puis elle étira son dos douloureux.

Après de nombreux travaux, la maison du frère de Sander était enfin confortable et présentable. Titos l'avait achetée pour faire un investissement et il n'avait jamais pris le temps de la rénover.

Tally avait eu le coup de foudre pour la vieille ferme. Elle l'avait aménagée et décorée avec amour, pièce par pièce.

— Sander ne veut pas que tu continues à grimper sur des escabeaux, rappela Binkie d'un ton réprobateur.

Tally réprima un sourire. La propension de Sander à fixer des règles et à veiller à leur respect correspondait parfaitement à l'image désuète que Binkie avait du mari idéal. La gouvernante avait accepté de travailler pour eux quand Crystal avait décidé qu'elle n'avait plus besoin de ses services à Londres.

Tally voyait moins sa mère depuis que celle-ci s'était installée chez son amant, Roger, un fabricant de meubles, veuf, qui vivait à Monaco. Crystal n'avait pas semblé aussi heureuse depuis des années. En revanche, Tally n'avait aucune nouvelle de son père et elle n'en attendait pas.

— Je ne suis pas montée très haut, fit-elle valoir.

— Tu es enceinte, il faut que tu sois prudente.

Binkie soupira.

— Tu aurais dû me demander de t'aider ou bien appeler Marcel.

Tally réprima une moue de dérision. Elle se souvenait encore de l'air atterré de Marcel, le jardinier, la seule fois où elle lui avait demandé de bricoler à l'intérieur de la maison. Quant à Binkie, elle avait le vertige dès qu'elle se trouvait à dix centimètres du sol…

Elle était peut-être enceinte de six mois, mais elle ne s'était jamais sentie aussi en forme, songea Tally. Elle caressa son ventre et un sourire attendri illumina son visage. Quel plaisir de sentir son bébé bouger ! Quand il était calme et qu'elle ne le sentait pas, elle ne pouvait s'empêcher de s'inquiéter. Son bébé n'était pas encore né mais elle l'aimait déjà. La dernière échographie lui avait appris que c'était un garçon et elle était ravie. Peu lui importait son sexe, du moment qu'il était en bonne santé.

Pratiquement tous les jours, elle faisait un tour dans sa chambre, qu'elle avait déjà meublée et décorée dans des nuances de bleu et de jaune. Elle avait hâte de mettre leur fils au monde et il y avait bien longtemps que ses doutes sur l'envie de paternité de Sander n'étaient plus qu'un lointain souvenir.

Sander était resté fidèle à toutes ses promesses. Le cœur de Tally se gonfla de joie. Ce soir, il rentrait d'un séjour de trois jours à Athènes. Depuis le jour où il l'avait suivie à l'aéroport pour lui demander de rester avec lui, leur mariage devenait de plus en plus solide au fil du temps.

Elle était le centre de l'univers pour Sander, qui partageait avec elle ses soucis professionnels, qui ne manquaient pas. La collaboration avec son père n'était pas toujours très facile et Volakis Shipping n'était pas encore à flot.

La plus grande partie de la semaine, Sander restait en France, d'où il gérait à distance l'entreprise familiale et ses propres affaires. Le conseil d'administration de Volakis Shipping avait reconnu l'impact très positif de la réorganisation qu'il avait mise en œuvre et lui avait accordé sa confiance à une majorité écrasante, au grand dam de son père, qui ne pouvait s'empêcher d'être en compétition avec lui.

Sander et Tally appréciaient tous les deux la qualité de vie que leur offrait le sud de la France et ils recevaient souvent des amis pour le week-end. Tally aimait son rôle d'hôtesse et elle ne se sentait plus menacée par les créatures superbes qui se jetaient à la tête de Sander chaque fois qu'elles en avaient l'occasion.

A la perspective de le retrouver après trois jours de séparation, elle fut parcourue d'un long frisson et sentit une douce chaleur se répandre entre ses cuisses. Leur désir mutuel ne faiblissait pas et leurs relations restaient toujours aussi passionnées.

Deux heures plus tard, Sander pénétra dans la maison et lança son imperméable sur un fauteuil, impatient de retrouver Tally. Son regard fut irrésistiblement attiré par sa silhouette toujours plus ronde, à côté du sapin de Noël qui scintillait au milieu du hall, orné de boules, figurines et guirlandes clignotantes. La maison tout entière était égayée de décorations, qui charmaient d'autant plus Sander que ses parents avaient toujours dédaigné cette coutume qu'ils trouvaient vulgaire.

Les yeux verts de Tally étincelaient de joie et de tendresse. Il la rejoignit à grands pas et la prit dans ses bras pour l'embrasser fougueusement. Laissant échapper un gémissement, elle lui rendit son baiser avec l'enthousiasme qui la caractérisait.

— Combien de temps avons-nous avant le dîner ? demanda-t-il contre ses lèvres.

Les joues en feu, elle lui adressa un sourire mutin.

— Tout le temps qu'il faut…

Il pouffa et l'entraîna jusqu'à la chambre, où ils s'arrachèrent mutuellement leurs vêtements avant de donner libre cours à leur passion débridée, attisée par trois jours de séparation.

Un peu plus tard, tandis que les battements de

son cœur s'apaisaient peu à peu, Tally enveloppa son mari d'un regard ébloui et murmura :

— Tu m'as manqué.

Il déposa un baiser sur ses lèvres tout en savourant le contact de son corps encore frémissant.

— Quand le bébé sera né, tu pourras m'accompagner dans mes déplacements, *pedhi mou*.

— Les bébés ont besoin d'une vie régulière. Je ne suis pas sûre que notre bébé aimera voyager.

— Mon fils aimera ça, assura Sander avec une pointe de fierté. Un bon Volakis est forcément un grand voyageur.

Tally pouffa.

— C'est vrai ?

— Bien sûr. Mon fils sera intelligent et il aura envie de faire plaisir à son père.

Tally enveloppa le père de son bébé d'un regard attendri avant de faire remarquer avec son bon sens habituel :

— Toi tu n'es jamais d'accord avec le tien.

— Je serai un père plus attentif que lui et j'aurai des liens plus étroits avec mon fils. J'ai toujours été de trop dans ma famille, ajouta Sander avec une pointe de regret dans la voix.

Tally traça le contour de ses pommettes du bout des doigts.

— Tu sais... Tu es ma vie.

Sander lui prit la main et déposa un baiser au bout de chaque doigt.

— Et toi, tu es au centre de la mienne, *kardoula mou*. Je resterai éternellement reconnaissant à ton père de m'avoir poussé à t'épouser... A côté de quel trésor je serais passé, si j'étais resté dans mon ignorance et mon immaturité !

Tally pouffa de nouveau et l'embrassa dans le cou.

Ils dînèrent beaucoup plus tard que prévu, ce soir-là…

LE DÉFI D'UN MILLIARDAIRE

Prologue

Sander étudia la photo de sa femme, très sexy dans une robe du soir écarlate et blottie dans les bras d'un autre homme.

La rage folle qui le submergea lui donna le vertige. Robert Miller. Eh bien, ça n'avait rien de surprenant après tout. Deux ans plus tôt, lors de la réception à Westgrave Manor, il ne lui avait pas échappé que Miller était subjugué par Tally. Comme il l'était lui-même à l'époque…

Malgré la colère qui le faisait bouillir, Sander écarta le journal d'un geste désinvolte. Avec le visage impassible d'un joueur de poker, il regarda son père.

— Et alors ?

— Quand seras-tu enfin complètement libre ? demanda Petros Volakis d'un ton amer.

De toute évidence, il estimait qu'une future ex-épouse dont la nouvelle vie de célibataire était largement commentée par les médias portait préjudice à l'honneur de la famille.

Sander haussa les épaules.

— Je suis déjà libre.

Certes, le divorce n'avait pas encore été prononcé, mais la séparation officielle était entérinée. Malgré lui, il jeta un coup d'œil sur le journal. Pourquoi était-il aussi furieux de voir Tally avec un autre ? Ils étaient en train de divorcer. Quoi de plus naturel qu'elle mène sa vie ? Pourquoi la vue de cette photo le mettait-elle hors de lui ?

En fait, la réponse à cette question était évidente. Avant leur rupture, Tally affichait une telle indifférence à son égard qu'il était persuadé qu'aucun homme ne pouvait la troubler. Comment rester serein à l'idée qu'il s'était trompé et qu'un autre avait visiblement réussi là où il avait échoué ?

— Pourtant, on ne te voit plus dans les magazines people comme avant ton mariage, rétorqua son père avec plus de perspicacité que Sander ne lui en accordait d'ordinaire.

— J'ai mûri. Et je suis plus discret qu'avant.

— Ce mariage était une erreur mais nous n'en parlerons plus, déclara prudemment Petros devant le visage fermé de son fils.

Tant mieux, parce que pour sa part il refusait toute discussion… Sander crispa la mâchoire. Ses parents n'avaient pas exprimé la moindre compassion à la mort de son premier-né. Comment son père pouvait-il se permettre d'émettre la moindre opinion sur son mariage ?

Les relations entre Sander et ses parents étaient tendues depuis toujours. Petros et Eirene Volakis n'avaient jamais caché leur préférence pour Titos, leur fils aîné, qui s'était tué dans un accident de voiture quelques années auparavant. Et même si c'était Sander qui avait évité la faillite à Volakis Shipping, la compagnie maritime familiale gérée jusque-là de manière désastreuse par Titos, les

Volakis estimaient toujours qu'il n'arrivait pas à la cheville de son aîné.

Sander réprima un soupir. Ses parents n'étaient peut-être pas prêts à le reconnaître, mais c'étaient bien les seuls. Sa réussite professionnelle était indéniable. L'échec de sa vie privée n'en était que plus cuisant.

Dire que Tally avait déjà tourné la page… Nouveau travail, nouvelle maison, nouvel homme. Sander réprima sa fureur à grand-peine. C'était lui qui avait initié Tally au sexe et au plaisir. L'imaginer au lit avec Robert Miller était insupportable !

Et, pourtant, il ne s'était jamais considéré comme un homme possessif…

1

— Quand ton divorce sera-t-il prononcé ? demanda Robert Miller d'un ton léger.

Tally se raidit. Détournant les yeux, elle se mit à feuilleter un cahier d'échantillons d'étoffes.

— Dans quelques mois…

— J'ai l'impression que ça traîne depuis une éternité, se plaignit Robert sans même feindre la désinvolture. Je commence à en avoir assez que tout le monde s'imagine que nous sommes seulement amis…

— Nous sommes amis. Et associés.

Tally réprima un soupir. Son amitié ne suffisait pas à Robert, mais elle n'était pas certaine de pouvoir lui donner un jour autre chose.

Un an seulement s'était écoulé depuis que la perte de son enfant et l'échec de son mariage avec Sander lui avaient brisé le cœur. Elle n'avait aucune envie de subir la pression d'un homme aux attentes duquel elle était incapable de répondre. Elle aimait bien dîner au restaurant avec Robert et l'accompagner de temps en temps à des soirées, mais pour l'instant elle n'était pas prête pour une véritable relation. Si elle appréciait son amitié et son soutien professionnel, elle n'éprouvait ni désir ni amour pour lui. A cette pensée, son cœur se serra. Sander l'avait visiblement privée de toute sensibilité dans ce domaine…

Grand, les cheveux noirs et les yeux bleus, Robert était pourtant un homme séduisant. Il dirigeait sa propre société de conception de logiciels, très florissante. Neuf mois plus tôt, il avait chargé Tally de réaménager son appartement londonien situé dans le quartier des Docklands, lui offrant ainsi son premier gros contrat. La notoriété acquise suite à ce projet avait favorisé le développement rapide du cabinet d'architecture intérieure qu'elle venait de créer.

Cependant, malgré l'afflux de clients, elle n'avait pas réussi à obtenir le soutien des banques en raison de la conjoncture économique défavorable. Lorsque Robert lui avait proposé les fonds dont elle avait besoin pour installer ses bureaux dans un quartier prestigieux et engager de nouveaux employés, elle avait donc accepté avec reconnaissance. Depuis six mois, Robert lui apportait un soutien inconditionnel.

Quelques instants plus tard, Belle, l'assistante de Tally, lui annonça qu'il y avait un appel personnel pour elle.

— J'ai été informé que la maison que vous partagiez avec M. Volakis dans le sud de la France était sur le point d'être vendue, lui annonça son avocat. On m'a précisé que si vous souhaitiez conserver des affaires qui s'y trouvent encore, vous devez aller les chercher sur place.

Tally remercia son avocat et s'efforça de surmonter son désarroi. En vain. Comment ne pas rester attachée à une propriété qu'elle avait aménagée avec cœur et où elle avait été merveilleusement heureuse ? L'idée qu'elle appartiendrait bientôt à des inconnus était insupportable. Elle ne s'attendait pas du tout à ce que Sander la vende… Mais, après tout, pourquoi était-elle aussi surprise ? Préférerait-elle le savoir là-bas en compagnie d'une autre femme ? Envahie d'un grand froid, elle s'empressa de chasser cette pensée de son esprit. De toute façon, après avoir perdu tant de choses bien plus importantes, il serait ridicule de se lamenter sur la perte d'une maison.

Elle consulta son agenda. Autant en finir au plus vite. Ce week-end, de préférence… Elle déglutit péniblement. Ce divorce était décidément une épreuve très pénible. Il n'avait rien d'une séparation à l'amiable entre gens civilisés. Sander aurait très bien pu lui envoyer ses affaires à Londres. Mais, depuis leur séparation, il n'avait pas eu un seul bon mouvement. D'ailleurs, elle ne l'avait pas revu. Il refusait de lui parler et l'avait totalement exclue de sa vie. Comme si elle n'en avait jamais fait partie.

Parce que c'était elle qui l'avait quitté ? « Remets-toi, Sander ! Ton orgueil de mâle y survivra », songeat-elle avec colère. Pour sa part, elle était fière d'avoir eu le courage de mettre un terme à une situation qui les rendait malheureux l'un et l'autre. Depuis, elle avait lu que les mariages qui survivaient à la mort d'un enfant étaient très rares.

Au volant de sa voiture alors qu'elle rentrait chez elle, Tally refoula ses larmes. Elle avait fini par évacuer la colère, mais il arrivait encore que le chagrin la submerge subitement et la plonge dans un abattement total pendant des heures.

Sander, de son côté, n'avait pas eu ce genre de problème, songea-t-elle avec amertume. Le chagrin ne l'avait jamais privé de ses moyens…

Pendant les longs mois où elle était restée anéantie par la dépression, il avait consacré tout son temps à donner un nouvel essor à Volakis Shipping, la compagnie de navigation familiale, et décrocher de gros contrats avec des sociétés asiatiques. Durant cette période sombre de leur vie, il avait quadruplé au bas mot la valeur financière de la société.

Cependant, déterminée à ne pas suivre l'exemple de sa mère et à conserver son indépendance, Tally avait refusé de recevoir le moindre centime de sa part après leur séparation.

Elle ne s'estimait pas en droit de profiter de la fortune de son futur ex-mari. Après tout, si Sander l'avait épousée, c'était uniquement parce que Anatole Karydas, son père, l'avait soumis à un odieux chantage après avoir appris qu'elle était enceinte. Cette triste réalité était revenue la hanter quand leur couple avait commencé à battre de l'aile.

Les bases de leur mariage n'étaient pas assez solides pour qu'il y ait le moindre espoir que le temps finisse par apaiser leurs tensions. Pourquoi continuer à se cramponner désespérément à un homme qui n'avait jamais partagé ses sentiments ?

A présent, elle en avait la conviction. Si leur mariage avait échoué, c'était parce que Sander ne l'avait jamais aimée. D'ailleurs, il avait dû être soulagé de retrouver sa liberté.

— Une part de la vente de la maison va-t-elle te revenir ? demanda Crystal, sa mère, un peu plus tard dans la soirée, lorsqu'elle lui parla de ses projets pour le week-end au téléphone.

Crystal étant fiancée à Roger, un homme d'affaires britannique à la retraite avec qui elle vivait à Monaco, Tally ne la voyait pratiquement plus depuis plus d'un an.

— Tu sais bien que je n'ai pas besoin de l'argent de Sander et que, de toute façon, je n'en veux pas…

— Tu devrais être plus prévoyante. J'ai toujours eu besoin de l'argent de ton père et je ne sais pas comment je m'en serais sortie sans lui ! fit valoir Crystal.

Anatole Karydas, homme d'affaires grec, avait subvenu aux besoins de Crystal et de Tally, sa fille illégitime, jusqu'à la fin de ses études.

— Eh bien, moi, je m'en sors très bien toute seule.

— Sois raisonnable et pense à l'avenir ! insista Crystal. Vide la maison. D'après ce qu'on peut lire dans la presse, Sander Volakis ne sait plus quoi faire de son argent. Ce ne sont pas quelques meubles qui vont lui manquer. Ne perds pas de vue que tu as laissé tomber un homme *très* riche !

Tally ravala une réplique cinglante. Sa mère et elle n'avaient pas la même conception de la vie, mais elle était très attachée à Crystal. Même si c'était Binkie — Mme Binkiewicz, une veuve polonaise — qui l'avait élevée. Quand Tally avait besoin de réconfort, c'était Binkie qui lui manquait le plus. Celle-ci l'avait suivie dans le sud de la France quand elle était mariée avec Sander, mais après leur rupture elle était rentrée en Angleterre pour travailler chez une famille du Devon.

Le vendredi après-midi, Tally prit l'avion pour Perpignan. Peu de temps après son arrivée, elle reçut un coup de téléphone de Crystal. Après dix-huit mois de vie commune avec Roger, sa mère lui annonça sans préambule qu'elle rentrait à Londres le lendemain, définitivement.

— Mon Dieu, mais que s'est-il passé ? demanda Tally d'un ton circonspect, sachant que la vie amoureuse de sa mère avait tendance à être mouvementée.

— Roger et moi nous avons décidé d'en rester là.

Mieux valait s'abstenir de tout commentaire. Sa mère n'était visiblement pas d'humeur à entrer dans les détails.

— Je suppose que tu peux m'héberger le temps que je trouve un logement, ajouta Crystal.

— Bien sûr ! Tu vas bien ?

— Rien n'est éternel.

Sur ces mots, Crystal raccrocha.

Tally loua une voiture pour se rendre dans les contreforts des Pyrénées. L'ancienne ferme, à laquelle on accédait par un étroit chemin privé qui sinuait à flanc de coteau, jouissait d'une vue splendide sur les vignes et les vergers qui l'entouraient.

L'estomac noué, elle se gara devant la maison aux murs couverts de vigne vierge. Son avocat avait assuré qu'il informerait celui de Sander de sa visite, afin qu'elle puisse accéder à la propriété sans problème. Elle frappa à la porte, puis, n'obtenant pas de réponse, elle sortit de son sac la clé restée en sa possession.

Le hall dallé de terre cuite embaumait la lavande et la cire d'abeille, et un vase contenant un superbe bouquet de fleurs était posé sur la table en chêne. Aucun pétale au pied du vase, constata-t-elle avec surprise. De toute évidence, les fleurs étaient fraîchement cueillies. Sans doute la maison était-elle entretenue comme si elle était habitée, afin de paraître plus accueillante aux éventuels acheteurs.

Elle déglutit péniblement. Il était très déstabilisant de revenir au domicile conjugal qu'elle avait quitté depuis plus d'un an et d'y retrouver la même atmosphère que si elle ne s'était absentée que vingt-quatre heures...

D'autres bouquets ornaient le spacieux salon, et des magazines de décoration récents étaient empilés sur la table basse. Une fenêtre ouverte laissait entrer une légère brise, qui faisait onduler les rideaux pastel. A la vue d'une petite sculpture que Sander et elle avaient achetée ensemble à Perpignan, Tally sentit son cœur se serrer. Elle se souvenait si bien de cette journée...

Enceinte et au comble du bonheur, loin de soupçonner la tragédie à venir, elle avait réussi à persuader Sander de s'accorder une journée de congé. Après avoir déjeuné au restaurant, ils avaient fait un tour dans une galerie d'art, où ils avaient admiré cette sculpture aux courbes sensuelles, qui représentait un couple.

S'arrachant à ces pensées, Tally secoua la tête comme pour faire le vide dans son esprit. Le pouvoir d'évocation de cette maison était redoutable... Avait-elle vraiment envie de rapporter à Londres cette statuette et tous les souvenirs qui s'y rattachaient ?

Elle monta l'escalier, l'estomac noué. Le jour de

son départ, elle avait rempli une valise en toute hâte et laissé derrière elle des vêtements éparpillés dans toute la chambre... Des vêtements à présent rangés soigneusement dans la penderie du dressing, constata-t-elle quelques minutes plus tard.

Elle quitta la pièce et se dirigea vers une porte située de l'autre côté du couloir. Le front humide de sueur, elle prit une profonde inspiration avant de tourner la poignée. Elle resta interdite sur le seuil de la pièce. La chambre d'enfant qu'elle avait meublée et décorée avec amour n'existait plus. Les murs avaient été repeints et le mobilier changé. Plus de berceau, de table à langer ni de jouets. C'était une surprise, mais surtout un vif soulagement, reconnut-elle en s'efforçant de ne pas penser aux longs mois qui avaient suivi la mort de son petit garçon à la naissance. Rongée par une souffrance intolérable, elle avait hanté cette chambre jour et nuit.

Un bruit caractéristique attira soudain son attention et elle sortit sur le palier pour regarder par la fenêtre. Un hélicoptère volait au-dessus de la vallée dans le ciel sans nuages. Son cœur se serra. Sander avait pris l'habitude d'utiliser ce moyen de transport au cours des derniers mois qu'ils avaient passés en France. Cela lui permettait de travailler pendant le trajet, disait-il.

A l'époque, elle avait déjà compris depuis un moment qu'elle était mariée à un bourreau de travail, perpétuellement en quête de nouveaux contrats à décrocher. Sa femme enceinte et son mariage ne faisaient pas partie de ses priorités...

Mais aujourd'hui cet hélicoptère ne pouvait pas être le sien, bien sûr.

Tally ouvrit un placard dans lequel étaient rangées des valises. Elle allait commencer par rassembler ses vêtements. Ensuite, elle ferait le tour de la maison pour voir s'il y avait d'autres choses qu'elle voulait emporter.

Tandis qu'elle mettait des affaires en vrac dans une valise, le bruit de l'hélicoptère s'amplifiait peu à peu. Surprise, elle alla de nouveau regarder par la fenêtre du palier. L'appareil venait de se poser sur l'héliport situé à l'orée du verger. A travers le feuillage des arbres, elle reconnut le logo rouge peint sur le fuselage et son cœur fit un bond dans sa poitrine. V pour Volakis. Non ! C'était impossible !

Alors qu'elle s'écartait instinctivement de la fenêtre, elle aperçut un homme grand et brun en costume qui se dirigeait vers la maison à grands pas. Sander. Sa démarche était reconnaissable entre mille… Assaillie par une bouffée de panique, elle faillit se cacher dans le placard où elle avait trouvé les valises mais se ressaisit aussitôt. Ce serait ridicule… Clouée sur place, elle entendit la porte d'entrée s'ouvrir.

— Tally… où es-tu ? C'est Sander.

Le son de la voix familière accrut son désarroi. S'agrippant à la rampe, elle se dirigea vers l'escalier et commença à descendre lentement les marches en accrochant un pâle sourire à ses lèvres.

— Je range mes affaires. Que fais-tu ici ?

— C'est encore ma maison, rappela Sander d'une

voix douce tout en promenant sur elle un regard scrutateur.

Dieu ! Il avait l'impression de ne pas l'avoir vue depuis des siècles… Ses boucles avaient laissé place à un chignon lisse et bas qui la vieillissait. Quant à sa robe, elle était si sage que sa mère elle-même la trouverait parfaite ! Pour sa part, il ne trouvait pas ce changement de look très flatteur…

Cependant, le maquillage de Tally était toujours aussi subtil et il mettait admirablement en valeur ses grands yeux vert menthe, ses lèvres pulpeuses et les taches de rousseur qui parsemaient son nez délicat… Il se sentit étrangement oppressé. Que lui arrivait-il ? Pourquoi regrettait-il à ce point l'épaisse crinière bouclée de Tally et son élégance désinvolte ? Sans doute n'aimait-il pas que les gens changent, tout simplement.

— Tu as fait exprès de venir le même jour que moi ! Je ne peux pas croire que ta présence ici soit une coïncidence ! lança-t-elle d'un ton accusateur.

Si seulement il n'était pas aussi superbe ! Malgré tous ses efforts, elle ne pouvait pas s'empêcher de le dévorer des yeux. C'était trop injuste… Une nouvelle bouffée de panique assaillit Tally, tandis qu'un long frisson la parcourait.

Elle haïssait Lysander Volakis pour la souffrance qu'il lui avait fait endurer. Elle l'avait aimé autrefois. Beaucoup trop. Mais quand elle avait découvert, quelques semaines après leur mariage, qu'il l'avait épousée à cause du chantage auquel l'avait soumis son père, elle avait tenté de lui rendre sa liberté.

Elle l'avait quitté mais, au lieu de la laisser partir,

il l'avait suivie jusqu'à l'aéroport et l'avait persuadée qu'il tenait suffisamment à elle pour donner une chance à leur mariage. Pourquoi avait-elle eu la faiblesse de lui accorder cette chance ? Elle s'en voulait encore terriblement aujourd'hui…

Pendant quelques mois, il l'avait rendue follement heureuse. Comblée au-delà de ses espérances, elle s'apprêtait avec joie à devenir mère quand elle avait tout perdu. Le monde s'était écroulé autour d'elle comme un château de cartes, mais Sander ne lui avait pas apporté le moindre soutien…

— Ce n'est pas une coïncidence, en effet, répliqua Sander. Je savais que tu serais là, bien sûr. Nous allons pouvoir procéder ensemble au partage du contenu de la maison.

— Je ne crois pas que ce soit une bonne idée.

— Tu penses que ça ne plairait pas à Robert ?

— Je ne vois pas de quoi tu veux parler.

Tally considéra Sander avec perplexité. A en juger par la pointe de sarcasme dans sa voix, il avait des griefs contre elle. Estimait-il qu'elle avait une part de responsabilité dans l'échec de leur mariage ? Jamais cette idée ne l'avait effleurée jusque-là… Aurait-elle fait preuve de parti pris ? Aurait-elle commis l'erreur de se prendre pour une épouse parfaite face à un mari insensible ?

— Miller n'apprécierait pas de te savoir seule dans cette maison avec moi, expliqua-t-il sur le même ton.

Robert Miller ne se mêlait pas de sa vie… Mais pas question de le préciser, décida-t-elle. Pourquoi révéler à Sander que leurs relations étaient purement amicales ? Il serait trop content d'apprendre qu'il était le dernier homme avec qui elle avait fait l'amour… Son ego en serait flatté et elle n'avait aucune envie de lui donner cette satisfaction. De son côté, il avait dû tourner la page depuis très longtemps. A sa grande irritation, elle sentit sa gorge se nouer. Pourquoi lui était-il toujours aussi insupportable d'imaginer Sander avec une autre femme ?

Les yeux étincelants, elle releva le menton d'un air de défi.

— Robert se garde bien de me dire ce que je dois faire.

Sander émit un petit rire moqueur.

— Vraiment ? Pourtant, quand moi je te le disais, tu aimais ça.

Mortifiée, elle sentit ses joues s'enflammer et crispa les poings. Comment osait-il ? Cette allusion était limpide… Il avait été son premier amant, et durant les premiers mois de leur relation, il lui avait souvent dit ce qu'elle devait faire pour lui donner du plaisir. Non seulement elle n'avait jamais vu d'objection à cette initiation au sexe, mais elle avait trouvé ça très excitant. Le lui rappeler aujourd'hui était d'une muflerie inadmissible !

— Ça suffit ! Je m'en vais.

Elle passa devant lui pour récupérer ses clés de voiture sur la table.

— Tu peux jeter mes affaires. Je ne veux rien garder !

Il s'empara des clés juste avant elle.

— Pas question que tu conduises dans l'état où tu es…

— Donne-moi ces clés !

— Combien de temps as-tu attendu avant d'accueillir Miller dans ton lit ?

A sa grande satisfaction, Sander vit des étincelles jaillir dans les yeux vert menthe et des mèches folles s'échapper du chignon strict. Quel plaisir de la revoir telle qu'elle était restée dans son souvenir ! Jamais il n'avait connu une femme aussi fougueuse… Et l'idée qu'un autre homme l'avait remplacé dans ses bras était insupportable !

— Ça ne te regarde pas ! s'écria Tally en tentant d'attraper les clés.

Il leva la main pour les mettre hors de sa portée.

— Je suis encore ton mari, après tout. Ma curiosité est naturelle. Avant notre rupture, tu m'as exclu de ton lit pendant des mois.

— Nous sommes pratiquement divorcés et je n'ai pas de comptes à te rendre. Donne-moi ces clés !

— Non. Je ne te laisserai pas prendre le volant dans cet état.

— Oh ! quelle délicatesse ! Où était-elle passée quand nous avons perdu notre enfant ?

Sander pâlit.

— Je n'ai pas envie de discuter de ça…

— Je m'en doute, commenta Tally d'un ton méprisant. Tu n'as pas envie de m'expliquer pourquoi tu as repris le travail le lendemain de l'enterrement de notre enfant, bien sûr. Ni pourquoi tu t'es consacré jour et nuit à tes affaires pendant des mois sans te demander si ta femme avait besoin de ton soutien. Mais peu importe. Parce que je sais exactement pourquoi. La seule chose qui compte pour toi c'est de gagner toujours plus d'argent… Peu importe que tu sois déjà riche comme Crésus, tu n'en as jamais assez !

Sander plongea dans le sien un regard glacial.

— Comment oses-tu ? Parce que tu as porté notre fils, tu es la seule autorisée à souffrir et à éprouver des sentiments, c'est ça ?

— Eh bien…

— Chacun affronte la souffrance à sa manière. Pour exprimer la mienne j'aurais pu me soûler et coucher avec d'autres femmes. Mais ce n'est pas moi. Je ne suis pas du genre à aller voir un psy ni à extérioriser mes sentiments. Ce n'est pas comme ça que j'ai été élevé… désolé. Dans ma famille on ne se plaint jamais et on ne parle pas de ce genre de choses. Si je me suis abruti de travail c'est parce que le jour où j'ai perdu mon fils j'ai aussi perdu ma femme, et que c'était pour moi le seul moyen de faire face !

Complètement désarçonnée, Tally recula d'un pas. Que lui avait-il pris d'évoquer ce sujet ? A en juger par sa véhémence, Sander avait été bien plus éprouvé qu'elle ne l'imaginait. Et il lui en voulait terriblement… Comment avait-elle pu sous-estimer à ce point l'impact qu'avait eu sur lui la mort de leur enfant ?

— Tu as perdu ta femme… que veux-tu dire ?

— Tu te comportais comme si tu étais la seule à souffrir ! Tu étais devenue un zombie. Tu ne m'adressais plus la parole. Tu refusais de sortir. Tu ne faisais que pleurer. Tu étais en pleine dépression, mais quand je t'ai suggéré de consulter un médecin tu m'as répondu que c'était une idée ridicule, que je ne pouvais pas comprendre ce que tu endurais !

— Je le croyais... J'étais complètement perdue moi-même...

Sander prit une profonde inspiration. Il n'avait pas prévu que revoir Tally dans cette maison où leur mariage s'était brisé ferait resurgir le passé avec une telle violence... Il fallait bien reconnaître qu'il n'était plus complètement maître de lui-même. Dire qu'il se flattait de garder son sang-froid en toute circonstance ! Aujourd'hui, c'était au-dessus de ses forces. Son sentiment d'injustice était trop fort. Les mots sortaient de sa bouche sans qu'il puisse les retenir...

— Quand je t'ai proposé de faire un autre enfant, tu m'as regardé comme si je venais de commettre un crime impardonnable. Tu as hurlé que tu ne voulais pas d'autre enfant. Et quand j'ai manifesté le souhait de refaire l'amour avec toi, tu as réagi comme si c'était une tentative de viol !

Consternée, Tally tremblait de tous ses membres. Pourquoi s'en était-elle prise à Sander ? Si elle avait su...

— Je suis désolée...

Comment avait-elle pu se laisser aveugler à ce point par sa souffrance ? Pourquoi avait-elle refusé de reconnaître qu'il était lui aussi malheureux ?

Sander laissa échapper un rire grinçant.

— Désolée ? C'est tout ce que tu trouves à dire ? Ça n'efface rien, figure-toi ! La mort de notre bébé ne m'a pas empêché de continuer à te désirer. Au contraire...

Tally fut submergée de remords. Elle était aussi coupable que lui. Au sein du tourbillon de malentendus déclenché par la mort de leur bébé, ils avaient été l'un et l'autre incapables de préserver leur relation.

Sander jeta les clés sur la table.

— Et je te désire encore aujourd'hui. Tu as un effet redoutable sur ma libido, Tally !

— Sander...

Au comble de la confusion, Tally ne savait plus quoi penser. Elle ne savait même plus ce qu'elle ressentait.

— En fait, le désir que j'éprouve pour toi me rend complètement fou, *yineka mou*.

A sa grande surprise, elle sentit soudain une vive chaleur l'envahir. Depuis combien de temps n'avait-elle rien éprouvé de tel ? Depuis si longtemps qu'elle croyait son corps définitivement endormi, à vrai dire... Etait-ce la voix profonde de Sander qui venait soudain de le réveiller ? Ou bien le regard brûlant de ses yeux noirs aux reflets dorés ?

Parcourue de longs frissons, la gorge sèche, elle fixait Sander, clouée sur place comme un animal pris dans les phares d'une voiture. « *Yineka mou.* » Ma femme... Et, après tout, c'était vrai. Elle était encore sa femme.

— Tu n'as pas une idée de ce que je pourrais faire pour résoudre ce problème ? demanda-t-il d'une voix rauque en se rapprochant d'elle.

— Non, aucune ! rétorqua-t-elle avec un mouvement de recul.

Pas question de se laisser manipuler. Parce que Sander était un grand manipulateur... N'avait-elle pas souvent admiré l'intelligence remarquable à laquelle il devait sa réussite ? Ses concurrents en affaires en étaient les premières victimes. Et, aujourd'hui, c'était elle qu'il manipulait... Il réussissait à lui faire éprouver des sensations dont elle ne voulait pas. Au fur et à mesure qu'il avançait, elle reculait. Pour finir par se retrouver coincée contre la porte.

— Tu me rends fou, *yineka mou,* répéta-t-il en frottant sa joue contre la sienne.

Electrisée, elle fut prise de vertige. C'était comme si elle se trouvait au bord d'une falaise. Elle n'avait pas envie d'être là, pas envie de tomber...

Sander s'empara de sa bouche et elle n'eut pas d'autre choix que de la lui abandonner.

2

Tally eut l'impression de mourir et de ressusciter dans l'instant. Ses réticences initiales furent balayées par un flot de sensations d'une telle intensité qu'elle vacilla sur ses jambes et dut s'agripper aux épaules de Sander. Tandis qu'il approfondissait son baiser, elle enfonça les doigts dans ses épais cheveux noirs et lui répondit avec fougue en pressant ses seins frémissants contre son torse.

Il referma les mains sur ses fesses et plaqua son bassin contre le sien. Electrisée par le témoignage flagrant de son désir, elle glissa une main entre eux et caressa sa virilité pleinement éveillée à travers le tissu de son pantalon.

Avec un grognement approbateur, il se pencha pour soulever sa robe puis fit remonter lentement ses doigts le long de ses cuisses nues. Le souffle court, elle fut parcourue de longs frissons tandis qu'une boule de feu se formait au creux de ses reins. Lorsqu'il glissa la main entre ses cuisses et effleura sa culotte, elle crut défaillir.

Il trouva le point le plus sensible de sa féminité et le caressa un instant avant de déchirer le fin tissu d'un geste impatient. Ses doigts explorèrent délicatement son sexe brûlant de désir, puis il tomba à genoux pour continuer de l'honorer du bout de la langue.

Au comble de l'excitation, Tally ne s'appartenait plus. Des gémissements étranglés s'échappaient de sa gorge et ses genoux se dérobaient sous elle. Seuls les bras de Sander l'empêchaient de s'affaisser. Elle était sur le point d'atteindre le plaisir suprême quand il se redressa et la souleva de terre. Elle entendit un bruit de porcelaine brisée et sentit une surface lisse et dure sous ses fesses. Il l'attira vers lui en la faisant glisser jusqu'au bord de la table, lui écarta les cuisses et plongea d'un seul mouvement puissant au plus profond d'elle. Les mains refermées sur ses hanches, il donna libre cours à sa passion, et ses coups de reins vigoureux les précipitèrent bientôt l'un et l'autre dans le gouffre de la volupté.

— Tu es toujours la femme la plus incroyablement sensuelle que j'aie jamais rencontrée, murmura-t-il au bout d'un moment en parsemant son visage de baisers.

Puis il la prit dans ses bras et se dirigea vers l'escalier. Rompue de plaisir, l'esprit embrumé, elle eut vaguement conscience qu'il marchait sur les fleurs et sur les morceaux de vase qui jonchaient le sol.

— Que fais-tu ? demanda-t-elle en s'efforçant de se ressaisir.

Sander ne répondit pas et se contenta de l'envelopper d'un regard brûlant. Une fois dans la chambre, il la déposa sur ce qui avait été leur lit conjugal. Il n'avait aucune envie de parler. Chaque fois qu'il avait tenté de discuter avec Tally avant leur rupture, ça s'était retourné contre lui... Pas question de prendre ce risque ! Il se déshabilla fébrilement puis la rejoignit et l'embrassa avec voracité.

Ce baiser sortit Tally de sa langueur. Savourant les manifestations de son désir renaissant, elle répondit au baiser de Sander avec une passion égale à la sienne. Comme c'était grisant de constater qu'il avait toujours envie d'elle ! Lui aurait-il été plus fidèle qu'elle ne le pensait ?

Avec délectation, elle promena les mains sur la peau satinée de ses épaules et sur la toison soyeuse qui recouvrait son torse, puis elle poursuivit sa descente avec une lenteur délibérée.

Tandis qu'il changeait de position pour mieux s'offrir à ses caresses, elle fut envahie par une vive chaleur. Bien sûr, plus tard, il faudrait analyser la situation et tenter de démêler l'écheveau de sentiments contradictoires dont elle était la proie depuis qu'elle l'avait quitté. Mais, pour l'instant, elle n'en avait pas le courage.

Elle avait trop envie de vivre pleinement l'instant. C'était si inattendu… L'homme à qui elle avait rendu sa liberté lui sautait dessus à la première occasion ! C'était très flatteur et incroyablement excitant. Etait-il possible qu'il n'y ait eu aucune autre femme dans sa vie depuis leur rupture ?

— Tu es irrésistible, *yineka mou*. Je n'arrive pas à me rassasier de toi.

Sander referma la main sur un de ses seins et pinça délicatement sa pointe hérissée entre le pouce et l'index avant de l'aspirer goulument entre ses lèvres. Il la lécha et la mordilla tour à tour, lui arrachant des gémissements extatiques. Après avoir soumis l'autre sein à la même torture délicieuse, il se redressa et s'empara de sa bouche tout en s'enfonçant lentement dans le cœur brûlant de sa féminité. Contrairement à la première fois, il parvint à contrôler sa passion et commença à lui faire l'amour avec une nonchalance délibérée.

Peu à peu, ses va-et-vient se firent de plus en plus rapides, de plus en plus vigoureux. Le plaisir qui montait en elle donnait le vertige à Tally. Jamais elle n'avait éprouvé des sensations aussi inouïes. Lorsque l'ultime vague la balaya, elle enfouit son visage dans le cou de Sander pour étouffer ses cris. Plus tard, comblée, éreintée, incapable d'esquisser un mouvement, elle s'endormit dans ses bras, avec le sentiment divin d'avoir retrouvé sa place.

Elle se réveilla en sursaut à l'aube et se redressa dans le lit. Les rideaux étaient ouverts et le jour naissant baignait la chambre d'une lueur rosée. Une bouffée d'angoisse l'assaillit. Elle était seule. Sur l'oreiller voisin du sien il n'y avait que le creux laissé par la tête de Sander. Elle tâta les draps. Froids... Elle bondit hors du lit et le regretta aussitôt. Chacun de ses muscles était douloureux. Avait-elle déjà eu autant de courbatures ?

Après s'être enveloppée dans le couvre-lit de satin, elle regarda par la fenêtre. L'hélicoptère n'était plus là, bien sûr... D'ailleurs, après réflexion, elle se souvenait vaguement de l'avoir entendu décoller pendant la nuit. Sander était parti. Il avait couché avec elle, puis il était parti...

Quelle idiote ! Comment avait-elle pu lui tomber dans les bras aussi facilement ? Encore plus furieuse contre elle-même que contre lui, elle descendit au rez-de-chaussée comme dans un mauvais rêve. Des bruits provenant de la cuisine la firent tressaillir et elle faillit battre en retraite. Une femme de ménage ? Une gouvernante ? Après tout, les bouquets de fleurs fraîches et la propreté de la maison indiquaient que celle-ci était entretenue régulièrement.

Une haute silhouette apparut dans l'encadrement de la porte. A la vue de Sander, uniquement vêtu d'un caleçon de soie, elle fut submergée par un soulagement si intense qu'elle en eut le vertige.

— J'ai cru…

Elle se mordit la lèvre. Inutile de révéler qu'elle avait cru être abandonnée !

— Je me demandais où tu étais.

— Je préparais le petit déjeuner, répliqua-t-il avec le plus grand naturel, comme si c'était son habitude et non pas une grande première.

Pas rasé, les cheveux ébouriffés et encore mouillés de la douche, il était plus irrésistible que jamais. Le cœur battant, elle avança instinctivement vers lui.

— Le petit déjeuner ?

— Juste des toasts et du café.

Elle pénétra dans la cuisine, où flottait une odeur de pain carbonisé malgré les fenêtres grandes ouvertes.

— Ce grille-pain est de la vraie camelote, commenta-t-il avec un agacement manifeste.

Elle réprima un sourire. En réalité, il devenait d'une maladresse rare dès qu'il pénétrait dans une cuisine. Même s'il était persuadé du contraire. Ses rares tentatives se soldaient toujours par des échecs. Systématiquement dus aux ustensiles ou aux ingrédients, selon lui. Convaincu que n'importe qui était capable de cuisiner, il n'avait aucune patience et prenait des initiatives désastreuses pour gagner du temps.

Sans doute avait-il arrêté le grille-pain trop tôt, lassé d'attendre que le pain soit éjecté. Puis, voyant que ce dernier n'était pas assez grillé, il avait dû relancer l'opération, qui cette fois avait duré trop longtemps… Mais comme c'était touchant de voir qu'il avait eu l'intention de lui apporter le petit déjeuner au lit ! Jamais elle ne l'aurait cru capable d'un geste aussi romantique.

— Je n'ai pas très faim, déclara-t-elle délibérément avant d'aller éteindre le grille-pain, qui émettait de nouveau une fumée inquiétante.

Sander l'attira contre lui.

— Moi je n'ai faim que de toi… Nous avons passé une nuit extraordinaire, *moli mou*.

Au souvenir des moments passionnés qu'ils avaient partagés, elle fut parcourue d'un long frisson. Elle serait bien incapable de dire combien de fois il lui avait fait l'amour… Et toujours avec la même fougue. Il était à la fois très excitant et très gratifiant de susciter un désir aussi brûlant chez un homme à qui les occasions ne devaient pas avoir manqué depuis leur séparation.

Mais l'entente sexuelle était-elle suffisante pour sceller une réconciliation ? Et, de toute façon, qui lui disait que Sander envisageait de renoncer au divorce ? Il était tellement imprévisible que toute conjecture serait hasardeuse.

Une idée surgie de nulle part assaillit soudain Tally. S'arrachant aux bras de Sander, elle ouvrit le réfrigérateur. Il était plein… Elle remplit deux verres d'orange pressée et en tendit un à Sander.

— Tu loues cette maison ?

— Bien sûr que non. Je ne veux pas d'étrangers ici. C'était chez nous.

Dans ce cas, pourquoi autant de produits frais dans le réfrigérateur ? Il n'y avait qu'une seule explication… Tally darda sur Sander un regard soupçonneux.

— Tout ça était prémédité, n'est-ce pas ?

— De quoi parles-tu ?

— Tu avais tout prévu depuis le début ! Tu m'as attirée ici dans l'intention d'y passer la nuit avec moi ! Voilà pourquoi la maison est pleine de fleurs et le frigo rempli de provisions.

— Tu aurais préféré mourir de faim ? Ou dormir dans des draps humides ?

L'air innocent de Sander hérissa Tally.

— Tu es tellement retors ! Comment veux-tu que je réagisse ?Tu m'as piégée !

Sander poussa un soupir.

— Tu es ma femme et je veux que tu reviennes. Ce n'est ni un piège ni un crime…

« Je veux que tu reviennes. » Déstabilisée par cette déclaration, Tally frissonna. Elle ne savait plus du tout où elle en était… Toujours enveloppée dans le couvre-lit, elle se dirigea vers la sortie.

— Je vais prendre une douche.

— Tally… ?

Elle se retourna vers Sander et lança avec amertume :

— Non, tais-toi ! Tu en as déjà dit largement assez !

3

Quelques minutes après le départ de Tally sur cette réplique cinglante, Sander la rejoignit dans la cabine de douche.

Sans lui laisser le temps de réagir, il l'attira contre lui et s'empara de sa bouche avec fougue. Elle oublia aussitôt les protestations qui lui brûlaient les lèvres pour s'abandonner au désir qui la submergeait.

Après l'avoir emportée dans un tourbillon de passion, il la garda étroitement serrée contre lui, haletante et incapable de tenir sur ses jambes. Il prit une mèche de ses cheveux entre ses doigts et demanda :

— Pourquoi tes cheveux restent-ils raides alors qu'ils sont mouillés ?

Devant son air ahuri, elle pouffa.

— J'ai fait faire un lissage brésilien et ils ne refriseront pas avant des mois. Ils sont beaucoup plus faciles à coiffer.

— Laisse-les redevenir comme avant. J'aimais tes boucles…

Tally resta muette de stupéfaction. Il aimait les anglaises qui lui empoisonnaient la vie depuis toujours ? Il n'en avait jamais rien dit…

Sander ferma le robinet et ouvrit les portes de la

cabine. Lorsque Tally en sortit, il l'enveloppa dans un drap de bain moelleux. Elle se souvint alors des attentions délicates dont il l'entourait à la fin de sa grossesse. Cette prévenance qui augurait bien de leur future vie de famille l'avait remplie de joie.

Malheureusement, la tragédie avait réduit tous ses rêves de bonheur familial à néant... Tally sentit sa gorge se nouer. La mort de leur petit garçon à la naissance avait abouti à la destruction de leur mariage.

Scrutant son visage d'un regard tendre, Sander la prit de nouveau dans ses bras.

— Je veux oublier les derniers dix-huit mois.

Elle eut un sourire pâle.

— Ce n'est pas si simple.

— Il ne dépend que de nous deux que ça le devienne, *moli mou*.

Ainsi, Sander ne voulait plus divorcer. Il l'avait peut-être piégée en l'attirant dans cette maison sans la prévenir qu'il l'y rejoindrait, mais avec les meilleures intentions. Contrairement à lui, elle n'était ni belle, ni riche, ni particulièrement talentueuse. Et, pourtant, il voulait qu'elle reste sa femme. D'ailleurs, il ne se lassait apparemment pas de lui faire l'amour...

Ce fut plus fort qu'elle. Sans prendre le temps de se demander si elle était prête à entendre la réponse, elle posa de manière détournée la question qui lui brûlait les lèvres.

— Si j'avais des raisons de croire que tu n'as fréquenté aucune femme depuis notre séparation, je pourrais peut-être envisager cette possibilité.

Dans le silence de mort qui suivit ses paroles, elle sentit son cœur se serrer. De toute évidence, elle s'était fait des illusions...

Le visage fermé, Sander considérait Tally avec incrédulité. De quel droit lui demandait-elle des comptes ? C'était insensé ! Dix-huit mois plus tôt, elle l'avait quitté après l'avoir exclu de son lit pendant des semaines. Sans prendre la peine de se demander s'il existait une solution à leurs problèmes, elle avait choisi de mettre fin à leur mariage.

Refusant toute discussion avec lui, elle lui avait annoncé qu'elle ne reviendrait pas et qu'elle voulait divorcer... Il ne gardait de la période qui avait suivi son départ qu'un magma de souvenirs détestables. Pas question de les partager avec elle ! Sa fierté le lui interdisait.

— Je crains de ne pas pouvoir te dire ce que tu veux entendre, répliqua-t-il d'un ton crispé.

Ce fut au tour de Tally de pâlir. Prise de nausée, elle dut faire appel à toute sa volonté pour ne pas fondre en larmes. Quelle cruelle déception ! Mais comment avait-elle pu être assez stupide pour s'imaginer que Sander n'avait pas satisfait sa libido dans d'autres bras pendant leur séparation ? Comment avait-elle pu envisager un seul instant une éventualité aussi improbable ? Sander était un homme extrêmement sensuel.

— Je ne veux pas en savoir davantage, déclara-t-elle en s'écartant de lui.

Parcourue de tremblements, elle resserra étroitement le drap de bain autour d'elle. Jamais elle n'avait été en proie à une jalousie aussi féroce... En quelques secondes, elle était passée de la tendresse à la haine. Folle de chagrin après la perte de leur enfant, elle s'était enfuie en Angleterre pour tenter de panser ses blessures et de reconstruire sa vie seule. Et, pendant ce temps-là, Sander avait visiblement mis d'autres femmes dans son lit…

— Tu es injuste, murmura-t-il.

— Peut-être… mais je ne peux pas m'empêcher de ressentir ce que je ressens.

Il était temps d'oublier ce qui s'était passé au cours des dernières vingt-quatre heures, décida-t-elle. Elle avait encore commis une erreur, mais celle-ci n'était pas irréparable. Depuis un an, elle luttait pour surmonter sa peine et recouvrer son indépendance. Pas question de replonger dans la dépression et le doute. Il n'était pas rare pour un couple sur le point de divorcer de se retrouver une dernière fois.

Elle avait juste confondu les dernières braises d'une fin annoncée avec les étincelles d'un nouveau départ. Des réminiscences de son amour passé pour Sander avaient semé la confusion dans son esprit mais ça n'avait rien de dramatique.

Inutile d'en faire un drame ni de se fustiger pour sa propre stupidité. Sander était un homme irrésistible et la longue période d'abstinence qu'elle venait de traverser l'avait rendue vulnérable. Quoi de plus naturel ?

— Nous avons commis une erreur, marmonna-t-elle en regagnant la chambre pour chercher de quoi se changer parmi les tenues qu'elle avait commencé à ranger dans une valise la veille.

— Pas du tout !

Sander plissa soudain le front. Si Tally était aussi perturbée par sa franchise, cela signifiait-il que… ?

— Tu veux dire que de ton côté tu n'as pas couché avec Robert Miller ?

— Je ne veux rien dire du tout !

Pas question d'avouer que sa relation avec Robert était purement platonique. Sander comprendrait aussitôt qu'elle avait beaucoup moins bien vécu que lui leur rupture. Or pour rien au monde elle ne le reconnaîtrait devant lui.

— Je refuse de discuter de ça avec toi…

— Mais, en revanche, tu trouvais normal il y a deux minutes de me demander des comptes !

Regrettant aussitôt son ton agressif, Sander étouffa un juron et saisit les mains de Tally.

— Tally… viens ici…

— Ne me touche pas ! s'écria-t-elle en s'écartant vivement de lui.

— A l'évidence, j'aurais dû te mentir mais ce n'est pas mon genre.

Les yeux étincelants, Sander tenta de la retenir par le coude avant d'ajouter :

— Je ne te laisserai pas nous faire ça. Tu as toujours envie de moi.

— Non. Je ne sais pas ce qui m'a pris. C'était une erreur. Te revoir dans cette maison m'a fait faire un bond dans le passé. C'est tout ! protesta-t-elle avec véhémence en dégageant son coude.

Elle saisit un T-shirt et l'enfila en toute hâte sans prendre la peine de mettre de soutien-gorge. Sander eut le temps d'apercevoir ses seins et fut aussitôt assailli par une bouffée de désir. Il n'avait aucune envie d'écouter ses divagations. Aucune envie de la laisser partir. Il voulait non seulement reprendre la vie conjugale, mais commencer par rester au moins une semaine au lit avec elle.

— Le désir est toujours là entre nous, *moli mou*. Plus fort que jamais…

Parcourue d'un long frisson, elle leva les yeux vers lui et rencontra son regard brûlant. A son grand dam, elle sentit les pointes de ses seins se hérisser. Comment pouvait-elle être encore aussi sensible à son charme ?

Visiblement conscient de son trouble, il ajouta d'un air satisfait :

— Tu ne peux pas le nier.

Elle serra les dents. Pas question de l'écouter. Si elle lui prêtait la moindre attention, elle était capable de retomber dans la même erreur. Il fallait à tout prix qu'elle quitte cette maison au plus vite. Elle ouvrit la valise qu'elle avait commencé à faire la veille et y empila des vêtements.

— Tu ne peux pas t'en aller en faisant comme s'il ne s'était rien passé entre nous, insista Sander d'un ton posé.

— Je fais ce que je veux ! s'exclama-t-elle avec exaspération.

Sander passa la main dans ses cheveux en soupirant.

— D'une manière ou d'une autre, je parviendrai à te convaincre de revenir.

— Je ne crois pas, non.

Tally rabattit le couvercle de la valise et la ferma.

— Nous serons divorcés dans quelques mois.

Je ne veux rien emporter d'autre. Cette maison représente le passé et j'ai tourné la page…

— Il y a une heure à peine, tu revivais ce passé avec bonheur.

— Tout le monde commet des erreurs, rétorqua-t-elle d'un ton vif en se dirigeant vers la porte.

Sander lui prit la valise et la porta jusqu'au rez-de-chaussée.

— Une erreur que tu as visiblement pris du plaisir à renouveler, rappela-t-il d'une voix douce.

Déglutissant péniblement, elle mit la valise dans le coffre de la voiture. Malgré tous ses efforts pour faire le vide dans son esprit, des images de Sander en compagnie d'autres femmes y défilaient sans relâche. Elle était au comble du désarroi et sa main tremblait tandis qu'elle cherchait ses clés dans son sac.

Sander, à qui ce détail n'avait pas échappé, demanda d'un ton inquiet :

— Tu es sûre d'être en état de conduire ?

— Absolument.

Furieuse de ne pas avoir réussi à masquer sa nervosité, elle s'installa au volant.

— Tu fuis une fois de plus, commenta-t-il d'un ton accusateur.

— Non, je fais juste la seule chose qu'il y a à faire ! rétorqua-t-elle en claquant la portière.

Sans attendre, elle démarra et s'éloigna sans un regard dans le rétroviseur. Pas question de succomber à la tentation de regarder une dernière fois la haute silhouette de Sander. Elle avait déjà suffisamment honte de la manière dont elle s'était conduite pendant ce bref séjour…

Elle se remémora les nombreuses fois au cours de sa vie où elle avait dû faire appel à toute sa volonté pour contrôler son émotion, qui semblait toujours plus intense que celle des autres. Combien de fois avait-elle rêvé, encore enfant, de recevoir un amour inconditionnel de la part de ses proches ?

Binkie lui avait donné de l'amour, bien sûr, mais même très jeune elle était consciente que la gouvernante était une employée payée par sa mère pour s'occuper d'elle.

Quant aux membres de sa famille, elle avait très vite compris qu'ils n'éprouvaient pas pour elle des sentiments aussi intenses que ceux qu'ils lui inspiraient.

Pour Crystal, sa mère, la personne la plus importante de sa vie était toujours son amant du moment. Crystal Spencer était avant tout une grande amoureuse et ne pouvait se passer des hommes. Ayant peu de points communs, la mère et la fille avaient appris à ne pas trop attendre l'une de l'autre.

De son côté son père, Anatole, ne dissimulait pas son regret d'avoir donné le jour à une enfant illégitime. Soucieux avant tout des apparences, il avait toujours exclu de sa vie cette fille aînée dont son épouse avait choisi d'ignorer l'existence.

Ce contexte familial décevant l'aurait-il incitée à être trop exigeante vis-à-vis de Sander ? se demanda-t-elle soudain. Son besoin d'affection avait-il été trop grand ? Avait-elle trop attendu d'un homme qui, au départ, n'avait pas choisi de se marier et encore moins de devenir père ?

Elle sentit son cœur se serrer. Chaque fois qu'elle

tentait d'analyser leur relation, elle se retrouvait inéluctablement confrontée à la même réalité. Sander l'avait épousée contraint et forcé. Quand elle était tombée enceinte, son père l'avait soumis à un chantage odieux. Il l'avait menacé de provoquer la faillite de la compagnie de navigation familiale Volakis Shipping s'il n'épousait pas sa fille.

Et même si plus tard, quand elle avait découvert la vérité, Sander lui avait assuré qu'il ne voulait pas reprendre sa liberté, elle n'avait jamais pu oublier pour quelle raison il l'avait demandée en mariage. Comment oublier une telle humiliation ?

Il ne l'aimait pas et ne s'en était jamais caché. Il la désirait, il appréciait sa compagnie, mais il n'avait jamais partagé ses sentiments. Si bien que dès le départ elle s'était sentie en situation d'infériorité.

Cependant, à cette époque elle était tellement amoureuse de lui qu'elle avait préféré ne pas tenir compte des failles dans leur relation.

Sur l'autoroute, plus le nombre de kilomètres qui la séparaient de Sander augmentait, plus elle prenait conscience du sentiment de vide qui la déchirait. Ce n'était qu'un effet de son imagination, se dit-elle avec irritation en s'efforçant de l'ignorer.

Mais pourquoi Sander tenait-il tant à ce qu'elle lui revienne ? Il était vrai qu'il était très macho… Etait-ce seulement son instinct de propriétaire qui reprenait le dessus ? Réagissait-il comme un chien qui défendait un vieil os parce qu'il ne voulait pas que quelqu'un d'autre y touche ? Etait-ce parce qu'il la croyait avec Robert Miller qu'il tenait absolument à la récupérer ? Sa détermination était d'autant plus étonnante que ses parents avaient dû pousser un immense soupir de soulagement en apprenant l'échec de son mariage.

Ses beaux-parents, très snobs, ne la considéraient pas comme une épouse acceptable pour le seul fils qui leur restait. Une fille illégitime, issue d'un milieu populaire ? Ils avaient été outrés. Quand Sander et elle étaient encore heureux ensemble, leur opinion n'avait pas grande importance.

Certes, Petros Volakis continuait de travailler avec Sander, qui avait pris sa succession à la tête de l'entreprise familiale. Mais, à part ça, les relations entre les deux couples avaient été pratiquement inexistantes. Les parents de Sander n'avaient même pas assisté aux funérailles de leur petit-fils mort-né. Ils s'étaient contentés d'envoyer une carte de condoléances.

La perspective de retrouver sa mère à Londres était réconfortante, constata Tally en attendant le ferry. Elle n'avait aucune envie d'être seule. Cependant, elle avait bien l'intention de garder pour elle ce qui s'était passé avec Sander pendant son bref séjour en France…

Elle n'en parlerait pas plus à sa mère qu'à Robert, à qui de toute façon elle n'avait aucun compte à rendre. Moins elle s'attarderait sur cet épisode regrettable auquel elle ne pouvait rien changer, mieux elle se porterait.

Mais, à son arrivée à Londres, Tally trouva sa mère en mauvaise disposition et plus désireuse de revoir ses amis que de passer du temps avec sa fille unique.

Une semaine plus tard, toutefois, alors qu'elle repassait chez elle pour prendre un échantillon de tissus qu'elle avait oublié, elle surprit sa mère en sanglots en compagnie d'un homme d'un certain âge qui lui disait que les larmes n'y changeraient rien…

— Que se passe-t-il ici ? s'exclama Tally.

Crystal lui lança un regard effaré, puis elle courut se réfugier dans sa chambre en hoquetant.

Tally se tourna vers son visiteur.

— Peut-être pourriez-vous m'expliquer ce qui se passe ?

— Je crains que non. C'est strictement confidentiel, répliqua-t-il d'un air guindé en prenant sa mallette et en se dirigeant vers la sortie. J'ai laissé mes coordonnées sur la table. Peut-être Mlle Spencer m'appellera-t-elle après avoir eu le temps de la réflexion.

Perplexe, Tally le raccompagna à la porte, puis regagna le salon et consulta sa carte. Henry Fellows. Un avocat dont elle n'avait jamais entendu parler. Elle frappa doucement à la porte de la chambre d'amis et l'ouvrit. Debout devant la fenêtre, les bras croisés, sa mère lui jeta un coup d'œil anxieux.

— Il est parti ?

— Oui. Que te voulait-il ?

Crystal baissa la tête.

— Autant que je te le dise, puisque tu finiras par le savoir. Roger me menace de porter plainte contre moi.

— Porter plainte ? s'exclama Tally, atterrée. Roger ? De quoi parles-tu ?

L'histoire que lui raconta sa mère ne la surprit pas vraiment. Crystal avait régulièrement des problèmes d'argent et lorsqu'elle avait emménagé chez Roger Tailford, homme d'affaires à la retraite, à Monaco, elle était endettée.

— Au début j'ai réussi à faire face aux échéances avec ce que me donnait Roger pour m'acheter des vêtements.

— Pourquoi n'as-tu pas expliqué la situation à Roger ?

— Il ne plaisantait pas avec l'argent et je savais que je le décevrais s'il apprenait la vérité. Mais les intérêts continuaient d'augmenter et j'avais de plus en plus de mal à m'en sortir… Un jour j'ai imité la signature de Roger et j'ai réussi à encaisser un chèque. Il continuait à utiliser ce moyen de paiement. Les cartes de crédit, les services bancaires en ligne et tout ça, ce n'était pas son truc…

— Tu as imité la signature de Roger sur un chèque ? coupa Tally, atterrée. Mais c'est un délit !

— Je sais. Je ne suis pas complètement idiote. Mais ça m'évitait de me quereller avec lui et il était suffisamment riche. Il ne s'est jamais rendu compte de quoi que ce soit.

— Tu veux dire que tu l'as fait plusieurs fois ?

— J'étais endettée jusqu'au cou ! Il fallait bien que je paie mes créanciers d'une manière ou d'une autre !

— Mais c'était du vol ! Tu en es bien consciente, non ? Tu volais de l'argent à Roger ! Que voulait son avocat ?

— Le comptable de Roger a contesté certains

chèques et Roger a découvert ce que j'avais fait. C'est pour ça qu'il a rompu. Il m'a jetée dehors !

Crystal éclata en sanglots.

— Il m'a envoyé son avocat pour me dire qu'il ne portera pas plainte contre moi si je lui rends tout l'argent que je lui ai pris.

— Combien ? demanda Tally d'une voix blanche.

Le chiffre énoncé par sa mère lui coupa le souffle. Le premier chèque étant passé sans problème, Crystal s'était enhardie et elle avait pris l'habitude de piocher dans le compte de Roger chaque fois qu'elle avait eu besoin d'argent. En deux ans elle avait détourné une somme impressionnante.

— Es-tu en mesure d'en rembourser une partie ? demanda Tally.

— Je n'ai pas un sou. Je n'ai jamais eu d'économies. Tu le sais bien.

— Malheureusement, je ne peux pas t'aider. Mon argent est investi dans ma société et les termes de mon association avec Robert m'empêchent d'en disposer. Et, dans le contexte économique actuel, je ne parviendrai jamais à emprunter une telle somme. Il ne reste qu'une solution. Demander de l'aide à mon père...

— Inutile de perdre ton temps. Anatole serait sans aucun doute ravi de me voir condamnée à une peine d'emprisonnement pour vol.

Ce soir-là, Tally téléphona à son père. Il ne s'esclaffa pas quand elle lui exposa la situation délicate de sa mère mais il ne se montra pas non plus compatissant.

— Pourquoi ne fais-tu pas appel à ton mari ?

Oh ! excuse-moi. J'avais oublié. Tu en as eu assez de lui et tu l'as quitté…

Tally serra les dents.

— Ce n'est pas tout à fait ça.

Mais, de toute évidence, sa version de l'histoire n'intéressait pas son père. De son point de vue, en obligeant Sander à l'épouser parce qu'elle était enceinte, il avait aidé sa fille à faire un « bon » mariage, et en quittant son mari elle avait gâché cette chance inespérée.

— Je serai à Londres mercredi, déclara-t-il abruptement. Retrouvons-nous pour déjeuner à l'endroit habituel. 13 heures.

Tally dut se contenter de cette invitation inattendue. Y avait-il un espoir que son père consente à aider Crystal alors qu'il estimait sans aucun doute qu'elle n'avait que ce qu'elle méritait ? Après tout, il n'avait pas été ravi d'être obligé de subvenir aux besoins de Crystal tant que leur fille n'avait pas terminé ses études…

Lorsqu'elle rentra chez elle après avoir passé la journée à élaborer un projet de décoration intérieure pour une cliente qui changeait d'avis toutes les cinq minutes, Tally trouva sa mère assise à la table de la cuisine en larmes.

— L'avocat a téléphoné. Roger a décidé de me laisser jusqu'à lundi. Si je ne l'ai pas remboursé d'ici là, il porte plainte. Oh ! Tally, que vais-je faire ? Ton père n'acceptera jamais de m'aider. S'il t'a invitée à déjeuner, c'est sans doute pour se réjouir de mes problèmes.

— Restons optimistes, répliqua Tally.

Malheureusement, il fallait bien reconnaître qu'il y avait un sérieux contentieux entre ses parents…

Mais, de toute façon, elle n'avait jamais vu son père avoir le moindre élan de compassion, songea Tally avec tristesse. Anatole Karydas était avant tout un homme d'affaires. Ce n'était pas en faisant preuve de sensibilité qu'il avait amassé sa fortune. Malgré tout, il était le seul espoir de Crystal. Elle ne pouvait décemment pas demander son aide à Sander, alors qu'elle lui imposait un divorce dont il ne voulait pas.

— J'ai une proposition à te faire, déclara Anatole Karydas, quelques minutes après avoir rejoint sa fille dans son restaurant italien préféré. Je te donnerai l'argent dont Crystal a besoin à condition que tu reprennes la vie commune avec ton mari.

Stupéfaite, Tally ouvrit de grands yeux.

— Tu plaisantes !

— Je suis très sérieux, au contraire. Il est avantageux pour moi d'avoir des liens avec le clan Volakis. Ce sont des gens très influents à Athènes…

— Je ne vois pas en quoi cela peut t'être utile. Personne là-bas ne sait que je suis ta fille.

— Au contraire. Beaucoup de mes amis et de mes partenaires sont au courant, à présent. Les parents de Sander ont vendu la mèche. Tu n'es plus un secret. Et pourquoi le serais-tu ? s'exclama Anatole avec une irritation manifeste qui la déconcerta. Je serais très heureux que tu te réconcilies avec ton mari.

— C'est ridicule…

— Pas du tout. C'est au contraire la meilleure solution pour toi. Je ne veux pas que tu te retrouves comme ta mère à dépendre d'un homme, puis d'un autre, pour finir par tomber dans le caniveau et être obligée de voler pour t'en sortir. Je veux que ma fille ait une vie décente et Sander Volakis peut te l'offrir.

Emue, Tally considéra son père avec perplexité. Jamais elle n'aurait pu imaginer qu'il se souciait de son bien-être. Mais comment l'aurait-elle pu puisqu'il n'avait jamais manifesté le moindre intérêt pour elle ?

Visiblement conscient de sa surprise, il ajouta en baissant les yeux :

— Je sais que je n'ai pas été un vrai père pour toi et que j'ai commis beaucoup d'erreurs. Je me suis laissé influencer par mon antipathie pour ta mère et par l'hostilité de mon épouse à ton égard. Mais je ne te laisserai pas rompre définitivement avec Sander Volakis si je peux faire quelque chose pour t'en empêcher. Alors si tu veux cet argent pour ta mère, il faut que tu donnes une nouvelle chance à ton mariage pendant au moins un an.

Il marqua une hésitation.

— Ce qui est arrivé à ton enfant est tragique, mais avec le temps tu finiras par t'en remettre et par prendre un nouveau départ.

Les yeux de Tally se noyèrent de larmes.

— Les parents de Sander n'ont pas exprimé la moindre compassion…

Son père lui toucha furtivement la main, puis détourna les yeux d'un air embarrassé. Une larme roula sur la joue de Tally. Même s'il n'avait pas les mots pour l'exprimer, il avait été visiblement beaucoup plus affecté par la mort de son bébé, qui aurait été son premier petit-fils, que les parents de Sander…

— Alors, acceptes-tu ma proposition ?

Complètement désorientée, elle ne répondit pas tout de suite. Elle était à la fois touchée que son père s'inquiète pour son avenir et furieuse qu'il lui force la main comme il l'avait fait autrefois avec Sander.

En fait, il ne lui laissait pas le choix. Comment pourrait-elle prendre le risque de voir sa mère condamnée pour détournement de fonds et peut-être même emprisonnée ? Nul doute que la justice n'aurait aucune indulgence pour une femme comme Crystal, très dépensière mais n'ayant pas travaillé depuis des années.

Et, de toute façon, il était impossible de la laisser continuer à s'endetter pour conserver un style de vie auquel elle aurait dû renoncer depuis longtemps. Et, malheureusement, ce serait à elle de la remettre sur les rails. Si elle se contentait de lui sauver la mise sans l'obliger à se remettre en question, elle se retrouverait très rapidement dans la même situation, criblée de dettes.

— Oui… c'est d'accord, déclara-t-elle à contrecœur.

Pas question pour l'instant de penser à tout ce qu'impliquait cette décision. L'idée qu'elle venait de porter un coup fatal à sa fierté et à son indépendance était déjà assez difficile à supporter…

Incapable de se résoudre à téléphoner à Sander

et à entendre la note de triomphe dans sa voix, elle lui envoya un texto.

Changé d'avis. D'accord pour une nouvelle chance.

Sander l'appela alors qu'elle attendait sa mère, sortie faire du shopping.

— Je viendrai te chercher pour dîner…

— Non… je… je ne suis pas libre, ce soir. Maman habite chez moi en ce moment. Je vais préparer mes valises et je te rejoindrai demain à l'appartement…

— Je l'ai vendu l'année dernière et j'ai acheté une maison.

Sander lui donna l'adresse avant d'ajouter :

— Tally… tu ne le regretteras pas.

Elle déglutit péniblement. Bien sûr, il croyait qu'elle revenait de son plein gré… Mais pourquoi le détromper ? Avouer la vérité ne servirait à rien. Elle était en train de faire ses bagages quand Crystal arriva. Elle la rejoignit dans le salon et lui annonça qu'Anatole avait accepté de régler sa dette.

Crystal ouvrit de grands yeux.

— Je n'aurais jamais imaginé qu'il jouerait le bon Samaritain !

— Il y a une contrepartie. Pour chacune de nous. J'ai été obligée d'accepter de donner une nouvelle chance à mon mariage. Et surtout, il faut que tu acceptes de travailler.

— Travailler ? s'exclama Crystal avec une incrédulité manifeste. Mais que veux-tu que je fasse ?

— Tu n'auras une chance de trouver quelque chose que si tu cherches. Tu pourrais peut-être travailler dans un institut de beauté ou dans une parfumerie... Je ne sais pas exactement à quel genre d'emploi tu peux postuler mais il faut absolument que tu gagnes ta vie.

— C'est impossible !

— Mais si c'est possible. Tu n'as pas besoin d'un homme pour t'entretenir. Et, cette fois, tu n'auras plus à te préoccuper des factures de carte de crédit. Nous allons supprimer les cartes et tu feras comme tout le monde. Tu auras un budget et tu ne vivras plus au-dessus de tes moyens.

Crystal considéra Tally d'un air atterré.

— Tu as perdu la tête.

— Non, je t'explique quelle est ta seule chance de t'en sortir. Pour cette fois, Anatole va régler tes dettes mais c'est exceptionnel. A l'avenir il ne faudra plus compter sur lui. Bien sûr, ça va être dur de repartir de zéro et de renoncer à tes habitudes, mais tu es plus forte que tu ne le penses. Il faut que tu changes de vie. Tu ne peux pas continuer éternellement à dépenser de l'argent que tu n'as pas.

— Je le pourrais si ma fille choisissait de m'aider, objecta Crystal avec son aplomb coutumier.

Le cœur de Tally se serra.

— Non. Je ne demanderai pas à Sander de payer toutes tes factures. Ce serait injuste. Je suis déjà obligée de renoncer à divorcer. Tu trouves que ça ne suffit pas ?

— Ne me prends pas pour une idiote, rétorqua Crystal d'un ton acerbe. Tu ne me feras jamais croire que tu as vraiment envie de divorcer. Sander Volakis est le grand amour de ta vie !

Elle multiplia les réflexions caustiques et les protestations véhémentes, mais à la fin de la soirée Tally avait réussi à la persuader de chercher un emploi et se sentait rassurée. Sa mère était sur la bonne voie. Elle venait de franchir la première étape vers sa nouvelle existence.

Le lendemain, Robert ne cacha pas sa surprise quand Tally le mit au courant de ses nouveaux projets.

— Tu retournes vivre avec Sander Volakis ? Quand as-tu décidé ça ?

— Quand nous nous sommes vus en France, il m'a demandé de donner une nouvelle chance à notre mariage. J'y ai réfléchi et j'ai décidé qu'il avait raison…

— Pas du tout ! Tu as déjà oublié à quel point tu étais malheureuse avec lui.

— Ça n'a commencé à aller mal qu'après la perte de notre enfant.

— Et nous ? Et moi ?

— Il n'y a jamais eu que de l'amitié entre nous, fit valoir Tally, embarrassée.

— A qui la faute ? Tu tenais absolument à attendre que le divorce soit prononcé pour aller plus loin !

Sous le regard furieux de Robert, Tally sentit sa confusion s'accroître.

— Nous travaillons ensemble, plaida-t-elle. Essayons de garder de bonnes relations.

— C'est bien mon intention ! Nous sommes associés et nous le resterons. Tu peux dire à Volakis de ma part qu'il est hors de question que je le laisse racheter mes parts de notre société !

Cette discussion houleuse laissa Tally en proie au remords. Aurait-elle sans le vouloir donné de faux espoirs à Robert ?

4

A 19 heures ce soir-là, Tally arriva avec ses bagages chez Sander. Il habitait à présent une maison imposante, dont le décor très classique contrastait avec celui de l'appartement ultramoderne dont elle gardait le souvenir. En revanche, il était encore au travail, ce qui semblait indiquer qu'il n'avait pas changé pour autant ses habitudes.

Le cœur serré, Tally s'efforça de chasser de son esprit le souvenir de la solitude dans laquelle elle s'était retrouvée après la mort de leur bébé, alors qu'il consacrait tout son temps à ses affaires.

Elle choisit une chambre visiblement inoccupée. Ils reprenaient peut-être la vie commune, mais ils n'étaient pas obligés de vivre l'un sur l'autre, décida-t-elle. Pour l'instant elle avait besoin de garder ses distances. Il lui fallait un peu de temps pour reprendre ses marques en tant qu'épouse.

Pour son premier dîner en compagnie de Sander, elle mit une robe imprimée à fleurs qui flattait sa silhouette puis descendit au rez-de-chaussée, où la gouvernante la conduisit dans le salon. Lorsqu'elle entendit la porte d'entrée s'ouvrir, elle se leva, le cœur battant à tout rompre.

Vêtu d'un costume sombre, les cheveux ébouriffés

par le vent, la mâchoire recouverte d'une barbe naissante, Sander apparut sur le seuil et la contempla longuement. Elle fut parcourue de longs frissons, à la fois troublée par sa présence et déconcertée par son impassibilité.

— Je me suis installée dans une chambre d'amis, déclara-t-elle, désireuse de mettre les choses au clair sans attendre.

— Pas de problème, du moment que tu n'as pas l'intention d'y rester éternellement, répliqua-t-il d'un ton égal. Je suis un homme patient.

— Tu ne m'as pas habituée à cela.

Il plongea dans le sien un regard étincelant.

— Je veux que nous restions mariés et je ferai tout ce qu'il faut pour cela, *yineka mou*.

Impressionnée par sa franchise, elle eut soudain mauvaise conscience. Comment réagirait-il s'il savait que ce n'était pas de son plein gré qu'elle avait décidé de donner une nouvelle chance à leur mariage ? Faisant taire ses scrupules, elle ne put s'empêcher de commenter d'un air de défi :

— Ça risque de te demander beaucoup d'efforts.

— Un masochiste quelconque a dit un jour que rien de ce qui valait la peine n'était facile à obtenir, plaisanta-t-il d'un ton apaisant.

Même si elle avait fait l'effort de choisir une tenue particulièrement seyante pour leurs retrouvailles, elle était nerveuse et tenait à garder ses distances, comprit-il. Il fallait donc éviter de la brusquer. Ça lui coûterait beaucoup, mais il rongerait son frein. Même si ce soir il avait quitté le siège londonien de Volakis Shipping avec plus de hâte que d'ordinaire…

— Si nous dînions ? suggéra-t-il d'un ton neutre.

Ce soir-là, Tally se coucha épuisée par le stress. Dire que Sander avait accepté sans protester qu'ils fassent chambre à part dans un premier temps... C'était la preuve qu'il tenait vraiment à sauver leur mariage. Peut-être finiraient-ils par avoir un autre enfant...

A peine cette idée eut-elle effleuré son esprit qu'elle fut submergée par un sentiment de culpabilité écrasant. Non, il était beaucoup trop tôt pour penser à ça. Le petit garçon qu'elle avait perdu était irremplaçable. Il lui faudrait beaucoup de temps avant de pouvoir envisager de fonder malgré tout une famille, songea-t-elle avant de sombrer dans un profond sommeil.

Elle fut réveillée par une main posée sur son épaule, qui la secouait doucement. Elle ouvrit les yeux et vit Sander penché sur elle. Derrière lui, la lumière qui passait à travers les rideaux indiquait que le jour était levé depuis longtemps.

— Il est très tard ? Je suis en retard pour quelque chose ?

— Non. Aujourd'hui c'est le premier jour de notre réconciliation, rappela Sander en l'enveloppant d'un regard brûlant. Nous partons en vacances.

— En vacances ? s'exclama-t-elle avec stupéfaction. Mais que... ?

— Il m'arrive d'avoir de bonnes idées, coupa-t-il d'un ton léger. Nous avons besoin de temps pour nous réhabituer l'un à l'autre et je pense qu'il est préférable que nous soyons en tête à tête, loin des amis et de la famille. J'ai tout organisé. Notre avion décolle à midi.

— Notre avion ?

Tally se redressa et écarta ses cheveux de son visage.

— Où allons-nous ?

Un sourire charmeur étira les lèvres de Sander.

— C'est une surprise. Tout est organisé. Tu n'as même pas besoin de faire tes valises.

— Que veux-tu dire ? Je ne peux pas partir sans rien.

— J'ai demandé à un ami d'envoyer un choix de tenues de plage à ta taille dans la villa où nous logerons. Je ne veux pas que tu te poses mille questions sur ce que tu dois emporter. Ça te met de trop mauvaise humeur, murmura Sander avec un sourire taquin.

— Combien de temps serons-nous absents ? J'ai une société à faire tourner, des rendez-vous, des clients…

Sander posa un doigt sur les lèvres de Tally.

— Juste pour cette fois fais-nous passer avant le reste. C'est mon intention. Les clients et les contrats, ça va ça vient. Le mariage, c'est plus délicat. Nous avons une occasion de prendre soin du nôtre, essayons d'en tirer le meilleur parti, *moli mou*. On se retrouve à l'aéroport.

Sur ces mots Sander quitta la chambre, laissant Tally abasourdie. Il tenait à accorder à leur couple le temps et l'espace nécessaires pour se reconstruire sur des bases solides ? Lui, le bourreau de travail ?

S'il était prêt à lui donner la priorité absolue, la moindre des choses était d'en faire autant.

Aiguillonnée, elle se leva et téléphona à Belle, son assistante, pour l'informer qu'elle quittait Londres. Ensemble elles passèrent en revue ses rendez-vous afin de programmer des visioconférences pour ceux qui ne pouvaient pas être reportés à son retour.

Vêtue d'une robe droite en lin vert et munie d'un unique petit sac de voyage, elle prit un taxi pour l'aéroport, le cœur léger. Lorsqu'elle embarqua dans le jet privé, Sander se trouvait déjà à bord et elle rougit comme une adolescente en croisant son regard. Il avait vraiment des yeux sublimes… Stop ! se dit-elle aussitôt avec irritation. Pas question de succomber de nouveau à son charme. Il fallait à tout prix qu'elle se protège.

Malheureusement, depuis toujours, le trouble que Sander déclenchait en elle était incontrôlable… Même s'il n'était pas le grand amour de sa vie, contrairement à ce que pensait sa mère.

Elle n'aimait plus Sander. Après la perte de leur bébé, elle avait perdu toutes ses illusions. Lorsqu'elle avait sombré dans la dépression, accablée de chagrin et de culpabilité, elle n'avait pas trouvé le moindre réconfort auprès de lui.

Et même s'il avait été visiblement plus touché par cette tragédie qu'elle ne l'avait cru à l'époque, même si elle avait eu tort de le considérer comme un monstre d'insensibilité, aujourd'hui elle avait appris à vivre sans lui.

C'était uniquement parce que son père ne lui avait pas laissé le choix qu'elle avait accepté de donner une nouvelle chance à leur mariage. Pendant un an... Elle déglutit péniblement. Pourrait-elle partager la vie de Sander pendant une année entière sans que les sentiments qu'elle avait éprouvés pour lui renaissent ? Oui, décida-t-elle.

Il lui suffirait de garder à l'esprit que ces sentiments n'étaient pas partagés. Pour Sander, leur mariage n'avait jamais reposé sur autre chose que leur entente sexuelle et des relations cordiales. Il ne lui avait jamais caché que l'amour n'était pas au programme. Eh bien, il suffisait d'adopter le même point de vue.

— Où sommes-nous ? demanda-t-elle quelques heures plus tard, lorsqu'ils débarquèrent de l'avion sous un soleil étincelant dans un ciel sans nuages.

— Au Maroc.

Après le contrôle des passeports, Sander l'entraîna vers une limousine.

— Un ami m'a prêté sa villa au bord de la Méditerranée.

Tally savoura la fraîcheur bienfaisante qui régnait à l'intérieur du véhicule climatisé. Pour gagner la côte ils prirent une route de montagne, qui offrait une vue à couper le souffle sur les oliveraies et les vergers en terrasse qui descendaient vers la vallée. Les amandiers en pleine floraison se découpaient sur le ciel bleu, tels des nuages floconneux. Le jour tombait lorsque la limousine s'arrêta devant une immense villa blanche entourée d'un jardin luxuriant.

Lorsqu'elle descendit de voiture, Tally entendit le murmure de la mer et fut assaillie par l'odeur caractéristique de l'air marin.

— Tu es déjà venu ici ? demanda-t-elle.

— Une fois, quand j'étais en première. J'étais au lycée avec Alexei Drakos. Cette villa est à lui, répondit Sander en lui prenant la main pour l'entraîner dans le jardin.

Elle fut impressionnée malgré elle par cette référence désinvolte à l'un des hommes les plus riches du monde.

Sander s'arrêta devant une piscine à débordement qui dominait une crique de sable blanc léché par de faibles vagues.

— C'est un endroit fantastique. Dans un monde idéal, je t'aurais amenée ici pour notre lune de miel.

Tally eut un pincement au cœur. Durant les premières semaines de leur mariage, Sander avait été complètement accaparé par le sauvetage de Volakis Shipping, si bien qu'ils n'étaient pas partis en voyage de noces.

Ils firent demi-tour et gagnèrent la villa, où les attendait un membre du personnel, Abu. Vêtu d'une djellaba blanche, il était visiblement très fier de la maison et ravi d'y accueillir des invités.

Des meubles sculptés, des carreaux d'argile émaillée et des étoffes chatoyantes offraient un décor traditionnel aux teintes riches et profondes, auquel se mêlaient avec discrétion les éléments du confort moderne le plus luxueux. Les portes, les fenêtres et les rideaux s'ouvraient ou se fermaient sur simple pression d'un bouton. Le bureau situé à côté de la chambre principale était équipé de tous les outils technologiques imaginables. Quant aux deux salles de bains attenantes à la chambre, elles semblaient sortir tout droit des *Mille et une nuits*.

— Tu peux t'installer là, déclara Sander.

Après un dîner succulent, Tally prit une longue douche dans une cabine assez spacieuse pour dix personnes, puis elle s'enveloppa dans un peignoir en coton et sortit sur le balcon, qui offrait une vue splendide sur la mer et la montagne.

Un peu plus loin sur la baie, on apercevait les minarets de la mosquée de la petite ville voisine, ainsi que les villas parsemant le flanc de la colline derrière le port.

Tally envoya un texto à son assistante pour lui dire où elle se trouvait. Puis, étouffant un bâillement, elle s'allongea dans le grand lit et ferma les yeux. Elle ne s'était pas sentie aussi détendue depuis des mois… Pourquoi une telle sérénité, tout à coup ? Etait-ce la présence toute proche de Sander qui la rassurait ?

Lorsqu'elle se réveilla, deux domestiques étaient en train de ranger des vêtements dans la penderie. Se sentant merveilleusement reposée, elle se leva, salua les deux jeunes femmes, et passa en revue le choix impressionnant de tenues mises à sa disposition, comme promis par Sander.

Après avoir choisi un deux-pièces bleu azur et une robe de plage, elle gagna la salle de bains pour faire sa toilette.

Abu la salua au pied de l'escalier et lui montra un magnifique bouquet de roses blanches posé sur une table en l'informant qu'il avait été livré à son intention. Ravie, elle sortit sur la terrasse, où Sander prenait son petit déjeuner.

— Les fleurs sont splendides, merci, dit-elle en souriant.

Il arqua les sourcils.

— Quelles fleurs ?

— Oh…

Rouge de confusion, elle regagna le salon pour examiner le bouquet de plus près et remarqua une petite enveloppe. Elle en sortit une carte sur laquelle était écrit :

« Je pense à toi. Robert. »

Sander, qui l'avait suivie, lut le message par-dessus son épaule et laissa échapper un grognement indigné.

— Comment ose-t-il ? Je vais dire à Abu de nous en débarrasser.

Toujours mortifiée d'avoir pensé que c'était Sander qui avait commandé les fleurs, Tally se hérissa.

— Sûrement pas ! Pourquoi Robert ne pourrait-il pas m'envoyer des fleurs ?

— Ce n'est pas convenable.

Sander darda sur elle un regard furieux.

— Tu es ma femme.

Elle haussa les épaules avec une désinvolture délibérée. Pas question de se laisser entraîner dans une querelle parce que son orgueil de mâle était blessé par un bouquet de fleurs…

Elle s'installa sur la terrasse pour y déguster un yaourt, des fruits frais et un croissant au chocolat dont chaque bouchée était un véritable bonheur. Lorsqu'elle fut prête à partir se promener, Sander s'était suffisamment calmé pour renoncer à son regard meurtrier et pour l'accompagner.

Ils longèrent la plage déserte au soleil, puis Tally enleva sa robe, alla jusqu'au bord de l'eau en enfonçant ses doigts de pieds dans le sable avec délectation, puis elle barbota joyeusement comme une enfant.

— Nous n'avons jamais eu l'occasion de prendre le temps de vivre comme ça au début de notre mariage, commenta Sander d'un ton plein de regret. Et comme nous ne nous connaissions que depuis quelques semaines quand tu es tombée enceinte, nous ne nous connaissions pas très bien…

— C'est vrai… Sur le moment, je n'y pensais pas mais c'était…

— Et ensuite, nous avons été obligés de nous conduire comme des adultes responsables, mais je n'étais pas prêt, murmura-t-il d'un air sombre, le regard perdu vers l'horizon.

Tally le considéra avec perplexité. Se livrer à l'introspection n'était pas dans les habitudes de Sander…

— Tu n'avais pas eu assez de temps pour te faire à l'idée de devenir père.

Les traits crispés, il se tourna vers elle.

— Ce n'était pas seulement ça…

Sa voix s'éteignit et un long silence suivit.

— Pas seulement ? finit-elle par murmurer pour l'encourager à continuer.

Après une hésitation, il déclara avec une réticence manifeste :

— Je n'ai pas eu une enfance heureuse. Personne ne me maltraitait mais je n'étais pas un enfant désiré ni aimé. Je ne sais pas ce que j'ai fait pour mériter ça. Ma mère semblait éprouver de la répulsion à mon égard et mon père m'ignorait, alors qu'il accordait beaucoup de temps et d'attention à Titos.

Il haussa les épaules d'un air gêné et Tally réprima un élan de compassion. De toute évidence, il trouvait très difficile de lui faire des confidences aussi personnelles…

— Très jeune, j'ai décidé de ne jamais avoir d'enfants, poursuivit-il malgré tout. Je ne voulais pas prendre le risque de faire souffrir un enfant comme j'avais souffert moi-même. Je craignais de reproduire ce que m'avaient fait subir mes parents.

Cet aveu bouleversa Tally. Jamais elle n'aurait imaginé qu'il doutait à ce point de ses capacités à être un bon père. Dire qu'elle avait attribué ses réticences à de l'égoïsme… Honteuse, elle murmura :

— Je pense que… si tu avais eu l'occasion, tu aurais fait un père fantastique. Tu n'es pas comme tes parents. Je sais bien que je les connais à peine, mais ils m'ont donné l'impression d'être froids et insensibles.

Sander eut un sourire reconnaissant.

— Ce qui est loin d'être ton cas. Tu es pleine de compassion au contraire.

Se penchant vers elle, il l'embrassa brièvement avec une ferveur qui la fit vaciller sur ses jambes. Elle se raccrocha à ses épaules, le cœur battant à tout rompre. C'était une fausse réconciliation, se rappela-t-elle fermement. Elle ne l'aimait plus. Elle n'avait pas envie de rester mariée avec lui.

Sauf qu'il l'ignorait. Et qu'elle n'avait pas l'habitude

de mentir. Elle se sentait même très coupable de lui avoir fait croire qu'elle voulait vraiment donner une nouvelle chance à leur mariage…

Il l'embrassa de nouveau et elle fut submergée par une vague de désir. Prise de vertige, elle sentit une vive chaleur l'envahir, tandis que les pointes de ses seins se hérissaient. Serait-ce malhonnête de coucher avec lui alors qu'elle ne l'aimait plus ? se demanda-t-elle, au comble de la confusion.

Il la délivra de ce conflit intérieur en s'arrachant à sa bouche pour lui proposer de prendre un bain dans la piscine. Comme si aller plus loin qu'un baiser ne lui effleurait même pas l'esprit.

Deux jours plus tard fut livré un deuxième bouquet de roses.

« Tu me manques. Robert. »

— C'est tout à fait déplacé !

Foudroyant Tally du regard, Sander froissa la carte d'un geste rageur.

— Notre réconciliation a surpris Robert, avoua-t-elle, gênée. Il fait de la provocation, ce qui ne lui ressemble pas. Mais ça doit être ma faute s'il se sent floué.

— Que représente-t-il pour toi ?

— J'ai beaucoup d'affection pour lui mais je n'ai pas envie d'en parler. A présent que je suis de nouveau avec toi, tout a changé.

Bien que visiblement irrité par cette réponse évasive, Sander se contenta de crisper la mâchoire et laissa tomber le sujet. L'après-midi il lui apprit à plonger avec des bouteilles, et le soir ils dînèrent au restaurant sur le port de la petite ville voisine. Lorsqu'ils rentrèrent à la villa, Abu leur servit du thé à la menthe accompagné de délicieuses pâtisseries qui fondaient dans la bouche. Sander tendit à Tally un petit écrin en cuir.

— Je l'ai achetée à Londres. Quand tu seras prête, j'aimerais que tu la portes.

Tally ouvrit l'écrin et découvrit une nouvelle alliance. Décontenancée, elle pâlit.

— C'est trop tôt ?

La frustration était perceptible dans la voix de Sander. Il se leva brusquement, marcha à grands pas jusqu'au bout de la terrasse et lui lança un regard impatient.

— J'essaie de respecter les règles que tu as fixées mais je suis obligé de me faire violence. Je n'ai pas envie d'être ton nouveau meilleur ami, *moli mou.*

Profondément émue, Tally réprima à grand-peine l'envie de se jeter dans ses bras et serra l'écrin au creux de sa paume. Jamais elle ne l'aurait cru capable d'un geste aussi romantique...

— Je veux être ton amant, ton mari, le père de ton deuxième enfant, poursuivit-il d'une voix rauque.

Elle fut parcourue d'un long frisson. C'était un amant fantastique et il fallait bien reconnaître qu'elle avait chaque jour un peu plus de mal à résister à l'attirance qu'elle éprouvait pour lui...

Plus tard, seule dans son grand lit, elle fut incapable de trouver le sommeil. Sander semblait vraiment prêt à tout pour sauver leur mariage... Non seulement il avait mis ses affaires entre parenthèses pour passer du temps avec elle mais il lui avait fait des confidences sur son enfance.

C'était une preuve de confiance extraordinaire de la part d'un homme aussi peu enclin à exprimer ce qu'il ressentait. Si bien que, depuis quelques jours, il accaparait de nouveau son esprit en permanence. C'était à lui qu'elle pensait le matin en se réveillant et le soir en s'endormant…

Et, à vrai dire, elle n'avait jamais eu l'intention de faire chambre à part éternellement. Sander l'ignorait, bien sûr, mais cette exigence avait été pour elle une manière d'affirmer son indépendance malgré le diktat de son père. Cependant, cette situation ne pouvait pas durer pendant toute une année.

« Le père de ton deuxième enfant. » Avec quelle délicatesse Sander avait fait allusion à leur fils disparu ! La gorge nouée, elle refoula ses larmes. Impossible de le nier plus longtemps. Elle désirait ardemment un autre bébé. Il y avait un grand vide en elle, que seul un enfant pourrait combler…

Avant d'avoir le temps de changer d'avis, elle se leva et se rendit dans la chambre de Sander, de l'autre côté du couloir.

Allongé sur le lit en caleçon, il regardait les actualités économiques à la télévision. Il leva vers elle un regard surpris, puis il se redressa et lui tendit la main. Le cœur battant, elle la prit et s'assit sur le lit.

— Il n'y aura pas de retour en arrière possible, *yineka mou*, murmura-t-il. Pas de demi-mesures.

— D'accord.

Il effleura son annulaire.

— Demain tu mets mon alliance et tu ne l'enlèves plus.

Elle le considéra avec stupéfaction. Il n'acceptait de coucher avec elle que si elle s'engageait à rester mariée avec lui et à ne plus jamais le quitter ? Pas de doute, il s'était métamorphosé ! Alors que, de son côté, elle n'était revenue vers lui que parce que son père l'y avait contrainte… Et puisque c'était le délai que ce dernier lui avait imposé, elle s'était dit qu'elle ne resterait pas plus d'un an.

Mais, à présent, elle était au pied du mur et il fallait qu'elle prenne une décision… Etait-ce si difficile ? Non, bien sûr. Pourquoi se mentir ? En réalité, elle avait déjà pris cette décision depuis longtemps sans le savoir. Il n'y avait qu'un seul homme au monde capable de la faire vibrer comme elle vibrait en ce moment. Comment pourrait-elle le quitter une seconde fois ? Elle avait tenté de se persuader du contraire, mais elle l'aimait toujours.

Elle l'aimait à un point qu'elle n'aurait jamais pu imaginer…

Sander se pencha vers elle et captura ses lèvres dans un baiser infiniment tendre. Malgré la douceur de ce contact, le feu qui couvait en elle se réveilla aussitôt. Enfonçant les doigts dans ses cheveux, elle lui répondit avec ardeur. Sans cesser de l'embrasser, il la renversa sur le lit et glissa la main sous sa chemise de nuit.

Lorsque les doigts de Sander effleurèrent son sexe, elle fut transpercée par mille flèches de désir et de plaisir mêlés. Il approfondit ses caresses avec une habileté diabolique, insistant sur le bouton durci tout en plongeant un doigt dans le cœur brûlant de sa féminité.

Les doigts crispés sur ses épaules, elle se mit à onduler des hanches en gémissant, déjà emportée dans un tourbillon inexorable. Bientôt, elle fut balayée par un raz-de-marée d'une violence prodigieuse. Tandis que les vagues de plaisir se succédaient encore et encore, Sander enleva son caleçon et plongea en elle d'un seul mouvement puissant.

— Oui ! cria-t-elle en s'abandonnant au rythme enivrant de ses coups de reins.

Son corps tout entier n'était plus que sensation pure et semblait destiné depuis toujours à ne faire qu'un avec celui de Sander. Plus rien n'existait que la spirale de feu qui les emportait. Ils basculèrent dans le gouffre de la volupté au même instant dans un même cri rauque.

— Je n'ai pas mis de préservatif, murmura Sander d'une voix hachée, un peu plus tard.

— Ce n'est pas grave, répliqua-t-elle dans un souffle avec un sourire rêveur.

Le lendemain, elle organisa quelques visioconférences avec des clients, puis elle laissa le bureau à Sander et passa l'après-midi à faire des esquisses pour de nouveaux projets. Pour la première fois depuis très longtemps, elle se sentait libre et heureuse.

Pendant le mois qui suivit, la joie de vivre retrouvée de Tally ne fit que s'intensifier. La plupart du temps, Sander et elle passaient le week-end à Marrakech, où ils visitaient des galeries d'art, dînaient dans des restaurants chic et sortaient dans des clubs à la mode.

La semaine, ils passaient la matinée à travailler en utilisant le bureau à tour de rôle. Le reste du temps, ils faisaient de la plongée, se promenaient dans la forêt et visitaient des villages de montagne isolés, où le temps semblait s'être arrêté un siècle plus tôt. Lorsqu'ils se sentaient paresseux, ils restaient au bord de la piscine et pique-niquaient sur la plage.

Ils étaient redevenus un couple et vivaient en harmonie, heureux d'être ensemble et capables de partager des moments de silence sans que la moindre gêne s'installe entre eux.

Lorsqu'ils rentrèrent à Londres, leurs retrouvailles duraient depuis six semaines et Tally nourrissait déjà en secret l'espoir d'être de nouveau enceinte.

5

Le jour de son retour au siège londonien de Volakis Shipping, à l'heure du déjeuner, Sander s'apprêtait à monter dans l'ascenseur quand son assistante lui fit signe de retourner dans son bureau pour répondre à un appel téléphonique. Ayant pris l'habitude au Maroc d'avoir en permanence sa femme à son côté, il avait décidé de lui faire la surprise de la rejoindre pour l'inviter à déjeuner. Réprimant un soupir, il fit demi-tour. Son assistante ne le rappellerait pas si ce coup de téléphone n'était pas urgent…

Déconcerté par le fort accent français de son interlocuteur, il répondit en français, mais ce dernier, un notaire du nom d'Edouard Arpin, persista à parler anglais. La ligne était par ailleurs très mauvaise et Sander fut obligé de le faire répéter plusieurs fois avant de comprendre la mauvaise nouvelle qu'il avait à lui annoncer. Oleia Telis était morte d'une pneumonie dans un hôpital parisien et elle avait été enterrée la veille.

Sander fut affecté par la disparition subite de la jeune Grecque dont il avait été amoureux adolescent, mais il fut également très surpris d'apprendre que celle-ci l'avait institué son légataire universel.

Il devait par conséquent se rendre à Paris de

toute urgence, lui précisa le notaire. Après lui avoir arraché l'assurance qu'il viendrait dès que possible, Edouard Arpin raccrocha avant qu'il ait le temps de lui poser les dizaines de questions qui se bousculaient dans son esprit.

Pour quelle raison Oleia avait-elle décidé de le coucher sur son testament ? Et comme légataire universel, en plus ! C'était incompréhensible. Et ça ne pouvait pas tomber à un plus mauvais moment... Sander laissa échapper un grognement de frustration. Tally lui était revenue et leur mariage avait pris un nouveau départ.

La dernière chose dont il avait besoin, c'était qu'un message ambigu envoyé d'outre-tombe par une ancienne maîtresse sème le trouble dans son couple. Surtout quand cette ancienne maîtresse n'était autre qu'Oleia, dont Tally avait encore plus de raisons qu'elle ne le pensait d'être jalouse...

Oleia, exotique et volage comme un oiseau-mouche, était morte ? Ça paraissait impossible.

Le souvenir de leur dernière rencontre s'imposa à Sander et il crispa la mâchoire. Ce n'était pas l'épisode le plus glorieux de sa vie... et il n'avait aucune envie d'y penser. Il y avait plus d'un an qu'il n'avait pas eu de nouvelles d'Oleia et il ignorait qu'elle avait quitté Londres pour s'installer à Paris.

Que pouvait-elle bien lui avoir légué ? Il était vrai qu'elle n'avait aucune famille. Orpheline très jeune, elle avait été élevée par un tuteur, puis était devenue indépendante à dix-huit ans, lorsqu'elle avait hérité de l'immense fortune de ses parents. Il partirait pour Paris demain à la première heure, décida-t-il. Le temps de régler la question, il serait rentré le soir même et Tally ne se rendrait compte de rien.

Esquiver les problèmes et agir avec dissimulation n'était pas dans la nature de Sander. Cependant, le désir de rendre sa femme heureuse le rendait prudent. Pour la première fois de sa vie, il était prêt à tout pour supprimer les sources potentielles de conflit.

Il soupira. Lui qui n'aimait pas les surprises, il était servi, ces derniers temps ! D'abord Tally, qui n'était pourtant pas du genre capricieux, changeait brusquement d'avis et décidait de donner une seconde chance à leur mariage. Pour quelle raison ? Il n'en avait aucune idée et il ne pouvait s'empêcher de continuer à se poser la question...

Et, à présent, c'était au tour d'Oleia de le surprendre. Ce qui n'était jamais arrivé auparavant ! Peut-être avait-elle tenu à ajouter un post-scriptum à leur relation tourmentée pour le remercier ironiquement de ne lui avoir jamais pardonné...

Parce que, en effet, il n'avait jamais réussi à lui pardonner d'avoir couché avec un autre garçon quand ils étaient adolescents. Comme un éléphant qui n'oublie rien, il n'avait jamais cessé de lui en vouloir... N'était-ce pas révélateur d'un orgueil démesuré ? Pourquoi avait-il fallu qu'elle meure pour qu'il prenne conscience de l'absurdité de cette rancune tenace ?

Le lendemain matin, Sander n'attendit pas que Tally se réveille pour se préparer à partir pour l'aéroport. Il buvait un café dans la cuisine lorsqu'elle apparut sur le seuil. Enveloppée dans un peignoir rose pelucheux, elle était incroyablement attendrissante. Les yeux ensommeillés, elle déclara d'un ton faussement réprobateur :

— Alors comme ça, tu recommences à te lever à l'aube ?

— C'est parce que j'ai un avion à prendre et que je veux être rentré pour le dîner.

— Où vas-tu ?

— A Paris.

La tension qui crispait les traits de Sander n'échappa pas à Tally.

— Quelque chose ne va pas ?

Il haussa les épaules.

— Non, pourquoi ?

— Tu es en conflit avec ton père ?

Nouveau haussement d'épaules.

— Ni plus ni moins que d'habitude. Il ne m'a jamais pardonné d'avoir remporté le vote de confiance du conseil d'administration et il a pratiquement pris sa retraite.

— Il fallait bien que tu t'assures de ce soutien pour mettre en œuvre les changements nécessaires. Il s'en remettra.

— Ma mère et lui ont prouvé plus d'une fois qu'ils n'ont pas l'esprit particulièrement ouvert.

Il fallait reconnaître qu'il avait mille fois raison, songea Tally après son départ. Même quand elle était enceinte de leur fils, Petros et Eirene Volakis n'avaient jamais rien fait pour l'accueillir dans le cercle familial. Ils étaient restés très distants avec elle, comme ils l'étaient avec Sander, condamné à vivre dans l'ombre de son frère aîné, Titos, mort dans un accident de voiture quelques années plus tôt.

Comme d'habitude, chaque fois qu'elle pensait à eux, Tally fut submergée par l'indignation. Leur attitude était d'autant plus révoltante que c'était Sander qui avait sauvé Volakis Shipping après que Titos l'eut conduite au bord de la faillite ! S'exhortant au calme, elle décida de passer la journée à visiter des show-rooms de meubles pour un client.

Une fois à Paris, Sander dut attendre dans l'étude d'Edouard Arpin que celui-ci soit prêt à le recevoir. Cette perte de temps ne fit qu'accroître son agacement. Quand la secrétaire le conduisit enfin dans le bureau du notaire, ce dernier lui tendit une lettre manuscrite en lui assurant qu'il y trouverait toutes les réponses à ses questions.

Ecrite par Oleia, celle-ci comportait plusieurs feuillets. Il poussa un soupir exaspéré.

— C'est absurde !

Pourquoi Oleia avait-elle éprouvé le besoin de lui écrire une lettre ? Qui écrivait encore des lettres ?

— Tout sera beaucoup plus clair quand vous aurez lu les explications de ma cliente, commenta le notaire avant de quitter le bureau pour le laisser seul.

Réprimant un nouveau soupir, Sander se cala dans son siège dans une attitude résolument décontractée et commença sa lecture.

Au bout de quelques lignes, le mot « bébé » le fit tressaillir. Il poursuivit sa lecture, envahi par un grand froid. Ses pires craintes confirmées, il se leva d'un bond en étouffant un juron et jeta la lettre sur le bureau.

Non ! Ça ne pouvait pas être vrai ! Incapable d'en lire davantage, il avait le sentiment d'être un rat pris au piège. Il ne pouvait pas avoir fait un enfant à Oleia lorsqu'il s'était brièvement tourné vers elle à la recherche de réconfort après l'échec de son mariage. C'était impossible... Sauf qu'il ne gardait qu'un souvenir très vague de cet épisode. Alors, oui, tout était possible.

Méritait-il vraiment une punition aussi cruelle ? N'avait-il pas déjà perdu un enfant ? N'avait-il pas suffisamment souffert ? Non, il ne pouvait pas croire que le sort s'acharnait sur lui à ce point. Il ne pouvait pas croire qu'une seule nuit d'égarement en compagnie d'une autre femme que la sienne lui valait un châtiment aussi injuste. Un bébé... Jamais Tally ne le lui pardonnerait.

Il avait commis une erreur et il en avait pris conscience immédiatement. Il avait également fait tout ce qui était en son pouvoir pour réparer ses torts. Sans pour autant réussir à apaiser sa conscience...

Et c'était seulement aujourd'hui qu'il apprenait — trop tard pour changer le cours des choses — qu'Oleia était tombée enceinte de lui cette nuit-là et qu'elle avait choisi de le lui cacher. Elle avait donné naissance à une petite fille... mais qu'en avait-elle fait ? Si oppressé qu'il avait toutes les peines du monde à respirer, Sander reprit la lettre.

Apparemment, Oleia avait prénommé sa fille Lili et elle ne l'avait pas donnée à l'adoption comme il aurait pu le supposer... Il était difficile d'imaginer une fille fêtarde et attachée à sa liberté comme Oleia assumant ses responsabilités de mère célibataire. En fait, c'était même impossible. Et pourtant, c'était apparemment ce qu'elle avait fait.

Ayant certainement prévu quelle serait sa stupéfaction en apprenant qu'il était père, elle l'informait par ailleurs qu'elle avait confié un échantillon de cheveux de Lili à un laboratoire français spécialisé dans les tests ADN, afin qu'il puisse demander un test de paternité.

Profondément ébranlé par cette précision, Sander plia la lettre et la mit dans sa poche. Impossible de continuer sa lecture pour l'instant… Si d'autres révélations l'attendaient, il avait besoin de temps avant de les affronter. Le temps de digérer ce qu'il venait d'apprendre…

Etait-il vrai qu'il était devenu père sans le savoir ? Qu'il avait fait un enfant avec Oleia Telis ? Il était à la fenêtre, paralysé par la consternation, quand Edouard Arpin le rejoignit.

Le notaire lui exposa la situation sans détour et il comprit enfin pourquoi il avait été convoqué à Paris d'urgence. Une petite fille de quatre mois venait de perdre sa mère et il était à présent son tuteur testamentaire. Vérifier ou non s'il en était bien le père était un choix qui ne regardait que lui. Mais quoi qu'il fasse et quoi qu'il découvre s'il décidait d'effectuer un test, il était de toute façon responsable de la fille d'Oleia.

Sander interrogea le notaire sur les causes exactes de la mort d'Oleia et la réponse qu'il reçut acheva de l'accabler. La vie agitée de la jeune femme avait probablement affaibli son système immunitaire, d'où la pneumonie qui l'avait emportée.

Le notaire l'informa par ailleurs que la nurse de Lili avait déjà donné sa démission et qu'il fallait prendre de nouvelles dispositions. Très rapidement.

Sander avait l'impression d'être dans des sables mouvants et il ne pouvait s'empêcher de se demander quelle réaction Tally attendrait de lui. Il savait que ses réticences à devenir père avaient ouvert les premières fissures dans son mariage et lui avaient fait perdre la confiance de Tally. Ayant beaucoup souffert de l'indifférence de son propre père, Anatole Karydas, elle attendait de son mari qu'il prenne à cœur son rôle de parent. C'était même essentiel pour elle. Et il regrettait amèrement de ne pas en avoir pris conscience dès le début de leur mariage…

En quittant l'étude d'Edouard Arpin, Sander se rendit directement au laboratoire, où le prélèvement de salive ne prit que quelques secondes.

Il se rendit ensuite chez Oleia, où il fut accueilli par la nurse, Suzette, une grande blonde au visage renfrogné, qui se répandit en récriminations avant même qu'il ait franchi le seuil. Le bébé était *impossible*… elle refusait de dormir… de manger… Quand arriverait la nouvelle nurse ?

D'une pièce voisine parvenaient des pleurs stridents, continus, qui semblaient exprimer tout le désespoir du monde. Sander reconnut qu'il n'avait pas encore engagé une autre nurse mais qu'il allait le faire immédiatement.

Il proposa à Suzette une augmentation de salaire très généreuse si elle acceptait de rester jusqu'à ce qu'il ait trouvé quelqu'un. La mine maussade de la jeune fille laissa place à un large sourire. Elle accepta aussitôt et insista pour le conduire dans la chambre du bébé.

Le bruit y était si assourdissant qu'il n'aurait pas été étonné de voir une rangée entière de bébés en train de hurler. Mais le grand berceau situé au milieu de la pièce n'en contenait qu'un seul, minuscule, qui semblait très malheureux. Le petit visage écarlate et tout plissé de Lili n'avait rien d'attrayant, et elle agitait vivement les bras et les jambes dans une grenouillère deux fois trop grande pour elle. Aucun élan ne poussa Sander vers elle et il dut faire un effort immense pour supporter le vacarme.

L'espace d'un instant, il fut submergé par le chagrin au souvenir du bébé qui n'avait jamais réussi à respirer. Le cœur serré, il se remémora ces minutes horribles pendant lesquelles les médecins avaient tout tenté pour sauver cette petite vie. Dans un silence effroyable, finalement rompu par les sanglots de Tally…

Il se rappela avoir tenté d'être fort pour elle, ce qui s'était résumé à ne pas pleurer avec elle, tandis qu'il se demandait dans un accès de folie si son manque d'enthousiasme vis-à-vis de la paternité pouvait être responsable de cette tragédie.

— Pleure-t-elle souvent comme ça ? demanda-t-il d'un ton neutre.

— Tout le temps, répondit la nurse d'un air las. Je n'arrive pas à dormir.

Incapable d'exprimer des sentiments qu'il n'éprouvait pas, il choisit de se montrer pragmatique. Il interrogea longuement la jeune fille au sujet de la petite fille, puis il prit les décisions qui s'imposaient.

Le bébé ne pouvait pas rester à Paris, bien sûr. Il fallait l'emmener à Londres.

Il chargerait par ailleurs une entreprise de déménagement de vider l'appartement parisien d'Oleia et d'entreposer son contenu dans un garde-meuble. Plus tard il faudrait en faire l'inventaire pour décider s'il y avait certaines choses à conserver. Mais ça n'avait rien d'urgent. Pour l'instant, la priorité était d'organiser la vie du bébé.

Sander regagna le hall pour téléphoner à son assistante puis à Edouard Arpin. Il appela ensuite une agence londonienne qui lui promit une nurse hors pair pour s'occuper de Lili dans la suite d'hôtel qu'il avait déjà réservée.

Son devoir lui imposait d'emmener la petite fille à Londres, mais il pouvait difficilement l'installer dans la maison qu'il partageait avec Tally…

Suzette accepta à contrecœur d'aller à Londres pour s'occuper du bébé jusqu'à ce que la nouvelle nurse prenne le relais.

Sander regarda Lili, qui avait fini par s'endormir. Il ne percevait chez elle aucun air de famille avec les Volakis et il ne ressentait absolument rien. Etait-ce vraiment sa fille ? La chair de sa chair ?

Il ne pouvait s'empêcher d'avoir mauvaise conscience et d'être irrité contre lui-même. Ne devrait-il pas ressentir quelque chose ? Etait-ce le choc qui le rendait insensible ?

Il avait un dernier acte à accomplir à Paris. Il acheta des orchidées écarlates, les fleurs préférées d'Oleia, pour les déposer sur sa tombe. Au cimetière, il se surprit à regretter de ne pas partager la foi de Tally. Les prières ne lui apportaient aucun réconfort. Ce qui était arrivé était arrivé.

Quoi qu'il puisse dire, faire ou ressentir rétrospectivement, il ne pouvait rien y changer.

Lorsque Sander lui téléphona ce soir-là pour la prévenir qu'il ne rentrerait pas avant le lendemain, Tally ne fut pas très surprise. Il semblait préoccupé. Sans doute ses affaires, se dit-elle.

En revanche, une demi-heure plus tard elle fut stupéfaite de recevoir un appel de sa demi-sœur, Cosima Karydas, après un silence de plus de deux ans.

La jeune fille ne s'était pas manifestée lors de son mariage, visiblement déterminée à garder ses distances. Cosima, la fille cadette d'Anatole, née de son union avec une Grecque, n'avait jamais vraiment accepté l'existence de Tally, élevée dans un autre milieu qu'elle, beaucoup moins favorisé.

— Mon Dieu, Cosima…

— Excuse-moi de ne pas t'avoir appelée plus tôt… Tu sais ce que c'est quand on est très occupé…

— Bien sûr, acquiesça Tally, soulagée d'avoir enfin des nouvelles de la jeune fille.

— Es-tu libre demain pour déjeuner ? J'ai hâte de te voir !

A la fois heureuse de l'enthousiasme de sa sœur et amusée par son impatience après un si long silence, Tally décida de déplacer un rendez-vous pour la voir.

Le lendemain, Cosima arriva en retard comme à son habitude, et sa silhouette parfaite attira tous les regards tandis qu'elle traversait le restaurant. Avec ses cheveux bruns et ses grands yeux noirs, c'était une jeune fille ravissante.

— D'après ce que j'ai compris, tu es de nouveau avec Sander, déclara-t-elle en buvant une gorgée de vin. Je te comprends. Il est superbe.

Les joues en feu, Tally sourit.

— Il me plaît toujours.

Cosima eut une moue embarrassée.

— J'ai entendu dire un truc... Il fallait que je voie ça avec toi, mais il faut d'abord me promettre de ne pas dire à papa que je t'en ai parlé...

— Je ne répéterai rien.

— Tu n'as pas toujours été aussi scrupuleuse, rappela Cosima.

C'était vrai, reconnut Tally intérieurement. Elle avait été obligée de rapporter à son père les bêtises commises par sa sœur au cours d'un week-end qu'elles avaient passé ensemble à la campagne.

— Tu étais beaucoup plus jeune, à l'époque.

— Et je n'aurais jamais dû mettre des somnifères dans ton verre, à cette soirée, reconnut Cosima avec une mine contrite. J'en suis désolée. Et désolée également de ne pas avoir eu le cran de te présenter mes excuses sur le moment.

— C'est oublié, assura Tally d'un ton apaisant.

Cosima la considéra d'un air embarrassé.

— Tu me donnes mauvaise conscience. Je ne peux pas te raconter l'histoire que j'ai entendue ces derniers jours...

— Je ne vois pas du tout de quoi tu parles…

— Je sais et c'est encore pire.

— Commence par le commencement, conseilla Tally. En général, c'est la meilleure solution.

— Il était une fois…

Le ton de Cosima était malicieux mais son regard fuyant.

— Il était une fois une très belle jeune femme du nom d'Oleia… Oleia Telis.

Tally sentit le sang se retirer de son visage. Il y avait très longtemps qu'elle n'avait pas entendu prononcer ce nom…

— J'ai entendu parler d'elle.

— Alors tu sais qu'Oleia et Sander…

— Etaient ensemble quand ils étaient adolescents, coupa Tally d'une voix qu'elle espérait égale.

Pourquoi sa sœur éprouvait-elle le besoin d'évoquer une réalité aussi déplaisante ?

— Mon petit doigt m'a dit qu'ils étaient de nouveau ensemble beaucoup plus récemment, lâcha Cosima à mi-voix. J'ai pensé qu'il fallait que tu le saches. Je ne veux pas te perturber. Sincèrement. Je pense juste qu'il ne faut pas te laisser dans l'ignorance alors que les gens parlent derrière ton dos.

— Je ne suis pas dans l'ignorance. J'ai rencontré Oleia une fois, et c'était une soirée mémorable. Elle est prête à tout pour récupérer Sander. Je ne suis pas surprise qu'il y ait des ragots.

— C'est plus sérieux que des ragots. Une rumeur circule. Il paraît qu'il y a un enfant, chuchota Cosima.

— Un enfant ?

Tally regarda sa sœur avec incrédulité.

— De Sander et d'Oleia ? C'est délirant ! Il n'y a pas d'enfant, bien sûr !

— Si tu en es certaine.

Les yeux verts de Tally lancèrent des étincelles.

— Bien sûr, que j'en suis certaine ! Où as-tu entendu cette rumeur ridicule ?

— J'ai entendu mon père en discuter avec ma mère. Avant que tu me poses la question, il ignorait si c'était vrai ou pas et il m'a interdit d'en parler, à toi ou quiconque, confia Cosima avec une grimace. Il était furieux que j'aie surpris leur conversation.

Le cœur de Tally battait si fort qu'elle s'attendait à ce qu'il s'échappe de sa poitrine. Anatole était en général très bien renseigné sur tout ce qui se passait dans la haute société grecque. Et, de son côté, elle ne savait pas exactement ce qu'avait fait Sander pendant leur séparation…

Cependant, elle ne pouvait pas croire qu'il avait envisagé de faire un enfant avec Oleia. Ni même qu'il avait renoué avec elle. Pas après ce qu'il lui avait raconté à son sujet.

De toute évidence, cette rumeur n'était pas fondée. Il n'était pas question de prêter attention à ce genre d'absurdités.

Sander était un homme extrêmement séduisant, doublé d'un homme d'affaires redoutable. Il attisait la convoitise des femmes et l'envie des hommes. Un esprit tordu avait dû inventer cette histoire par dépit ou par jalousie. Quelle autre explication pouvait-il y avoir ? C'était aussi ridicule que perfide. Ce racontar était le plus odieux qu'elle avait jamais entendu !

Cosima rompit avec un embarras manifeste le silence qui se prolongeait.

— Je me suis dit que, si j'étais à ta place, j'aimerais être au courant. Oh ! Tally, j'aurais dû me taire ?

Tally assura à sa demi-sœur que c'était une rumeur stupide qui ne valait pas la peine qu'on s'y arrête. Pourvu que son ton soit aussi désinvolte qu'elle l'espérait ! Il fallait absolument qu'elle fasse bonne figure et qu'elle semble avoir déjà oublié ce que Cosima venait de lui dire...

Elle annonça qu'elle mourait de faim et commanda un plat. Mais, à son grand dam, elle fut incapable d'avaler une seule bouchée. Il ne restait plus qu'à espérer que Cosima était trop occupée à lui parler de son dernier petit ami pour s'apercevoir qu'elle avait subitement perdu son soi-disant appétit d'ogre...

Cette histoire d'enfant était une pure invention destinée à pimenter les ragots qui jalonnaient la vie de Sander depuis toujours, raisonna-t-elle. Malgré tout, il n'était pas impossible que Sander ait revu la somptueuse Grecque et que leur désir mutuel se soit réveillé...

Crispant les doigts sur son verre, elle but une gorgée de vin. Même si elle était convaincue que cette rumeur était fausse, elle avait fait jaillir dans son esprit une foule de questions... Mais quoi de plus normal ? Comment pourrait-elle ne pas s'interroger ?

Elle aimait trop Sander pour rester complètement indifférente aux ragots.

Elle l'aimait tellement qu'elle en était parfois effrayée.

Il était si imprévisible...

6

A bord du jet privé en route pour Londres, une collation fut servie à Sander. Tenaillé par l'impression d'être un condamné à mort à qui on accordait un dernier repas avant son exécution, il fut incapable d'avaler la moindre bouchée.

Il était impossible d'oublier un seul instant la présence de Lili, qui hurla pendant tout le vol. Ni sa nurse ni l'équipage ne parvenaient à la calmer. Qu'on la prenne, qu'on la berce ou qu'on lui donne à manger, elle pleurait, inconsolable. Il fallait la faire examiner par un médecin, décida-t-il. Et peut-être lui trouver une nurse plus efficace. Même si ses pleurs incessants et son apparente insensibilité à toute forme de câlin risquaient d'épuiser la patience de la nurse la plus expérimentée et la plus enthousiaste…

D'une manière ou d'une autre il faudrait bien qu'il trouve une solution puisqu'il était de son devoir de prendre soin de cet enfant.

Tally ne lui pardonnerait jamais.

Cette pensée lui noua l'estomac et il but d'un trait un deuxième whisky single malt sans en apprécier la saveur. Il fallait à tout prix qu'il parle de Lili à Tally avant que quelqu'un d'autre le fasse. L'existence du bébé allait donner lieu au genre de conjectures dont se délectait la presse et, il fallait bien le reconnaître, beaucoup de ses amis.

Mais comment annoncer à sa femme qu'il avait eu un enfant avec une autre, alors que leur fils était mort ? Ce serait trop cruel. Et pourtant, il était tout aussi exclu de rester silencieux. Non, il n'y avait aucune échappatoire possible. Et aucune manière appropriée non plus de faire ce genre de révélation.

Tally s'était arrangée pour rentrer tôt afin de se préparer et de s'habiller avec soin pour le retour de Sander. Adolescente, elle n'aurait jamais fait cet effort. A l'époque, elle trouvait dégradant de se mettre en frais pour un homme. Mais, une fois mariée, elle avait changé d'avis après avoir constaté comment une tenue sexy pouvait faire perdre la tête à Sander. Elle avait appris à utiliser son pouvoir de séduction et à y trouver une intense satisfaction. Après avoir mis une robe mauve en stretch qui moulait ses seins et ses hanches, elle enfila des sandales à talons aiguilles.

Malgré tous ses efforts, elle ne pouvait s'empêcher d'être déstabilisée par ce que lui avait raconté Cosima. Elle se serait bien passée de savoir qu'une femme fatale telle qu'Oleia était prête à sauter sur Sander à la moindre occasion… Mais, après tout, ça n'avait rien d'étonnant. Sander était un homme très séduisant et très riche. Par ailleurs, leur séparation avait invalidé les serments qu'ils avaient échangés le jour de leur mariage. Reconstruire un couple solide fondé sur la confiance mutuelle prendrait du temps. D'ici là, elle ne pouvait pas séquestrer Sander… Elle pouvait juste espérer qu'il tenait suffisamment à leur mariage pour le respecter.

Sander savait exactement ce qu'il allait dire en arrivant chez lui. Du moins jusqu'à ce qu'il ouvre la porte de la chambre, où Tally en talons aiguilles, un pied posé sur une chaise, la robe remontée jusqu'en haut des cuisses, rajustait un bas de soie. Il trouvait les bas et les porte-jarretelles très excitants, mais elle en portait rarement parce qu'elle trouvait ça inconfortable.

Transpercé par une flèche de désir, il réprima un grognement de frustration. L'invitation était très claire… Malheureusement, il ne pouvait pas se permettre de toucher Tally avant de lui parler. D'un autre côté, une fois qu'il lui aurait dit ce qu'il avait à lui dire, elle ne le laisserait peut-être plus jamais la toucher. Jamais il n'avait été devant un dilemme aussi cruel…

L'éclat révélateur des yeux noirs fixés sur elle enflamma Tally.

— Sander… je t'attendais plus tard.

Sans la quitter des yeux, il pénétra dans la pièce et referma la porte d'un coup de hanche. Le cœur battant, elle était parcourue de longs frissons. Son mari était vraiment d'une beauté sublime… Et que dire de son charme dévastateur ? Elle comprenait pourquoi Oleia ne s'était jamais remise de l'avoir perdu. Et, pour sa part, elle avait bien l'intention de s'accrocher à lui coûte que coûte…

— Le jet a obtenu l'autorisation de décoller plus tôt… J'aime tes bas, murmura Sander d'une voix rauque.

Il s'avança vers elle et lui fit reposer le pied sur la chaise alors qu'elle venait de l'enlever.

— J'aime te regarder dans cette position. Tu es mon fantasme incarné, *yineka mou*.

Il effleura sa cuisse du bout des doigts. Le souffle court, les lèvres entrouvertes, elle plongea son regard dans le sien et il s'empara de sa bouche dans un bref baiser gourmand. Enfonçant les doigts dans ses épais cheveux bruns, elle l'incita à l'embrasser de nouveau. Il s'exécuta aussitôt avec une ardeur dévastatrice, tandis que sa main remontait lentement le long de sa cuisse. Lorsque ses doigts effleurèrent le point le plus sensible de son intimité à travers la soie de sa culotte, elle crut défaillir.

— J'ai tellement envie de toi, *moli mou*, murmura-t-il en s'arrachant à sa bouche.

Il se débarrassa de sa veste, desserra sa cravate, s'agenouilla, puis lui enleva sa culotte. Au contact de sa langue, elle fut assaillie par des sensations si intenses qu'elle vacilla sur ses jambes. Refermant les mains sur ses hanches, il la fit basculer doucement sur le lit.

Allongée sur le dos, les cuisses écartées, elle ne s'appartenait déjà plus. Le souffle court, elle crispa les doigts sur le couvre-lit, tandis que la langue de Sander lui prodiguait des caresses diaboliques. Le plaisir la submergea avec une rapidité inouïe et elle s'y abandonna corps et âme.

Quelques secondes plus tard, Sander s'enfonça dans le cœur brûlant de sa féminité encore secoué de spasmes. Bientôt, elle bascula de nouveau dans le gouffre de la volupté, mais cette fois en compagnie de Sander. Lorsqu'elle reprit peu à peu conscience dans ses bras, en proie à une langueur exquise, elle savoura les battements de son cœur contre sa joue.

— La seule chose sensée que j'ai faite dans ma vie, c'est de t'épouser, murmura-t-il d'une voix hachée.

— Et encore, mon père a été obligé de te forcer la main, ne put-elle s'empêcher de rappeler.

Il la serra dans ses bras et déposa un baiser sur son front.

— Je lui en suis très reconnaissant, mais à toi c'est un mauvais service qu'il a rendu, *yineka mou*.

Elle lui jeta un regard perplexe. Il n'était pas très doué pour l'autodérision, d'ordinaire…

Il la lâcha et se redressa.

— J'ai besoin de prendre une douche.

La réalité venait de se rappeler à lui. Il se leva et gagna la salle de bains. Lorsqu'il en ressortit en s'essuyant, Tally s'était assoupie. Il se pencha sur elle et la secoua doucement pour la réveiller.

— Qu'y a-t-il ? demanda-t-elle d'une voix ensommeillée.

— Habille-toi. Il faut que nous parlions… de nous.

Cette déclaration acheva de réveiller Tally. Que se passait-il ? Sander avait plutôt l'habitude d'éviter ce genre de discussions. Pas d'en prendre l'initiative !

— Parler ?

Il hocha la tête en silence, la mâchoire crispée.

— Il y a un problème ?

— Je n'aurais sans doute pas dû te faire l'amour, dit-il d'une voix sourde, les pommettes en feu. Mais je n'ai pas pu résister à la tentation.

Tout en enlevant ses bas, Tally lui jeta un regard inquiet.

— C'est grave ?

— Très, répondit-il en détournant les yeux. Je t'attends en bas.

Tally prit la douche la plus rapide de sa vie tout en échafaudant des hypothèses. N'étant enclin ni au doute ni à l'angoisse, Sander n'était pas du genre à dramatiser. La situation devait donc être vraiment grave. Un désastre professionnel ? Ses affaires étaient essentielles pour lui. Nul doute qu'il considérerait le moindre problème dans ce domaine comme un échec personnel. Un désaccord encore plus sérieux que d'habitude avec son père ? Une rupture définitive ?

S'il était obligé de quitter Volakis Shipping du jour au lendemain, il devrait certainement réduire son train de vie, au moins provisoirement. Tally promena un regard songeur autour d'elle. Non seulement il avait l'habitude de vivre dans le luxe mais il était extrêmement fier. S'il était obligé de restreindre ses dépenses, il considérerait ça comme une humiliation. Alors que pour sa part, après avoir été élevée par une mère dont les ressources fluctuantes étaient plus souvent maigres qu'abondantes, la perspective de mener une vie plus modeste ne lui faisait pas peur.

Il avait encore envie de boire un verre, constata Sander dans le salon. Mais ce n'était pas le moment. Tout le whisky qu'il avait bu dans l'avion lui avait déjà suffisamment obscurci l'esprit. Comment avait-il pu céder à son désir comme il venait de le faire ? Il aurait dû se contrôler. Son comportement était inacceptable. Il avait sans aucun doute aggravé la situation, qui n'avait pourtant pas besoin de ça...

Tally arriva dans le salon, visiblement aussi détendue qu'il était nerveux. Les cheveux ébouriffés, la mine épanouie, elle était incroyablement sexy dans sa robe moulante, et ses yeux verts étaient brillants. Le cœur de Sander se serra douloureusement. Le feu qu'il avait réussi à ranimer au Maroc s'éteindrait d'un coup quand elle entendrait ce qu'il avait à lui dire... Il prit une profonde inspiration.

— J'ai un aveu à te faire.

Cette déclaration ébranla la sérénité de Tally.

— Je ne te croyais pas du genre à faire des aveux, répliqua-t-elle d'une voix mal assurée. Et je ne suis pas certaine que ce soit toujours une bonne idée.

— Peu de temps après notre rupture, j'ai couché avec Oleia Telis.

Elle eut l'impression de recevoir un coup de poing dans l'estomac et elle sentit le sang se retirer de son visage. Après son déjeuner avec Cosima, elle n'avait pas pu s'empêcher de se poser des questions, en partant du principe qu'il n'y avait pas de fumée sans feu... Mais elle aurait vraiment préféré continuer à se les poser sans jamais connaître la réponse !

L'image de la superbe brune s'imposa à son esprit. Malheureusement, Oleia Telis possédait ce mélange détonnant de féminité suprême et de beauté parfaite qui tournait la tête de tous les hommes. D'ailleurs, Sander l'avait aimée quand il était adolescent. Et, récemment, il avait recouché avec elle... Elle eut un haut-le-cœur. De toutes les femmes vers qui il aurait pu se tourner, pourquoi avait-il fallu qu'il choisisse Oleia ? La plus dangereuse de toutes… Elle en savait assez sur les liens qui unissaient Sander à Oleia pour avoir une certitude. Rien de ce qu'il avait vécu avec elle ne pouvait être insignifiant…

— Je suis tombé sur elle dans une soirée, ici, à Londres. Nous avons… avions… beaucoup d'amis communs, précisa Sander. C'était juste une nuit, Tally. Une erreur de ma part…

— Une… erreur ! répéta Tally en laissant échapper un rire amer.

— Que je regrette sincèrement. C'était la dernière femme vers qui j'aurais dû me tourner.

— Alors pourquoi l'as-tu fait ?

Sander réprima un soupir. Il savait exactement ce qui l'avait poussé dans les bras d'Oleia. C'était très simple, à vrai dire. Et très masculin… Mais il n'avait pas l'intention de s'étendre sur le sujet. Cela prêterait trop d'importance à la nuit en question.

— Au moment où tu m'as quitté, tout l'équilibre de ma vie reposait sur notre mariage. J'étais un homme marié. Et, du jour au lendemain, cette réalité a changé. Je n'étais plus vraiment marié. Et je me sentais… bizarre. J'avais besoin de voir du monde, de me changer les idées, et je buvais beaucoup… J'étais ivre, le week-end où j'ai rencontré Oleia par hasard. Je ne garde pratiquement aucun souvenir de cette nuit.

— C'est très pratique, commenta Tally d'un ton vif, tout en s'efforçant de ne pas l'imaginer ivre et vulnérable entre les griffes redoutables d'Oleia.

A son grand dam, elle ne put s'empêcher de se sentir responsable. Comme si elle avait offert son mari sur un plateau à l'autre femme, qui voulait le récupérer depuis longtemps.

— Tu trouves peut-être ça pratique mais c'est la stricte vérité, répliqua Sander.

— Avant que nous nous mariions, tu m'as dit que tu n'aurais plus jamais aucune relation avec Oleia. Que tu ne parvenais pas à lui pardonner d'avoir couché avec un autre garçon quand vous étiez adolescents. Voilà pourquoi je suis surprise que tu te sois retrouvé de nouveau avec elle.

— C'était une erreur, mais je ne m'en suis rendu compte que le lendemain quand j'ai retrouvé ma lucidité, une fois les effets de l'alcool dissipés. Oleia savait que nous avions rompu et elle attendait de moi beaucoup plus que ce que je pouvais lui offrir.

— Ça doit être flatteur d'être tant demandé, déclara Tally, de plus en plus oppressée.

Si elle trouvait Oleia Telis aussi dangereuse, c'était précisément parce que la jeune femme tenait à Sander. Elle l'avait trompé autrefois, mais paradoxalement il semblait bien qu'elle l'aimait. Après tout, des années plus tard elle était encore prête à tout pour le récupérer…

— Non, objecta Sander, la mine sombre. C'est une expérience dont je ne suis pas fier. Même si je traversais une période difficile, je n'aurais jamais dû l'impliquer.

De toute évidence, il avait couché avec Oleia puis il était parti en se sentant coupable de ne pas avoir davantage à offrir à son ancienne petite amie, comprit Tally. Leurs retrouvailles avaient donc été purement sexuelles, et sans doute en grande partie favorisées par l'alcool... Malgré tout, les imaginer ensemble restait très douloureux. Oleia avait fini par obtenir ce qu'elle voulait, même si ça n'avait pas duré. Tally déglutit péniblement. Devait-elle vraiment croire que ça n'avait pas duré ?

— Et je crains que mon erreur ait eu d'autres répercussions, ajouta Sander. Oleia est tombée enceinte et elle a accouché il y a quelques mois.

Un silence assourdissant suivit cette déclaration.

Sonnée, Tally avait l'impression que la maison venait de s'écrouler autour d'elle.

— Ce n'est pas possible, murmura-t-elle d'une voix blanche.

— Malheureusement, il semble bien que si. J'ai fait un test ADN à Paris, hier.

— Un bébé ?

Glacée jusqu'aux os, Tally tenait à peine sur ses jambes.

— Tu as eu un bébé avec Oleia Telis ?

— Tu crois que je l'ai voulu ? s'exclama Sander.

7

Tally s'était souvent demandé à quoi ressemblait une crise d'hyperventilation. Elle était en train de le découvrir. Elle avait l'impression de manquer d'air et sa respiration s'accélérait, devenait saccadée. La tête lui tournait et elle était parcourue de tremblements. Craignant de s'évanouir, elle quitta la pièce, sourde aux cris de Sander qui l'appelait.

Haletante, le cœur cognant à grands coups dans sa poitrine, elle entra dans la salle de bains en titubant, referma la porte et s'y adossa. En face d'elle, elle vit son reflet dans le miroir. Dans son visage blanc comme un linge, ses yeux ressemblaient à deux trous noirs. Elle avait envie de hurler. Un cri était d'ailleurs coincé dans sa gorge. Un cri de rage et de souffrance.

Comment le destin pouvait-il s'acharner sur elle avec une telle cruauté ? Une autre femme avait donné naissance à un enfant de Sander, alors que son bébé à elle était mort. C'était insupportable. Jamais elle ne parviendrait à le supporter. Le seul fait d'y penser lui déchirait le cœur. Un bébé… Sander avait eu un enfant avec Oleia Telis ! Un enfant qui vivait, qui respirait !

Une violente nausée la précipita vers la cuvette

des toilettes et elle vomit son dernier repas. Si seulement elle pouvait se débarrasser de ses pensées aussi facilement !

Elle s'aspergea le visage. L'eau se mêla aux larmes brûlantes qui ruisselaient sur ses joues. Non... Ce n'était pas vrai... Ça ne pouvait pas être vrai...

Elle se remémora son petit garçon, mort à la naissance parce que son corps ne lui avait pas apporté tout ce dont il avait besoin pour se développer correctement. Il n'y avait eu aucun symptôme, aucun signe annonciateur...

Tally n'avait jamais eu aucune raison de soupçonner l'existence de problèmes, mais cela ne l'avait pas empêchée de culpabiliser. De mépriser son corps de n'avoir pas accompli son travail. Le médecin lui avait expliqué qu'elle n'était pas responsable et qu'elle n'avait rien à se reprocher. Il lui avait également promis que, si elle tombait de nouveau enceinte, elle bénéficierait d'un suivi médical renforcé afin que son enfant naisse en parfaite santé.

La mort de son bébé l'avait anéantie. Lorsqu'elle était sortie de l'hôpital, seule, en manque, tout le reste était devenu insignifiant. Son mari ? Son mariage ? Rien n'avait plus aucune importance puisque ses bras étaient vides. Puisqu'ils ne tiendraient jamais l'enfant qu'elle avait perdu. Voir des gens avec des bébés était pour elle une souffrance intolérable.

Hantée par des images de son petit garçon, elle avait longtemps entendu en rêve son fantôme pleurer. Il était perdu, et elle le cherchait fébrilement dans un dédale inextricable de couloirs et de chambres. Nuit après nuit, les cauchemars se succédaient, plus horribles les uns que les autres. Partager ces images atroces avec Sander était au-dessus de ses forces, si bien qu'elle s'était installée dans une chambre d'amis.

Elle avait prétexté qu'elle ne voulait pas risquer de le réveiller quand elle avait du mal à s'endormir. En réalité, elle craignait d'être en train de sombrer dans la folie, et elle voulait à tout prix le lui cacher. S'il découvrait qu'elle était sur le point de devenir folle, il la quitterait comme son bébé l'avait quittée, se disait-elle. Quelle ironie ! Finalement c'était elle qui était partie.

Et aujourd'hui qu'ils s'étaient retrouvés, aujourd'hui qu'elle se sentait enfin prête à tenter une nouvelle grossesse, elle apprenait qu'il avait eu un enfant avec Oleia Telis… La rumeur scandaleuse que lui avait rapportée Cosima était vraie… C'était une vérité odieuse. Intolérable…

Des coups frénétiques frappés contre la porte résonnèrent dans la salle de bains.

— Tally… Laisse-moi entrer, *s'il te plaît* !

— Va-t'en !

Réprimant un sanglot, elle s'adossa à la porte et se laissa glisser sur le sol. Appuyant la paume de ses mains contre le carrelage froid, elle tenta de retrouver un semblant de calme. Elle tremblait de tous ses membres et ses os eux-mêmes semblaient douloureux. C'était le chagrin. Un vieil ami qui lui était familier… Il avait été son plus proche compagnon pendant des mois, après la mort de son bébé. Et, pourtant, elle avait fini par trouver la sortie du tunnel. Elle avait tourné le dos au désespoir et recommencé à vivre.

Et maintenant… ?

Comment Sander, qu'elle avait aimé de toute son âme, avait-il pu avoir un bébé avec Oleia ? Elle crispa les poings, submergée par la rancœur. N'avait-elle pas assez souffert ?

Oleia, Sander *et leur enfant.*

Cette idée était une abomination. Elle lui renvoyait l'image de la famille idéale qu'elle avait espéré de tout son cœur pouvoir construire avec Sander. Aujourd'hui, cet espoir venait de lui être volé.

— Tally… tu vas bien ?

— Bien sûr que non ! Comment peux-tu imaginer que je vais bien ?

— Déverrouille la porte.

Elle se leva et s'exécuta. Pas question de lui laisser croire qu'elle se cachait de lui et de la bombe qu'il venait de lâcher. Le visage crispé par les efforts surhumains qu'elle faisait pour ne pas s'effondrer, elle sortit de la salle de bains d'une démarche raide.

Sander posa les mains sur ses épaules.

— S'il te plaît, ne refuse pas de me parler.

— Pourquoi te parlerais-je ? C'est ton problème, pas le mien.

Elle avait parlé d'un ton froid, très calme, mais intérieurement elle hurlait. Il avait un bébé avec Oleia. Il était le père du bébé d'Oleia…

Haussant les épaules pour les dégager des mains de Sander, elle s'écarta de lui et se dirigea vers l'escalier.

— Je suis conscient que tu es bouleversée, Tally…

— C'est pour ça que tu as couché avec moi à peine arrivé ?

Elle serra les dents. Dire qu'il avait osé lui faire

l'amour juste avant de lui annoncer la nouvelle qui venait de détruire sa vie.

— Tu croyais que j'y trouverais une consolation ? Ou que la pilule serait plus facile à avaler ?

— Je ne sais pas à quoi je pensais, *yineka mou*. Je ne crois pas avoir pensé du tout. J'avais juste envie de toi. Je suis désolé.

— Tu ne pourras jamais être assez désolé ! rétorqua-t-elle d'un ton vif en montant l'escalier.

Malheureusement, c'était vrai, songea-t-elle en gagnant la chambre à grands pas. Le désastre était irréparable. Quoi qu'il fasse, il ne parviendrait jamais à obtenir son pardon. Un enfant supposait un engagement à vie. Une fois qu'il était là, on ne pouvait plus l'ignorer. Quels que soient les sentiments de Sander à son égard, il était responsable de son enfant. Il avait des devoirs envers lui. Et aussi envers Oleia…

Elle prit un sac de voyage dans le dressing. Où allait-elle ? Elle n'en avait aucune idée. Tout ce qu'elle savait c'était qu'elle ne pouvait pas rester sous le même toit que Sander.

— Tu ne peux pas partir…

Figé sur le seuil de la pièce, Sander fixait le sac.

— Je peux faire ce que je veux. Exactement comme toi.

— Tu penses sincèrement que j'ai voulu cette situation ? s'exclama-t-il.

A son grand dam, elle sentit ses joues s'enflammer. Non, bien sûr. Ce qu'il voulait, c'était donner une seconde chance à leur mariage. Il n'y avait aucun doute là-dessus. Découvrir qu'il avait eu un enfant avec une autre femme avait dû être un choc pour lui aussi. Malheureusement, si elle était capable de le reconnaître, ça ne changeait rien du tout à ce qu'elle ressentait…

Tout en faisant son sac à la hâte, elle leva vers lui un regard de défi.

— Tu es quand même responsable de ce qui est arrivé.

— Je le reconnais. Je ne me cherche pas d'excuses.

— Je ne *peux* pas accepter que tu aies un enfant avec Oleia, déclara-t-elle d'un ton plus amer qu'elle ne l'aurait voulu.

Mon Dieu, cette rancœur qui la rongeait, parviendrait-elle un jour à l'évacuer ? Elle avait l'impression que son cœur n'était plus qu'un bloc de marbre. Serait-elle de nouveau un jour capable de ressentir autre chose que de la haine et du ressentiment ?

Sander était tétanisé. Tally s'apprêtait à le quitter de nouveau… Que faire pour la retenir ? Que dire ? Lui qui se flattait d'être un négociateur habile jamais à court d'idées ni d'arguments pour obtenir ce qu'il voulait… Son esprit restait désespérément vide.

En fait, il n'avait qu'une envie. Arracher son sac à Tally puis l'enfermer dans la chambre pour la garder dans la maison. Dieu merci, il lui restait encore suffisamment de bon sens pour savoir que ce serait de la folie pure… Crispant les poings, Sander resta immobile et muet. En proie à une frustration si intense qu'elle menaçait de le suffoquer.

Le plus simple était de retourner chez elle pour la nuit, décida Tally. Elle aurait aimé pouvoir parler à quelqu'un, mais Cosima était trop jeune et n'avait pas assez d'expérience. Quant à sa mère, elle ne se sentait malheureusement pas assez proche d'elle pour lui confier sa détresse… Autrefois, elle se serait tournée vers Binkie, bien sûr. Mais à présent qu'elle vivait dans le Devon chez ses employeurs, elle était trop loin pour lui apporter son réconfort.

— C'est un garçon ou une fille ?

Cette question jaillit de ses lèvres avant qu'elle ait le temps de la retenir.

— Une petite fille, répondit Sander d'un ton bourru. Je t'assure que je n'ai appris son existence qu'avant-hier, Tally. Mais à présent que je suis au courant, je dois assumer mes responsabilités.

— Bien sûr.

— Je suis à la recherche d'une nurse avec de solides références. Suzette, la Française qui s'en occupe pour l'instant, veut s'en aller. J'en avais trouvé une par l'intermédiaire d'une agence londonienne, mais elle s'est décommandée au dernier moment. J'attends toujours qu'on m'envoie quelqu'un d'autre.

Depuis le dressing, où elle prenait une veste dans la penderie, Tally jeta un coup d'œil surpris vers la chambre.

— C'est toi qui t'occupes de trouver une nurse ? Comment ça se fait ?

Allons bon, il n'avait pas dit à Tally que… Sander inspira profondément. Brièvement, il résuma ce qu'il avait appris lors de son voyage à Paris, suite au coup de téléphone d'Edouard Arpin.

— Mais Oleia était si jeune… Comment peut-elle être morte ? Que lui est-il arrivé ? Elle est morte en couches ? demanda Tally, complètement déstabilisée.

— Non, pas du tout. Lili a quatre mois. La nurse française m'a dit qu'Oleia buvait beaucoup. Elle a eu une grippe qui a abouti à une pneumonie et elle est morte vingt-quatre heures après avoir été admise à l'hôpital. C'est tout ce que je sais.

Sander avait littéralement hérité du bébé... Abasourdie, Tally était au comble de la confusion. En mourant, Oleia avait laissé à Sander l'entière responsabilité de son enfant... Quand elle avait rédigé son testament, elle devait ignorer que devenir père n'était pas une perspective qui le réjouissait particulièrement... ou alors elle le savait mais elle s'en moquait. Ou peut-être n'avait-elle personne d'autre à qui confier ce rôle. La moindre des choses était de lui accorder le bénéfice du doute, songea Tally, prise de remords.

— Où comptes-tu aller ? demanda Sander avec un accent grec prononcé trahissant sa nervosité.

— Chez moi. Pour cette nuit, en tout cas. J'ai besoin d'être seule.

— Si tu veux, je vais dormir à l'hôtel et tu peux rester ici.

— Je préfère aller chez moi.

Tally ramassa son sac et se dirigea vers la porte.

— Je ne veux pas que tu t'en ailles.

Elle se retourna à contrecœur.

— Je ne peux pas rester ici ce soir.

— Alors je t'accompagne.

Il était plus simple d'accepter qu'il la dépose, décida-t-elle. Mais, dans la voiture, l'atmosphère devint rapidement étouffante. Lili, songea Tally, le cœur serré. Une petite fille. Oleia dont elle avait redouté la beauté fatale était morte en laissant un héritage… Un héritage précieux, dirait Binkie en rappelant que chaque enfant était un don de Dieu et devait être traité comme tel. Tally déglutit péniblement. Comment pouvait-elle haïr un bébé innocent, qui venait de perdre sa mère ? Etait-elle donc devenue incapable de compassion ?

Elle se tourna vers Sander, admirant malgré elle son profil de médaille. Il lui jeta un coup d'œil et leurs regards se croisèrent. Comme si elle venait de se brûler, elle baissa vivement les yeux sur ses mains. Il y avait à peine une heure, ces longs doigts fins lui avaient prodigué des caresses qui l'avaient conduite à l'extase… Mortifiée par ce souvenir, elle sentit ses joues s'enflammer en même temps qu'un long frisson la parcourait.

— Tu ne devrais pas rester seule ce soir, déclara Sander.

— Je serai mieux qu'avec toi, murmura-t-elle, furieuse contre elle-même.

— Je n'aurais pas dû te faire l'amour. Mais ce n'était pas calculé. C'est juste que je n'ai pas pu résister à la tentation.

— Comme avec *elle* ?

A peine cette question méprisante eut-elle quitté ses lèvres que Tally se maudit. Il fallait absolument qu'elle parvienne à se contrôler. Cette hargne était beaucoup trop révélatrice des pensées qui la tourmentaient…

Autrefois Oleia avait été aimée de Sander. Or elle-même n'avait jamais eu cette chance. Elle savait qu'il appréciait sa compagnie et qu'il considérait leur entente sexuelle comme exceptionnelle, mais pas une seule fois il ne lui avait parlé d'amour... Alors penser avec bienveillance à la fille d'Oleia était au-dessus de ses forces. Elle n'avait qu'une envie. L'oublier. Elle aurait préféré qu'il ne soit pas obligé de lui en parler. Ce n'était pas de la méchanceté. Elle était juste humaine et faible...

A peine arrêté devant l'immeuble de Tally, Sander descendit de voiture et sortit son sac.

— Nous devons faire face ensemble. Nous sommes toujours un couple, *yineka mou,* déclara-t-il avec conviction en le lui tendant.

Elle le foudroya du regard, assaillie par une bouffée de rage.

— Ne m'appelle pas « *yineka mou* ». Ne me rappelle pas que je suis ta femme. Ce n'est pas quelque chose dont j'ai envie de me vanter !

Les yeux de Sander lancèrent des étincelles.

— Ne m'insulte pas. J'ai été aussi honnête que possible avec toi, mais n'oublie pas que, si tu ne m'avais pas quitté l'année dernière, cet enfant ne serait jamais né !

Piquée au vif, elle claqua la portière avec violence et s'éloigna sans un regard en arrière. Ce fut avec un immense soulagement qu'elle referma la porte de son appartement quelques instants plus tard. Enfin seule ! Sander ne pouvait plus être témoin de ses réactions...

Elle erra comme une âme en peine à travers les pièces, incapable de trouver un endroit où se poser. Elle savait qu'elle devrait dîner mais elle n'avait pas faim. Dès que la nuit tomba, elle se coucha en priant pour trouver le sommeil. Tant qu'elle dormirait, elle ne serait pas obligée de penser…

Elle s'endormit mais le destin avait encore une punition à lui infliger. Elle n'avait pas été tourmentée depuis plusieurs mois par le cauchemar dans lequel elle entendait pleurer son fils et le cherchait en vain, mais cette nuit-là elle en fit un autre. Qui commençait de la même manière pour se terminer différemment.

Dans cette nouvelle version, elle trouvait la chambre dans laquelle se trouvait le bébé et elle s'y précipitait. Pour découvrir avec horreur un bébé inconnu dans le berceau. Elle se réveilla en sueur. Les draps lui collaient à la peau et elle tremblait tellement qu'elle eut du mal à allumer la lampe de chevet. Dire qu'elle espérait être définitivement débarrassée de ses cauchemars…

Elle se leva tôt, prit une douche, et arriva à sa société bien avant son personnel.

Son portable sonna à 8 h 30.

— Il y a un article sur Lili dans le *Daily Globe* d'aujourd'hui, lui annonça Sander. Quelqu'un quelque part a commis une indiscrétion. Les paparazzis vont te harceler.

Elle tressaillit.

— Je m'en sortirai.

— Les affronter seule n'est pas une bonne idée. Tu ferais mieux de quitter Londres jusqu'à ce que l'agitation retombe.

— C'est ridicule. Je ne peux pas laisser mes clients en plan.

Tally cherchait déjà sur internet l'édition en ligne du journal.

— Je t'envoie une équipe de sécurité. Si tu veux un bon conseil…

— Je n'en veux pas, coupa-t-elle d'un ton glacial.

— … laisse-les t'aider à sortir de ta société avant que ça tourne mal. Quand ils sont sur un scoop comme celui-ci, les paparazzis peuvent devenir très agressifs.

— Raison de plus pour éviter d'être mêlé au genre d'histoires qui les attirent. Heureusement, c'est ce que je fais…

— Dommage pour toi que tu m'aies épousé, commenta Sander d'un ton sarcastique.

Tally se connecta au site du journal et le gros titre lui sauta aussitôt aux yeux. « Un bébé d'un milliard de livres ! »

Juste en dessous, la photo d'une blonde très décorative, qui entrait dans un grand hôtel londonien avec une poussette. Derrière elle, la silhouette imposante de Sander était parfaitement reconnaissable. Le visage de la petite fille en revanche n'était pas visible.

Le cœur au bord des lèvres, Tally cliqua sur le titre et lut l'article. Visiblement, Oleia Telis était morte très riche et avait légué tous ses biens, y compris son bébé, à Sander, « l'armateur grec au sang chaud, qui tente actuellement de sceller sa réconciliation avec sa femme ». Sa relation avec Oleia était décrite comme « instable mais durable » par une amie proche qui préférait garder l'anonymat. Et qui sous-entendait qu'Oleia était devenue la maîtresse de Sander pendant son mariage. Tally sentit le sang se retirer de son visage. Cette idée ne lui était jamais venue à l'esprit…

Elle éprouva soudain un besoin impérieux de prendre l'air. Mais dès qu'elle franchit le seuil de sa société, un flash la fit tressaillir et un homme lui demanda d'une voix forte pourquoi elle ne vivait plus avec son mari.

Atterrée, elle fit aussitôt demi-tour. Alors qu'elle regagnait son bureau, Belle, son assistante, lui fit signe d'un air anxieux.

— Le téléphone n'arrête pas de sonner… Des journalistes qui posent des questions au sujet…

— Je n'ai pas de commentaire à faire, aucun commentaire à faire sur aucun sujet, coupa Tally d'un ton crispé.

Son cœur fit un bond dans sa poitrine à la vue d'un autre homme qui pénétrait dans le hall, un appareil photo autour du cou.

— J'ai des questions à poser à Mme Volakis, annonça-t-il.

Les joues en feu, Tally redressa les épaules.

— Je ne réponds pas aux questions ! Allez-vous-en !

Mais, au même instant, un autre journaliste arriva et lança :

— Madame Volakis, saviez-vous que votre mari avait eu un enfant avec l'héritière grecque Oleia Telis ?

— Si vous ne partez pas immédiatement, nous appelons la police ! menaça Belle en s'efforçant de lui barrer le passage.

La situation tournait à la mêlée générale quand les agents de sécurité promis par Sander arrivèrent.

Deux hommes immenses à la forte carrure, qui se débarrassèrent des intrus avec une efficacité remarquable.

Cependant, d'autres paparazzis attendaient sur le trottoir et leur nombre augmentait à vue d'œil. De toute évidence, elle avait été très naïve de croire qu'elle pourrait faire facilement face à la situation sans aide.

— Je me présente, Johnson, madame Volakis. Nous allons vous faire sortir par-derrière, maintenant.

— J'ai un rendez-vous…

— Je crois que vous feriez mieux de prendre votre journée, intervint Belle avec une grimace, tandis qu'un photographe cognait à la baie vitrée. Si vous n'êtes pas là, ils s'en iront.

— J'ai un rendez-vous avec lady Margaret à 10 heures…

— Je vais l'appeler pour le reporter. Je ne pense pas qu'elle apprécierait d'être obligée de se frayer un chemin parmi cette bande d'excités.

Belle avait raison, reconnut Tally intérieurement. D'ailleurs, ce scandale risquait de rebuter ses clients et de nuire à la réputation de sa société… Elle prit son sac et son manteau et suivit les deux agents de sécurité. Alors qu'ils la faisaient monter dans une berline noire, un homme arriva en courant dans la ruelle, un appareil photo à la main. Ses anges gardiens se jetèrent dans la voiture, et démarrèrent en trombe. Soulagée, elle leur donna son adresse.

— Votre mari souhaite que nous vous conduisions dans sa nouvelle maison de campagne, Roxburn Manor, annonça Johnson.

— Je veux rentrer chez moi, insista-t-elle fermement.

Quand Sander avait-il acheté cette maison ? Il ne lui en avait jamais parlé, en tout cas. Mais il était vrai qu'ils avaient vécu séparément pendant de nombreux mois…

A sa grande exaspération, elle vit un photographe qui faisait les cent pas devant son immeuble. La voiture qui avait commencé à ralentir accéléra de nouveau.

— Nous allons nous en tenir au plan initial, commenta Johnson.

Fatiguée après sa nuit agitée, elle n'était pas d'humeur à discuter. Elle ne voulait aller nulle part, de toute façon. Elle avait juste envie de disparaître dans un endroit isolé, où elle se sentirait à l'abri de tous les éléments perturbateurs qui s'infiltraient dans sa vie. Jamais elle ne s'était trouvée dans une situation aussi déstabilisante. Elle ne pouvait même pas se réfugier chez elle ! Elle sortit son portable de son sac et appela Sander.

— Ça ne durera pas plus de deux ou trois jours, *glikia mou,* assura-t-il d'une voix apaisante. La semaine prochaine, ce sera au tour de quelqu'un d'autre d'être harcelé et poursuivi à travers toute la ville. Tu auras la paix à Roxburn Manor.

— D'accord, mais juste pour quelques jours. J'ai envie de dormir une semaine d'affilée.

— Est-ce que tu dors bien ?

Le ton plein de sollicitude de Sander la hérissa.

— Je dormais très bien jusqu'à ce que tu reviennes dans ma vie ! rétorqua-t-elle d'un ton vif.

Dix minutes plus tard, Johnson l'entraîna dans l'ascenseur d'un immeuble de bureaux, puis sur le toit, où un hélicoptère Volakis les attendait. Tally monta à bord et boucla sa ceinture. Elle n'avait même pas de quoi se changer ! songea-t-elle soudain. Mais, après tout, quelle importance ? Dans l'état second où elle se trouvait après les événements des dernières vingt-quatre heures, ce genre de détail était dérisoire.

Le trajet en hélicoptère la détourna momentanément de ses pensées moroses. Le ciel clair était d'un beau bleu vif au-dessus d'un paysage de bois et de champs verdoyants, parmi lesquels s'interposait de temps à autre un hameau de maisons minuscules.

Roxburn Manor, en revanche, était un bâtiment imposant, constata-t-elle lorsque l'hélicoptère se posa à proximité d'un élégant manoir de style géorgien. Mme Jones, la gouvernante, l'accueillit avec un sourire chaleureux et l'entraîna à travers le hall jusqu'à un grand salon, baigné par la chaleur réconfortante d'un feu de cheminée. Un domestique apporta du thé, tandis que la gouvernante lui soumettait le menu du déjeuner.

Elle se laissa tomber dans un grand canapé délicieusement confortable et se détendit peu à peu. Non seulement elle était épuisée, mais elle mourait de faim, constata-t-elle alors. Une tasse de thé et quelques biscuits plus tard, elle enleva ses chaussures, s'allongea et sombra dans le sommeil.

Lorsqu'elle se réveilla, la nuit tombait. L'obscurité se répandait derrière les fenêtres, contrastant avec la lueur du feu qui se reflétait sur les vitres. Le bruit d'un hélicoptère en train de se poser troublait le silence. Elle se redressa, écarta ses cheveux de son front et chercha ses chaussures.

Des coups légers furent frappés à la porte et la gouvernante passa la tête par l'entrebâillement.

— Madame Volakis ? Je n'ai pas voulu vous réveiller pour le déjeuner, mais à présent que votre mari est arrivé je vais faire servir le dîner sans attendre.

Consternée, Tally se leva, complètement réveillée.

— Mon mari ? répéta-t-elle d'une voix blanche.

Au même instant, elle entendit la voix de Sander et elle se dirigea vers la porte à grands pas, à la fois incrédule et furieuse. Quelle idiote d'avoir accepté docilement de se laisser conduire à Roxburn Manor ! Pourquoi ne lui était-il pas venu à l'esprit que Sander risquait de l'y rejoindre ? Ni qu'il risquait de tirer parti du harcèlement des paparazzis ?

Sander pénétra dans le hall, splendide dans un manteau de cachemire noir, la mâchoire recouverte d'une barbe naissante.

— Tally… Mme Jones me dit que tu n'as pas encore mangé. Je ne te ferai pas attendre longtemps.

— Il faut que je te parle, déclara-t-elle avec fureur.

Les pleurs d'un bébé la firent tressaillir. Sander s'écarta et une jeune fille brune avec un porte-bébé apparut. Le regard de Tally fut irrésistiblement attiré par le bébé. Seules une partie de son petit visage tout rouge et une mèche de cheveux noirs et bouclés dépassaient du plaid dans lequel il était emmitouflé.

Tally sentit le sang se retirer de son visage et elle darda sur Sander un regard incrédule avant de faire demi-tour pour regagner le salon. Mieux valait attendre qu'ils soient en tête à tête pour lui dire ce qu'elle pensait de sa conduite.

Comment osait-il lui imposer une telle épreuve ? Comment pouvait-il amener cet enfant ici, alors qu'elle s'y trouvait ? N'avait-il pas conscience de ce qu'il lui faisait endurer ? C'était son enfant *à lui*, la fille qu'il avait eue avec Oleia !

Soudain, elle eut l'impression qu'un cri silencieux occupait tout l'espace dans ses poumons, les privant d'air. Ces symptômes lui étaient malheureusement familiers, désormais.

Une nouvelle crise d'hyperventilation…

8

— Tally...

Sander pénétra dans le salon et enleva son manteau, qu'il lança sur un fauteuil avant de refermer la porte.

Tally avait l'impression qu'une pierre énorme était coincée dans sa gorge, mais au prix d'un effort surhumain elle parvint à respirer de nouveau normalement.

Sander ne la quittait pas des yeux. Les pommettes légèrement colorées, il était plus beau que jamais. Cependant, il avait l'air circonspect d'un homme suspendu à une corde au-dessus d'un précipice.

— Comment as-tu pu amener ce bébé ici ? demanda-t-elle d'un ton indigné, tout en s'efforçant d'ignorer les frissons qui la parcouraient.

Pourquoi était-elle toujours aussi sensible à son charme dévastateur ? Avec tout ce qu'elle subissait à cause de lui, elle devrait pourtant être immunisée, non ?

— Je ne pouvais pas les laisser à l'hôtel.

— Pourquoi pas ?

— Lili pleure sans arrêt et elle gênait les autres clients. Il y a eu des plaintes.

Sander crispa la mâchoire.

— La nouvelle nurse n'a aucune expérience et

elle fait ce qu'elle peut. Je ne pouvais pas la laisser s'occuper seule de Lili à Londres, avec la troupe de paparazzis à l'affût.

— C'est incroyable comme tu es devenu responsable, tout à coup. Comme un *vrai* père, ironisa Tally.

Mon Dieu, était-ce bien elle qui venait de parler ? Elle se détestait ! Elle ne supportait pas d'être aussi mesquine, aussi méchante... Malheureusement, c'était plus fort qu'elle.

— Je fais de mon mieux, rétorqua-t-il d'un ton cassant. Je suis obligé. Il n'y a personne d'autre pour le faire à ma place.

Sander avait l'impression d'évoluer dans un monde hostile, où toutes ses fautes passées revenaient le hanter. Il avait cruellement conscience de ne pas s'être montré à la hauteur quand Tally était tombée accidentellement enceinte alors qu'ils ne se fréquentaient que depuis quelques semaines.

A la fois immature et profondément marqué par une enfance difficile, il n'avait pas caché son manque d'enthousiasme à l'idée de devenir père. Il avait gardé ses distances, résolu à se protéger et à préserver son indépendance à tout prix.

Lorsque le pire était arrivé, il était trop tard pour remonter le temps et changer le cours des événements.

Malgré l'épaisseur de la porte et des murs, Tally percevait les pleurs déchirants du bébé. La nurse avait dû l'emmener à l'étage, et pourtant elle l'entendait... Ou était-ce seulement un effet de son imagination ? Comme la nuit, dans son cauchemar...

Elle serra les dents, luttant contre une irrésistible envie de s'enfuir à toutes jambes. Pas question de montrer le moindre signe de faiblesse devant Sander. Même si elle devait en mourir, elle resterait à Roxburn Manor.

— Je ne savais même pas que tu avais prévu de me rejoindre ici, lança-t-elle d'un ton accusateur. Et encore moins que tu amènerais cet enfant avec toi. Je n'aurais jamais accepté de quitter Londres si j'avais su ce qui m'attendait !

Sander leva la main dans un geste d'apaisement.

— Je n'ai pas pensé à ça. Je suis désolé. Mon seul objectif était de t'aider…

— Comment pourrais-tu m'aider ? Tu es la cause de tous mes problèmes ! s'écria Tally en dardant sur lui un regard furieux. Si je suis obligée de fuir les paparazzis, c'est à cause de ta conduite !

S'exhortant au calme, Sander garda le silence. Il n'avait qu'une envie. Quitter cette maison, sauter dans l'hélicoptère et retourner à son bureau, où toutes ses initiatives étaient invariablement couronnées de succès. Il était très doué pour gagner de l'argent. Il le savait. Et il savait également que beaucoup de femmes considéraient ça comme son principal atout en matière de séduction.

Si seulement Tally aimait les diamants… Mais lorsqu'elle l'avait quitté, elle en avait laissé un coffret entier derrière elle. Le message était limpide. Les bijoux ne l'intéressaient pas. Elle attendait de lui des biens immatériels beaucoup plus précieux. Malheureusement, il n'était pas certain de savoir les identifier ni de pouvoir les lui offrir. Et il ne trouvait pas non plus les mots pour lui faire part de ses déficiences.

Le silence pesant qui s'était installé dans le salon fut brisé par la gouvernante, qui les invita à se rendre dans la salle à manger pour le dîner.

Tally eut une hésitation. Il était très tentant de demander si elle pouvait manger dans sa chambre… Cependant, faire des caprices de diva n'était pas dans sa nature. D'autant plus qu'elle ignorait combien de personnes travaillaient avec la gouvernante.

Elle suivit donc Sander dans la salle à manger et s'installa à table à contrecœur.

— Pourquoi m'as-tu invitée à venir ici ? demanda-t-elle après qu'une domestique leur eut servi la soupe. Si tu t'imagines que j'accepte cette situation…

— Pas précisément, non. Je voulais juste te mettre à l'abri des paparazzis étant donné que c'est à cause de moi qu'ils te harcèlent. Je me suis dit qu'ici tu aurais la paix.

La soupe de carottes à la coriandre était délicieuse. Parviendrait-elle à lui réchauffer le cœur ? se demanda Tally. Non, bien sûr que non.

— Quand as-tu acheté cette maison ?

— Je ne l'ai pas achetée. Roxburn Manor appartient à mes parents. Il y a une dizaine d'années, ma mère s'est mis dans la tête qu'elle aimait la campagne anglaise. Un été pluvieux a tué son rêve. Je suis incapable de me rappeler quand ils sont venus ici pour la dernière fois…

Tally étudia les murs peints en bleu et le mobilier tarabiscoté qui était si peu en harmonie avec le style et l'âge de la maison. Bien sûr… Elle aurait dû reconnaître le goût si particulier de la mère de Sander en matière de décoration.

Et quel gaspillage de conserver une propriété aussi immense sans jamais l'occuper ! Mais mieux valait éviter tout commentaire à ce sujet. Elle n'oublierait jamais l'énergie que Sander avait déployée pour éviter la faillite à Volakis Shipping pendant que ses parents continuaient à dépenser sans compter, comme s'ils n'avaient aucun problème financier.

Nés tous les deux avec une cuillère d'argent dans la bouche, Petros et Eirene Volakis ne se refusaient jamais rien. Ils vivaient largement au-dessus de leurs moyens, mais Sander ne critiquait jamais leurs dépenses excessives. Etant donné la manière dont ils le traitaient, son attitude relevait de l'héroïsme…

Oui, Sander avait de nombreuses qualités. C'était un fils d'une loyauté sans faille envers des parents qui ne le méritaient pas, un homme d'affaires réputé, un compagnon avec qui on ne s'ennuyait jamais et un amant fantastique… Le cœur de Tally se serra douloureusement. Mais il y avait une faille dans ce portrait de l'homme idéal. L'enfant d'Oleia. Or, pour elle c'était une réalité insurmontable. L'existence de ce bébé mettait sa vie sens dessus dessous et elle ne pouvait rien y faire. A part quitter Sander et mettre fin à leur mariage pour de bon…

Tétanisée par cette perspective, Tally tressaillit quand son portable se mit à vibrer et clignoter sur la chaise voisine.

— Ne réponds pas, dit Sander d'un ton impatient.

L'ignorant, elle décrocha. En reconnaissant la voix de Robert, elle fit une grimace consternée.

— Où es-tu ? s'écria-t-il. Ça fait vingt minutes que je t'attends !

Elle se répandit en excuses. Le premier vendredi de chaque mois, Robert et elle dînaient ensemble pour discuter des problèmes éventuels de sa société et elle avait déjà raté le rendez-vous précédent parce qu'elle était au Maroc.

— Robert, je suis vraiment confuse. J'ai complètement oublié que nous devions nous voir ce soir…

— Je sais lire et j'ai vu les journaux. Je suppose que la réconciliation bat sérieusement de l'aile après les révélations en rafales…

Elle s'empourpra.

— Ne sois pas sarcastique.

— Je suis surtout sur la touche, Tally. Je ne sais pas ce que tu attends de moi.

— Ne peux-tu pas être simplement mon ami ?

— Tu ne me facilites pas les choses. Et ce n'est pas malin de ta part d'avoir annulé le rendez-vous de lady Margaret, ce matin. Elle m'a déjà téléphoné pour se plaindre. Elle ne veut pas que tu la refiles à un de tes employés.

Tally plissa le front.

— Je lui ai assuré que je m'occuperai personnellement d'elle. Aujourd'hui nous avions juste un rendez-vous préliminaire pour discuter de ses goûts.

— Où es-tu ?

Terriblement consciente du regard scrutateur de Sander, Tally expliqua à Robert où elle se trouvait exactement.

— Je passerai demain vers midi, annonça-t-il.

Puis il raccrocha sans lui laisser le temps de protester.

Déglutissant péniblement, elle croisa le regard de Sander.

— *Quoi ?* lança-t-elle alors qu'un silence tendu s'installait.

— Où en es-tu avec Miller ? demanda-t-il au moment où la domestique revenait pour prendre les assiettes à soupe et servir le plat de résistance.

Après son départ, Tally releva le menton d'un air de défi.

— Ma relation avec Robert ne regarde que moi.

Les yeux noirs lancèrent des étincelles.

— Je ne peux pas accepter cette réponse !

— Figure-toi que ce que j'ai appris hier m'a obligée à reconsidérer la question de notre mariage !

Tally réprima un soupir. Elle n'avait aucune envie d'employer la menace, mais les mots lui avaient échappé. Elle était trop furieuse contre lui.

— Je ne suis pas stupide, commenta-t-il, la mine sombre.

Tally était visiblement à bout… Sa bouche pulpeuse avait un pli amer. Quant à ses superbes yeux verts, ils reflétaient le désenchantement et l'indécision. Cette vision lui coupa l'appétit. Il jeta sa serviette sur la table et se leva.

— Excuse-moi. J'ai moi aussi des coups de téléphone à donner.

Refoulant rageusement les larmes qui lui brûlaient les yeux, Tally se mit à manger avec détermination. Combien d'autres repas solitaires avait-elle faits dans le sud de la France, à l'époque où leur mariage était en plein naufrage ?

Tandis qu'elle était anéantie par le chagrin, Sander

s'était jeté corps et âme dans le travail. Elle s'était sentie si seule, si abandonnée, qu'elle avait fini par le quitter. Aujourd'hui elle envisageait de nouveau de le quitter et elle venait de le faire fuir en le lui précisant.

Tally se remémora le chantage de son père et elle faillit s'esclaffer. Nul doute qu'en ce moment même il était lui aussi dans l'expectative. Il devait se demander comment elle allait réagir aux révélations qui s'étalaient dans toute la presse.

En tout cas, l'histoire se répétait. Encore un enfant illégitime… Autrefois cet enfant c'était elle, mais du moins était-elle née avant que son père rencontre puis épouse sa femme, la mère de Cosima. Aujourd'hui, elle voyait ce qu'on ressentait lorsqu'on se trouvait de l'autre côté de la barrière. N'était-elle pas pleine de ressentiment contre un bébé innocent qui n'avait pas demandé à naître ?

Cette pensée ne fit qu'accroître son désarroi. S'en aller serait sans doute plus facile que de rester pour tenter de sauver leur mariage. Mais la solution de facilité n'était pas forcément la meilleure. Elle était bien placée pour le savoir…

Mme Jones la conduisit dans sa chambre, visiblement ravie que le manoir soit occupé, même temporairement. Tally s'efforça de ne pas écouter les pleurs incessants de Lili à l'étage au-dessus. Pour qu'un bébé hurle à ce point et avec une telle constance, il devait avoir un problème… Mais s'il en avait un, ce n'était pas le sien, se rappela-t-elle aussitôt en chassant cette idée de son esprit.

Une pile de cartons l'attendait sur le lit de l'élégante chambre d'amis. Elle y trouva une chemise de nuit, un peignoir, une jupe, un pull et de la lingerie. Le tout parfaitement à sa taille. Il y avait au moins un avantage à être mariée à un séducteur. Il connaissait assez bien les femmes pour savoir ce dont elles avaient besoin.

Mais Sander était-il toujours un séducteur ? Il fallait bien reconnaître qu'elle n'avait jamais eu aucune raison de douter de sa fidélité quand ils vivaient ensemble. Et il avait raison sur un point essentiel. C'était elle qui était partie.

En fait, à l'époque elle était obnubilée par le chagrin. Ses réactions, ses pensées, ses sentiments étaient conditionnés par le désespoir dans lequel elle avait sombré. Et par la conviction que son mari ne l'avait épousée que parce qu'elle était enceinte… La mort de son bébé l'avait convaincue que leur couple n'avait plus aucune raison d'exister, et elle avait cru que les absences de Sander étaient sa façon de le lui rappeler.

Mais, de toute évidence elle s'était trompée ! Ne lui avait-il pas même avoué qu'après son départ il s'était mis à boire pendant un certain temps ?

Tally prit une douche, puis elle mit la chemise de nuit et le peignoir. Lili continuait de pleurer… Elle ne s'était pas interrompue un seul instant. Il fallait faire quelque chose. Elle quitta sa chambre et partit à la recherche de Sander au rez-de-chaussée.

Il travaillait sur son ordinateur portable, assis à un imposant bureau en acajou qui correspondait beaucoup plus au style de son père qu'au sien.

Lorsqu'elle s'immobilisa sur le seuil de la pièce, il leva les yeux vers elle.

— Qu'est-ce qui me vaut cet honneur ? demanda-t-il en l'enrobant d'un regard appréciateur.

Il avait bien choisi. La chemise de nuit et le peignoir de soie turquoise mettaient en valeur sa silhouette sublime… Son regard s'attarda sur les seins qui pointaient sous le fin tissu et il fut transpercé par une flèche de désir. Et l'échancrure du peignoir… Elle ne dévoilait qu'un fin triangle de peau crémeuse mais c'était l'image la plus érotique qu'il avait jamais vue…

Sous son regard étincelant, Tally fut parcourue d'un long frisson. S'efforçant d'ignorer son trouble, elle déclara d'un ton hésitant :

— Tu vas sans doute penser que ça ne me regarde pas, mais quand un bébé pleure autant que Lili…

C'était la première fois qu'elle prononçait son nom et sa voix trembla imperceptiblement.

— … il est plus prudent de le faire examiner par un médecin. Au cas où elle aurait mal quelque part…

Sander se leva et poussa un profond soupir.

— Un médecin l'a vue à Londres. Apparemment elle souffre d'eczéma et elle a du mal à supporter les démangeaisons. La nurse a un traitement à lui administrer.

Tally éprouva son premier élan de compassion pour la fille d'Oleia. Elle avait eu une camarade d'école qui était atteinte d'eczéma et elle savait à quel point il était pénible de vivre avec une maladie de peau qui provoque des irritations.

— C'est bien. Avec le temps, le traitement fera

peut-être de l'effet, déclara-t-elle d'un ton enjoué, comme s'ils avaient la conversation la plus normale du monde. Comment s'en sort la nurse ?

— Ce n'est qu'une remplaçante. Une autre arrive demain. C'est loin d'être l'idéal, mais c'est la meilleure solution que j'ai pu trouver en urgence.

— Nous parlons comme si nous étions deux étrangers, commenta-t-elle, le cœur serré.

Avant qu'elle ait le temps de deviner son intention, Sander la prit dans ses bras et l'embrassa avec une sensualité qui l'aurait fait fondre deux jours plus tôt. Mais il y avait une pierre froide à la place de son cœur. Elle ne ressentait rien.

Elle le repoussa d'un geste vif et s'écarta de lui.

— Non, dit-elle comme si son attitude n'était pas assez claire.

— Pourquoi ? demanda-t-il d'une voix rauque.

— Tu le sais très bien.

— A quoi bon essayer de me punir pour quelque chose qui s'est passé il y a plus d'un an, alors que nous étions séparés ?

— Je n'essaie pas de te punir, protesta-t-elle, les joues en feu.

— Tu me rejettes de nouveau et je ne l'accepterai pas.

— Qui te dit que tu as le choix ?

— On a toujours le choix et ce n'est pas toi qui vas choisir à ma place. Tu es toujours ma femme.

Tally croisa les bras.

— Sur le papier…

— Hier, nous étions sur un matelas, pas sur du

papier. Tu as choisi de revenir. Tu étais d'accord pour donner une seconde chance à notre mariage.

Mortifiée, elle serra les dents.

— Ce n'est pas si simple.

— C'est aussi simple que ça, au contraire.

Horripilée par l'assurance de Sander, Tally s'écria :

— Je te dis que non ! Si Anatole ne m'y avait pas contrainte, je ne serais jamais revenue, figure-toi !

— De quoi parles-tu ? Qu'est-ce que ton père vient faire là-dedans ?

Tally regrettait déjà sa sortie. Que lui avait-il pris ? Elle n'avait jamais eu l'intention de lui révéler cette vérité...

— Tally..., insista Sander d'un ton impatient.

Elle prit une profonde inspiration. A présent elle n'avait plus le choix. Il fallait lui raconter toute l'histoire...

— Maman a commis un délit quand elle vivait à Monaco. Elle avait des dettes, et pour les payer elle a falsifié des chèques appartenant à Roger, l'homme avec qui elle vivait. Quand il l'a découvert, il l'a mise dehors. Puis il l'a fait prévenir par un avocat que si elle ne lui remboursait pas l'argent qu'elle lui avait volé, il porterait plainte contre elle. Bien sûr, elle n'avait pas la somme nécessaire à sa disposition. Et, de mon côté, je n'étais pas en mesure de l'aider. Tout ce que je possède est investi dans ma société.

Sander ne semblait pas surpris outre mesure par la malhonnêteté de Crystal.

— Pourquoi ne m'as-tu pas demandé mon aide ? C'est ta mère. J'aurais compris.

— Parce que je ne suis pas certaine qu'il y ait

une grande différence entre toi et mon père. Vous n'êtes ni l'un ni l'autre du genre à donner sans rien attendre en retour. Vous êtes des hommes d'affaires. Mon père estime qu'être mariée est une bonne chose pour moi. Il a accepté de me donner l'argent dont Crystal a besoin pour rembourser ce qu'elle a volé, à condition que je me réconcilie avec toi pour tenter de sauver notre mariage. J'ai pensé que comme lui tu demanderais quelque chose en échange de ta générosité.

Pendant les explications de Tally, Sander avait pâli.

— Je ne t'aurais rien demandé en échange de mon aide. Et je n'aurais jamais eu non plus recours au chantage pour te faire revenir.

Elle haussa les épaules.

— Je n'en suis pas convaincue. Quand tu veux quelque chose, tu fais tout pour l'obtenir.

Il la foudroya du regard, visiblement outré.

— Jamais je ne supporterais une femme que j'aurais été obligé d'acheter pour qu'elle accepte de vivre avec moi ! Même pas toi.

— Oh… vraiment ?

Tally était plus impressionnée par la véhémence de Sander qu'elle ne voulait le montrer.

— Je t'aurais donné cet argent sans contrepartie, insista-t-il, d'une voix blanche. Crystal n'est pas indépendante financièrement et elle ne l'a jamais été. Je le savais quand je t'ai épousée et j'imaginais bien qu'un jour ou l'autre elle aurait besoin de mon aide. Je vais rembourser Anatole.

Il crispa les mâchoires.

— Est-ce uniquement pour cela que tu es revenue ? Parce que ton père l'a exigé en échange de cet argent ?

Tally était presque flattée par sa réaction. Pour une fois que c'était elle qui le surprenait… Elle lui lança un regard de défi.

— Anatole semble convaincu que si nous divorçons je deviendrai comme ma mère et je n'aurai jamais plus une vie rangée. De toute évidence, il te considère comme un gage de stabilité.

Crispant les poings, Sander jura en grec. Son beau-père retors avait négocié le retour de sa fille au foyer conjugal. C'était à lui qu'il devait la seconde chance accordée à son mariage ! Il était tellement furieux qu'il en avait le vertige. Il devait se retenir pour ne pas passer sa rage contre le mur à coups de poing. Au prix d'un effort surhumain, il réussit à garder le contrôle de lui-même et demanda d'un ton dangereusement posé :

— Et quel prix a-t-il payé pour te renvoyer dans mon lit ?

— Ce n'est pas comme ça qu'il faut voir les choses, protesta Tally en se maudissant.

Que lui avait-il pris de vendre la mèche ? Si elle avait su…

— Combien ? insista Sander d'une voix glaciale.

Dans l'espoir de clore la discussion, elle répondit à sa question.

Il la considéra d'un air narquois.

— Sans vouloir te vexer, je t'ai récupérée pour pas cher. Je suis surprise que tu n'aies pas demandé à Robert Miller de t'aider. Je suis sûr qu'il aurait été ravi de voler à ton secours comme le chevalier blanc sur son destrier.

— Je ne voulais pas mêler Robert à mes problèmes familiaux. Maman était coupable d'escroquerie… Ça ne me paraissait pas approprié d'en parler à Robert.

— Donc une fois de plus, nous devons l'existence même de notre mariage aux intrigues de ton père.

Sander émit un petit rire grinçant.

— Anatole est très doué pour ça et toi aussi, *moli mou*. Je n'ai jamais soupçonné que tu pouvais avoir une motivation cachée quand tu as accepté de revenir. Je ne suis pas du genre naïf mais de toute évidence j'ai bel et bien été naïf de ne pas me rendre compte que toi aussi tu as ton prix, comme toutes les autres femmes de ma connaissance.

Tally pâlit. S'il avait l'intention de l'humilier, il avait réussi. Mais en réalité, la proposition de son père lui avait simplement fourni un prétexte pour faire ce dont elle avait envie sans vouloir se l'avouer. Trop fière pour reconnaître qu'elle voulait renouer avec Sander, elle avait préféré se dire qu'elle retournait auprès de lui parce que son père l'y obligeait.

Cependant, dans l'état actuel de leurs relations, elle ne le lui avouerait pour rien au monde. Tête haute, elle pivota sur elle-même et quitta le bureau pour regagner sa chambre.

Sander se servit un whisky. S'efforçant de contenir son indignation, il se concentra sur les détails pratiques. Bien entendu, il rembourserait au père de Tally la somme qu'il avait dépensée pour sauver la peau de Crystal. Après tout, c'était sa belle-mère et il s'estimait plus responsable d'elle qu'Anatole, pour qui elle n'était qu'une ancienne maîtresse, même si elle restait la mère de sa fille aînée.

Etant donné l'égoïsme et l'irresponsabilité de Crystal, Tally avait dû grandir dans un climat anxiogène. Cependant, elle n'exprimait jamais aucune rancune vis-à-vis de sa mère.

Mais il était vrai qu'elle était très généreuse et magnanime avec les gens qu'elle aimait. Sander crispa la mâchoire. Au début de leur mariage il était convaincu que Tally l'aimait, mais après la mort de leur bébé cette certitude s'était évanouie.

Aujourd'hui, il était conscient de ne plus faire partie du petit cercle d'intimes qui avaient sa confiance. Et, surtout, il ne voulait pas d'une femme qui avait renoué avec lui sous la contrainte. Mais était-il vraiment honnête avec lui-même sur ce dernier point ? se demanda-t-il après le deuxième verre de whisky. A vrai dire, il ne savait plus trop où il en était…

En revanche, une chose était claire. Il ne tolérerait pas que sa femme reçoive son amant chez lui. Robert Miller profitait de la situation. Il s'était invité au manoir et il prévoyait sans aucun doute de passer à l'attaque au moment le plus opportun. Miller était un tacticien. Il avait bien sûr choisi d'attaquer à un moment où son mariage avec Tally battait de l'aile.

Difficile de croire que le tout petit bout de fille qui pleurait sans arrêt au deuxième étage était à l'origine d'un tel chaos. Sander soupira. Sa fille menaçait son mariage mais ce n'était pas une raison pour ne pas assumer ses responsabilités envers elle.

Et, de toute façon, la réconciliation en laquelle il

avait eu la naïveté de croire n'était qu'une comédie... Qui pouvait dire combien de temps elle aurait duré ?

Tally avait été manipulée par son père. Elle n'avait jamais eu envie de donner une seconde chance à leur mariage... Si elle avait partagé son lit au Maroc, c'était sans doute uniquement parce que le sexe faisait partie du jeu de la réconciliation.

Il fallait bien reconnaître que cette vérité était dévastatrice pour son ego.

9

Tally se réveilla après un nouveau cauchemar, un sanglot coincé dans la gorge.

Elle alluma la lampe de chevet et inspira profondément à plusieurs reprises pour tenter d'apaiser les battements de son cœur. Pas question de rester au lit à se tourner et se retourner pendant des heures en s'efforçant d'oublier son cauchemar. Elle allait se faire une tasse de thé, décida-t-elle. Elle se leva, enfila son peignoir et quitta la pièce.

Constatant qu'il y avait de la lumière à l'étage au-dessus, elle s'immobilisa et tendit l'oreille. Lili pleurait toujours mais le son était plus étouffé qu'auparavant. On entendait aussi une voix d'adulte… Prise d'une impulsion, Tally monta l'escalier. Elle ne pouvait s'empêcher de plaindre la pauvre nurse inexpérimentée obligée de s'occuper d'un bébé qui pleurait vingt-quatre heures sur vingt-quatre. Et puis peut-être que si elle voyait vraiment le bébé et devenait capable de lui donner un visage, ses cauchemars s'arrêteraient…

La voix n'était pas celle d'une jeune fille mais d'un homme, constata-t-elle avec surprise en arrivant sur le palier. Elle longea silencieusement le couloir et s'immobilisa devant une porte entrouverte. De dos, Sander tenait le bébé contre une de ses épaules. Pieds nus, vêtu d'un jean usé et d'une chemise en lin, il arpentait la chambre à pas lents en s'efforçant de calmer la petite fille.

— Ça va s'arranger, dit-il d'un ton apaisant en tapotant doucement le dos de Lili d'un geste gauche alors qu'elle poussait un gémissement endormi contre son épaule. Je n'ai peut-être pas l'air d'avoir grand-chose à offrir, mais j'apprends vite. Si je m'entraîne à être père, je réussirai.

Agréablement surprise par ce discours, Tally étudia le petit visage rouge surmonté d'une touffe de boucles brunes. Pas de ressemblance frappante avec Oleia ou Sander... Un autre gémissement échappa à Lili.

— Je sais ce qui est important. Si tu as des problèmes, je serai toujours là pour toi. Même si tu commets des erreurs, je serai là pour toi, poursuivit Sander. Je n'attendrai pas de toi que tu sois parfaite. Je ne te comparerai jamais à personne. Avec moi tu pourras être qui tu as envie d'être.

Profondément touchée, Tally s'esquiva. Mieux valait laisser Sander. Il serait sans aucun doute très embarrassé de se savoir écouté. Tout ce qu'il promettait à Lili témoignait des problèmes qu'il avait eus avec ses parents. D'après ce qu'il lui avait raconté, ils n'avaient jamais caché leur préférence pour leur fils aîné, Titos, mort quelques années plus tôt. Il était très touchant de constater qu'il tenait à offrir à sa fille le soutien et l'affection qu'il n'avait jamais reçus...

Tally n'avait plus envie de thé. Elle retourna

directement se coucher. La fille d'Oleia était un bébé inoffensif, qui n'était pas responsable de la conduite de ses parents, reconnut-elle, un peu honteuse. Lili était une petite fille malheureuse, dont la courte vie avait déjà subi beaucoup de bouleversements. Elle n'avait aucune raison de lui en vouloir.

Malgré tout, elle sentit son cœur se serrer et des larmes roulèrent sur ses joues. Comment ne pas avoir des regrets à l'idée que, si leur fils avait survécu, Sander aurait été un père fantastique pour lui aussi ?

Elle se posa ensuite la question qu'elle avait éludée jusque-là. Que ressentirait-elle si elle découvrait bientôt qu'elle était de nouveau enceinte ? Au Maroc, ils n'avaient utilisé aucun moyen de contraception. Elle avait un retard de quelques jours, peut-être dû au voyage et au tourbillon d'émotions dont elle avait été la proie ces derniers jours. Mais ça pouvait être aussi le signe qu'elle était enceinte.

Cette idée faisait battre son cœur, bien sûr, mais elle craignait que son mariage ne soit en péril. Si ça se confirmait, elle ne pourrait pas offrir à son enfant l'environnement familial dont elle rêvait pour lui.

Le lendemain matin, Sander était déjà parti pour Londres quand Tally descendit prendre son petit déjeuner. Elle reçut plusieurs textos compatissants de Cosima. Touchée, elle prit rendez-vous avec elle pour la semaine suivante. Robert Miller arriva au manoir à midi en Aston Martin et lui proposa d'aller déjeuner au restaurant.

En remontant en voiture, il promena sur Tally un regard appréciateur.

— Pour quelqu'un qui vient de traverser des journées mouvementées, tu es resplendissante.

— Merci.

Mieux valait s'abstenir de préciser que c'était Sander qui avait acheté sa jupe et son corsage turquoise. Il avait un goût très sûr en matière de mode et il était plus audacieux qu'elle en ce qui concernait les couleurs.

A son grand soulagement, Robert se concentra sur les questions touchant sa société. Tandis qu'ils faisaient le bilan de ses recettes mensuelles tout en dégustant un repas léger, elle se détendit peu à peu. Dieu merci il évitait les sujets personnels. Elle appréciait sa compagnie, et au cours des derniers mois elle s'était demandé à plusieurs reprises ce qu'elle aurait pu ressentir pour Robert si elle l'avait rencontré avant Sander.

Grand, brun, avec de beaux yeux bleus, c'était un homme séduisant, prospère et intéressant, mais il ne l'avait tout simplement jamais fait vibrer.

Alors que Sander l'avait fait vibrer dès le premier regard. Et pourtant… Inconstant, imprévisible, il était au départ rétif à toute forme d'engagement. Et s'il l'avait épousée, il ne l'aimait pas. Ce qui ne l'avait pas empêchée de tomber éperdument amoureuse de lui. Et de souffrir en conséquence.

Etait-ce parce qu'il avait toujours refusé de parler d'amour qu'elle avait nourri un tel ressentiment envers lui après la tragédie qui avait abouti à leur séparation ? se demanda-t-elle soudain. Comme il ne l'aimait pas, elle avait trouvé plus facile de lui attribuer tous les défauts et de se persuader qu'il était incapable de souffrir autant qu'elle de la perte de leur enfant. Le chagrin les avait séparés parce qu'ils ne l'avaient pas partagé.

L'arrivée de Lili pourrait bien avoir le même effet dévastateur sur leur couple, songea-t-elle soudain, le cœur serré. S'ils ne partageaient pas les problèmes posés par l'irruption du bébé dans leur vie, comment leur relation pourrait-elle survivre ?

Accepter l'enfant d'une autre femme était sans doute l'un des défis majeurs pour une épouse. Mais, après tout, des milliers de femmes le relevaient à travers le monde. Les familles recomposées devenaient courantes, et de plus en plus de gens élevaient des enfants auxquels ils n'étaient pas liés par le sang.

Certes. Mais pour sa part elle avait porté et perdu le premier enfant de Sander. Comment aurait-elle pu sortir indemne d'une telle épreuve ? Et puis, elle était toujours jalouse d'Oleia, de son passé avec Sander et de l'amour qu'elle lui avait inspiré.

Oleia était morte mais Lili était la preuve vivante des liens qui l'avaient unie à Sander. « Et alors ? Remets-toi ! » lui souffla une petite voix intérieure. De son côté, n'avait-elle pas quitté Sander ? Laissant la porte ouverte à une aventure avec Oleia et à la conception de Lili ?

Et si elle pensait un peu à Lili, justement ? Le sort de la petite fille dépendait de la générosité et du soutien des adultes qui l'entouraient. Etait-elle prête à se montrer généreuse avec elle ? A lui apporter son soutien ?

Pour la première fois, Tally admit qu'elle ne pouvait avoir Sander sans Lili. Après tout, elle ne comptait pas lui demander de négliger sa fille ou de l'abandonner, non ? Il ne lui viendrait pas à l'idée non plus de l'obliger à garder ses distances avec elle, comme l'avait fait la femme de son père avec elle. Anatole avait épousé une femme possessive qui se sentait menacée par l'existence même de sa fille aînée. Eh bien, pour sa part, elle ferait preuve d'une plus grande maturité dans ses relations avec la fille de Sander.

— Tu es bien silencieuse, commenta Robert dans la voiture, alors qu'il la ramenait au manoir.

— J'ai beaucoup de choses en tête.

— Tu n'as aucune raison de te tourmenter pour un problème qui n'a rien à voir avec toi, décréta-t-il d'un ton ferme. Tu as besoin de prendre un nouveau départ.

Tally arqua un sourcil.

— Encore un ?

— Quitte-le, conseilla Robert en s'arrêtant devant la maison et en coupant le contact. Ton mariage est un désastre. Tu n'as aucune raison de lui donner encore une chance.

Embarrassée par le tour que prenait la conversation, Tally descendit de voiture. Robert en fit autant, puis il la rejoignit et lui prit les mains.

— Je ne peux pas discuter de ça avec toi, protesta-t-elle.

— Tu mérites mieux. Tu étais sur le point d'obtenir le divorce quand tu es retournée vivre avec lui.

Le bruit de la porte d'entrée qui s'ouvrait attira l'attention de Tally. Elle ouvrit de grands yeux en voyant Sander avancer vers eux d'un pas vif. Elle tenta de libérer ses mains de celles de Robert mais il ne lâcha pas prise.

— Tu n'as rien à te reprocher et aucune raison de cacher notre relation, insista-t-il.

— Lâche ma femme ! gronda Sander.

— Tu es en plein divorce ! rétorqua Robert d'un ton méprisant. Elle ne t'appartient plus !

— Je n'appartiens à personne, protesta Tally en réussissant enfin à dégager ses mains. Je n'appartiens qu'à moi-même.

— Ecarte-toi, Tally, intima Sander, furieux qu'elle n'ait pas contredit Miller à propos du divorce.

— Je ne bougerai pas si c'est pour laisser le champ libre à un stupide combat de coqs ! rétorqua-t-elle en relevant le menton. A la semaine prochaine, Robert…

— Reviens à Londres avec moi, maintenant, suggéra-t-il. Tu ne peux pas avoir envie de rester ici.

Sander saisit Tally par le poignet.

— Elle ne part pas. Elle reste avec moi.

Voyant les deux hommes se mesurer d'un regard hargneux, Tally faillit hurler d'exaspération. Sander était dangereusement tendu…

— Il vaudrait mieux que tu rentres chez toi, Robert, dit-elle en soupirant.

— Pourquoi ? Tu n'as pas le droit de recevoir de visiteurs ? lança-t-il, visiblement ravi de jeter de l'huile sur le feu.

D'un mouvement vif, Tally dégagea son poignet de la main de Sander et gagna la maison à grands pas. Puisqu'elle était la cause de leur hostilité mutuelle, son départ devrait les calmer… Une fois dans le hall, elle se retourna pour les regarder par une fenêtre. Juste à temps pour voir Robert décocher un coup de poing à Sander dans la mâchoire.

Stupéfaite, elle resta bouche bée. Elle aurait parié que c'était Sander qui perdrait son sang-froid ! Ce dernier ne perdit cependant pas de temps pour riposter. En voyant Robert tomber sur un genou sur le gravier, Tally se précipita dehors.

— Arrêtez ! hurla-t-elle, excédée. Il n'y a rien qui vaille la peine de vous battre.

— Si toi, objecta Sander sur le ton de la conversation.

— Si tu le frappes encore, je te quitte ! menaça-t-elle en désespoir de cause.

Robert en profita pour assener un nouveau coup à Sander, qui, surpris, tomba lourdement. A cet instant, Tally comprit qu'elle aimait encore son mari. Elle dut se retenir pour ne pas courir s'interposer entre les deux hommes et en profiter pour bourrer Robert de coups. Comment avait-il osé profiter d'un moment d'inattention de Sander pour le frapper par surprise ?

— Va-t'en, Robert ! cria-t-elle d'une voix tremblante.

Essuyant du sang de ses lèvres, son associé lui jeta un coup d'œil désabusé. De toute évidence son inquiétude pour Sander ne lui avait pas échappé.

— Je perds mon temps, ici, marmonna-t-il.

— Oui, va-t'en avant que je te tue, conseilla Sander en se relevant.

Tally regarda la voiture de Robert s'éloigner, puis elle se tourna vers Sander.

— C'est bien lui qui t'a frappé le premier, n'est-ce pas ?

Sander eut une moue contrite.

— Pas exactement…

— C'est toi qui as commencé ? s'exclama-t-elle, furieuse de ne pas avoir compris ça plus tôt.

— Tu es ma femme et il a dépassé les bornes.

— Si tu n'étais pas intervenu au départ, il ne serait rien arrivé ! Il voulait juste me parler.

Le regard de Sander se durcit.

— Il voulait beaucoup plus que ça.

Tally se retourna vers la maison d'un pas vif.

— Que ce soit le cas ou pas, ça ne te regarde pas !

— Tally…

Elle pivota sur elle-même dans le hall.

— Je suis conscient que la situation n'est pas facile pour toi, déclara Sander d'un air grave. Mais nous sommes toujours mariés.

Baissant les paupières, elle hocha lentement la tête. Elle n'avait aucune envie de se quereller avec lui au sujet de Robert.

— Ce qui te ferait le plus de bien, ce serait peut-être de ne pas me voir pendant quelques jours.

— C'est très possible.

— J'ai besoin de voir quelqu'un avec qui j'espère faire des affaires en Grèce. Mais ça impliquerait de te laisser ici avec Lili et sa nouvelle nurse pendant au moins quarante-huit heures.

— Pas de problème, s'entendit-elle répondre.

Sander arqua les sourcils.

— Tu es sûre ?

— Pourquoi pas ? Je ne suis pas perverse au point d'en vouloir à Lili.

— Si c'est vrai, tu fais preuve d'une sagesse admirable, *moli mou*.

Elle sentit ses joues s'enflammer. A vrai dire, c'était très récent...

— Je suis sérieux, insista-t-il en plongeant son regard dans le sien. Je ne supporterais pas que tu aies un enfant avec Robert Miller. Je ne le supporterais pas du tout.

Touchée par cette franchise, Tally fut prise de remords. Le doute dans lequel elle l'avait laissé l'avait visiblement tourmenté. Il était temps de se montrer aussi franche que lui.

— Etant donné que je n'ai pas couché avec Robert, ça ne risque pas d'arriver.

Un sourire inattendu illumina soudain le visage crispé de Sander.

— Merci pour cette précision. Tu n'étais pas obligée.

Tally se sentit encore plus coupable. Si Sander avait su que ses relations avec Robert étaient platoniques, il ne se serait jamais battu avec lui...

Lorsque Sander quitta le manoir, une heure plus tard, elle travaillait sur un projet pour un client. Dès que l'hélicoptère eut décollé, elle ferma son ordinateur portable et se leva. Il était grand temps de faire la connaissance de la fille de Sander.

La toute nouvelle nurse, une brune approchant de la trentaine, visiblement compétente, changeait Lili dans la chambre d'enfant. Les mains moites, Tally entra dans la pièce et se présenta. A la vue des lésions inflammatoires qui couvraient le corps du bébé, elle oublia son embarras.

— Pas étonnant qu'elle pleure ! s'exclama-t-elle, effarée par l'étendue de l'eczéma de Lili. Pauvre petite…

— Des massages réguliers avec de l'huile peuvent soulager, commenta la nurse. Des vêtements et des draps en pur coton aussi.

— J'en achèterai.

— Ça ne vous dérange pas de rester avec elle pendant que je descends déjeuner ? demanda la jeune femme.

— Bien sûr que non, répliqua Tally, embarrassée. On était déjà en fin d'après-midi et personne n'avait pensé à libérer la nurse pour qu'elle puisse déjeuner ! Mais qui pouvait y penser ? Sander était débordé. Il serait judicieux d'engager une deuxième nurse.

Tally se retrouva avec Lili dans les bras sans avoir eu le temps de s'y préparer. C'était un tout petit bébé, qui ne pesait presque rien. Lorsqu'elle recommença à pleurer, Tally prit une profonde inspiration et se rappela fermement qu'elle avait toujours aimé les enfants et les bébés en particulier. Après le départ de la nurse, ses réticences s'évanouirent. Elle se mit à parler au bébé d'une voix douce tout en le berçant. Des yeux noirs un peu tristes la regardèrent avec curiosité.

Tally s'assit et tendit un hochet à Lili, qui referma ses doigts minuscules dessus. Merveilleusement sereine, Tally savoura la chaleur du bébé dans ses bras, tandis que les minutes s'écoulaient. Bientôt les paupières de Lili se fermèrent, ses doigts se relâchèrent autour du hochet et elle s'endormit.

La nurse revint, reprit le bébé et le coucha dans son berceau. Un peu étourdie, Tally le contempla longuement. Lili avait touché son cœur. Quoi qu'il arrive à son mariage, elle n'en rendrait pas responsable la fille d'Oleia.

Cette nuit-là, elle ne fit pas de cauchemar. Le lendemain elle se rendit à Londres. Elle passa à son bureau, rencontra chez elle une cliente à qui elle présenta un projet, puis elle alla acheter des grenouillères et des draps en coton pour Lili.

Avant de repartir pour Roxburn Manor, elle passa chez elle prendre une valise. Ce fut seulement en arrivant au manoir qu'elle se dit qu'elle aurait dû prendre rendez-vous chez son médecin. Il était temps de faire un test de grossesse. Elle téléphona aussitôt.

Sander avait reçu plusieurs messages de ses parents l'informant qu'ils voulaient lui parler. Il ne les avait pas rappelés et il ne leur avait pas rendu visite pendant son séjour Grèce. Il savait ce qu'ils avaient à lui dire. Mais il n'était pas un adolescent rebelle qui avait besoin d'un sermon pour avoir eu un enfant après une aventure sans lendemain…

La seule personne à qui il devait des explications, c'était Tally. Or il n'était pas complètement certain qu'elle serait encore à Roxburn Manor quand il y retournerait.

— Ma femme ? demanda-t-il à Mme Jones dès qu'il eut franchi le seuil.

— Dans la chambre du bébé, monsieur.

Il monta l'escalier quatre à quatre. Il n'imaginait pas trouver Tally avec Lili. Il n'avait pas osé l'espérer… Avant d'atteindre le deuxième étage, il entendit la voix de Tally, très douce. Dans la chambre, il trouva sa fille allongée sur une serviette sur les genoux de Tally, qui la massait avec de l'huile.

— Elle ne pleure pas, murmura-t-il, stupéfait.

— Elle aime ça, répondit Tally en plongeant ses doigts dans l'huile avant de masser délicatement une petite jambe.

Sander regarda le visage de Lili. Jamais il ne l'avait vu aussi apaisé.

— En principe, elle ne devrait pas tarder à s'endormir, expliqua Tally. Après une séance de massage, elle est beaucoup plus calme.

— Toi aussi, ne put s'empêcher de commenter Sander.

— Lili ne mérite pas ma colère, murmura Tally en lui mettant une grenouillère. J'ai pris rendez-vous pour elle avec un nouveau dermatologue. J'ai lu un livre sur l'eczéma et j'ai pensé qu'il serait peut-être intéressant de pratiquer des tests d'allergie.

— Tu ne peux pas imaginer à quel point j'apprécie que tu t'intéresses à elle.

— Je me sens soulagée, c'est donc aussi un peu égoïste.

Ils ne dînèrent pas dans la salle à manger comme d'habitude, mais dans une pièce moins solennelle située en face de la cuisine. Le repas était simple, mais délicieux et bien présenté.

— As-tu rendu visite à tes parents ? demanda Tally.

— J'aurais dû, mais je ne l'ai pas fait. Je n'avais pas envie d'assister à une tragédie en quatre actes au sujet de Lili.

C'était le soir de congé de la nurse, et un peu plus tard Tally donnait le biberon à Lili quand Sander apparut sur le seuil de la chambre.

— Je devrais le faire, commenta-t-il sans grand enthousiasme.

— Tu devrais au moins apprendre, acquiesça Tally en se levant et en l'invitant à prendre sa place.

Il prit une profonde inspiration, tandis que Tally installait sa fille dans ses bras, puis lui montrait comment la tenir et comment incliner le biberon.

Leurs regards se croisèrent et elle sentit une vive chaleur l'envahir.

— Elle est très mignonne quand elle ne pleure pas, murmura Sander avec surprise.

— Elle mange mieux. Quand elle aura pris un peu de poids, elle sera encore plus mignonne. Mais elle est toujours très anxieuse. Je pense qu'elle a trop souvent changé de nurse, commenta Tally en caressant le front de la petite fille.

Celle-ci tourna les yeux vers elle et ne cessa plus de la regarder jusqu'à la fin du biberon.

Tally l'installa dans son berceau, puis elle alla se coucher. Sander allait-il la rejoindre ? Les yeux fixés sur la porte, elle attendit, le cœur battant.

Elle attendit longtemps, puis elle se fit une raison. Sander n'avait pas prévu de la rejoindre…

Quelques minutes plus tard, l'écoute-bébé lui indiqua que Lili était réveillée et qu'elle avait besoin d'être changée et nourrie. Il était plus de minuit quand elle finit par s'endormir.

Le soleil brillait à travers les rideaux quand elle fut réveillée par Sander qui la secouait. Elle se redressa en écartant une mèche de cheveux de son visage.

— Quelle heure est-il ?

— 10 heures. Mes parents sont là.

Tally bondit hors du lit.

— Oh ! mon Dieu ! Que veulent-ils ?

Sander eut une moue de dérision.

— Lili, apparemment…

10

De plus en plus stupéfaite, Tally se précipita dans la salle de bains pour prendre une douche. Qu'avait voulu dire Sander ? Ses parents lui avaient proposé d'élever sa fille ? Ils ne donnaient pourtant pas l'impression d'aimer particulièrement les enfants !

Dix minutes plus tard, elle descendit dans le salon après avoir enfilé un jean et un T-shirt noir. Devant Mme Jones, qui servait du café et des biscuits, Eirene Volakis dit à Sander d'un ton réprobateur :

— Tu aurais dû épouser Oleia autrefois. Elle aurait été l'épouse idéale pour toi.

Tally se figea au milieu de la pièce, incrédule. Sa belle-mère lui adressa un sourire acide.

— Pas du tout, répliqua Sander d'un ton neutre. Si ça n'a pas marché entre nous, ce n'est pas par hasard.

— Nous avons toujours beaucoup aimé Oleia, renchérit Petros Volakis. C'est l'une des raisons pour lesquelles nous souhaitons accueillir sa fille chez nous.

— Etant donné les circonstances, ta femme ne peut pas avoir envie de l'élever, fit valoir Eirene.

— Bien sûr que si. Lili est la fille de Sander, intervint Tally en s'asseyant dans un fauteuil.

La mère de Sander arqua un sourcil dédaigneux.

— Elle serait beaucoup mieux avec nous. J'ai toujours eu envie d'avoir une fille. Quand j'étais enceinte de Sander, j'étais persuadée que mon vœu allait être exaucé. La déception a été immense.

— Oui, immense, approuva Petros en enveloppant sa femme d'un regard compatissant.

Tally fut incapable de garder le silence plus longtemps.

— Et vous ne vous en êtes remis ni l'un ni l'autre, n'est-ce pas ? C'est sans doute pour ça que vous refusez de reconnaître les mérites de Sander.

— Ne parlons pas de ça, intervint Sander, visiblement aussi embarrassé que stupéfait de cette intervention.

Eirene darda sur Tally un regard glacial.

— Vous n'avez aucun savoir-vivre.

— Ma femme n'a de leçon à recevoir de personne, objecta Sander d'un ton crispé. Mais revenons au sujet qui nous occupe. Je dois dire que je suis surpris que vous souhaitiez prendre un enfant en charge à votre âge. Je ne pense pas que ce soit une bonne idée.

— Nous sommes en mesure de donner à Lili l'éducation indispensable pour évoluer dans la haute société grecque, fit valoir Eirene avec hauteur.

Sander eut une moue de dérision.

— Il y a des choses plus importantes.

— Pas pour nous, insista sa mère. Et nous tenons à lui offrir la meilleure vie possible. Quoi de plus normal ? C'est la première de nos petits-enfants.

— Non, la deuxième. Le premier c'était mon fils, ne put s'empêcher de rappeler Tally.

Le père de Sander eut la décence de lui adresser un regard contrit, mais Eirene resta de marbre.

Tally décida de les ignorer pour se concentrer sur Sander. Que pensait-il réellement de la proposition de ses parents ? Etait-il secrètement séduit ?

On frappa à la porte et Sander alla l'ouvrir. La nurse entra avec Lili dans son porte-bébé.

— Il est grand temps que je fasse connaissance avec ma petite-fille, déclara Eirene d'une voix sucrée en se levant pour s'approcher du bébé.

Elle s'immobilisa brusquement et s'exclama :

— Mais qu'est-ce qu'elle a au visage ?

— Elle souffre d'eczéma, expliqua Tally.

— C'est très disgracieux.

Eirene examina les lésions inflammatoires qui recouvraient la joue et le menton du bébé.

— Ça va disparaître ?

— Certains enfants guérissent en grandissant, d'autres non. Il n'y a rien d'autre à faire qu'attendre, répondit Tally en réprimant une furieuse envie de prendre Lili dans ses bras et de lui faire des câlins devant le nez de sa grand-mère.

Une lueur narquoise s'alluma dans les yeux de Sander, alors que ses parents s'écartaient de sa fille comme si son état pouvait être contagieux.

— Je suis navré qu'elle ne soit pas parfaite, ironisa-t-il.

Sa mère plissa le front.

— Elle n'est pas en bonne santé. Il vaut peut-être mieux qu'elle reste avec vous.

— De toute façon, je n'ai pas l'intention de la confier à qui que ce soit. Oleia m'a confié sa fille et j'ai bien l'intention de l'élever. Son apparence n'a aucune importance pour moi comme pour Tally.

Eirene Volakis resta imperturbable. En revanche Petros était visiblement embarrassé par la volte-face de son épouse. Un quart d'heure plus tard ils étaient repartis, leur intérêt pour l'enfant oublié.

Sander s'accroupit pour ramasser le hochet de Lili tombé par terre et vers lequel elle tendait la main en pleurant.

— Tu es obligée de rester avec nous, Lili. On n'arrive pas à se débarrasser de toi.

— Ne dis pas ça, même pour plaisanter, s'il te plaît.

— Elle n'est pas disgracieuse, déclara Sander, contrarié par cette remarque.

— Non.

— Espérais-tu que je la leur confierais ?

La brusquerie de cette question et le regard scrutateur qui l'accompagnait hérissèrent Tally. Mais après tout elle était justifiée, reconnut-elle. Hier encore, la réponse ne lui aurait pas paru aussi évidente…

— Absolument pas. Je ne pense pas que ta mère soit capable d'offrir un amour inconditionnel à un enfant.

— Elle ne l'avait jamais dit… qu'elle espérait que je serais une fille.

Sander secoua la tête.

— J'étais un petit garçon très agité et très bruyant. Je comprends mieux pourquoi je l'exaspérais.

Les déceptions avaient dû être rares dans la vie d'une femme aussi riche et privilégiée qu'Eirene Volakis, songea Tally. Voilà pourquoi elle avait eu autant de mal à les supporter. Mais c'était triste de penser que Sander avait été aussi peu apprécié quand il était enfant.

— Rentrons à Londres demain, suggéra Sander. Depuis hier, les paparazzis ont une nouvelle cible. Un politicien marié qui a été surpris avec sa maîtresse. Lili est déjà de l'histoire ancienne.

— Ce serait vraiment plus pratique pour travailler, acquiesça-t-elle.

Voilà qu'ils recommençaient à se parler poliment comme s'ils étaient des étrangers… La gorge nouée, elle sentit des larmes lui brûler les yeux. Au Maroc elle avait trouvé le courage de faire le premier pas et de rejoindre Sander dans son lit pour combler le fossé qui les séparait à l'époque.

Aujourd'hui un nouveau fossé s'était creusé entre eux mais elle n'était plus prête à faire le premier pas pour le franchir. Sander ne l'aimait pas, alors que de son côté elle était toujours amoureuse de lui. La moindre des choses dans une relation aussi inégale, c'était de se cramponner à sa dignité. Plus question de le rejoindre dans son lit.

Elle appréhendait aussi de savoir si elle était enceinte ou non. Au Maroc ils avaient été heureux, et avoir un autre enfant semblait à l'époque une idée merveilleuse. Mais ces jours heureux appartenaient au passé. Quelle serait la réaction de Sander si elle attendait un autre enfant ? Réagirait-il avec le même manque d'enthousiasme que pour le premier ?

Ce soir-là, Anatole téléphona à Tally pour lui demander de déjeuner avec lui, mais à son hôtel plutôt qu'au restaurant habituel. Pourtant, il n'y avait pas si longtemps qu'ils s'étaient vus, songea-t-elle avec surprise. D'ordinaire, il s'écoulait beaucoup plus de temps entre deux rendez-vous. Voulait-il l'interroger sur Lili ? Pourvu que non… Elle n'était pas prête à discuter de cette situation. Elle avait réussi à surmonter ses réticences vis-à-vis de Lili, mais son couple battait de l'aile.

Le lendemain, dès que Lili et sa nurse furent installées dans la maison londonienne et Sander parti au bureau, Tally se rendit à l'hôtel de son père. Dès qu'elle franchit la porte de sa suite, l'embarras d'Anatole lui sauta aux yeux. Il fit servir des canapés et du thé, puis il commença plusieurs fois à parler sans parvenir à aller au bout de ses phrases.

— Qu'y a-t-il ? finit-elle par demander.

— Je ne suis pas très doué pour m'excuser, reconnut-il franchement. Mais j'ai eu tort de me mêler de ta vie avec Sander. Je n'aurais pas dû utiliser les problèmes financiers de Crystal comme un moyen de pression.

— Non, en effet, tu n'aurais pas dû.

— Bien entendu, après ce qui s'est passé… cet enfant…

Anatole eut un geste de la main indiquant qu'il n'avait pas l'intention de s'étendre sur ce sujet.

— Tu n'es bien sûr plus tenue de respecter les conditions que je t'avais imposées. Peu importe l'argent. De toute façon, Sander tient absolument à me le rembourser. Je dois dire que c'est le seul Volakis qui a du cran.

Tally ne put s'empêcher de sourire.

— Oui, en effet. Il en a beaucoup.

— Mais tu n'aurais jamais dû lui dire que c'est moi qui t'ai obligée à donner une nouvelle chance à votre mariage. Tu as dû penser que ça n'avait pas grande importance, surtout après le battage médiatique autour d'Oleia Telis et de son bébé. N'importe quel homme prendrait mal une nouvelle aussi humiliante.

Tally considéra son père avec perplexité.

— Sander n'en a jamais reparlé. Je ne pense pas que ça l'ait particulièrement traumatisé…

— Pour un homme jeune, habitué à avoir les femmes à ses pieds, apprendre que son épouse est revenue parce qu'elle y a été contrainte par son père est forcément un camouflet. Je n'aurais jamais imaginé que tu lui dirais la vérité. C'était le plus sûr moyen de faire échouer la réconciliation.

Tally fut ébranlée par cette affirmation catégorique. Il était vrai que Sander avait été outré quand elle lui avait révélé qu'elle n'était revenue que contrainte et forcée… Serait-ce à cause de cet aveu qu'il était devenu aussi distant ?

— J'ai une question un peu embarrassante à te poser, déclara-t-elle. Savais-tu que Sander avait renoué avec Oleia ?

Anatole secoua la tête.

— Non, pas du tout. Elle a quitté la Grèce pour vivre à Londres, puis à Paris et je ne savais plus rien d'elle. C'est seulement après sa mort que j'ai entendu les rumeurs sur sa vie dissipée et son bébé.

Avant qu'elle s'en aille, Anatole invita Tally à venir avec Sander à la réception qu'il organisait pour ses cinquante ans à Athènes. Devant son regard surpris, il lui avoua qu'il regrettait d'avoir été un père absent et qu'il avait décidé de changer d'attitude.

Très touchée par cette première invitation officielle au domicile conjugal de son père, Tally se rendit ensuite chez son médecin. Le test de grossesse s'avéra positif. Folle de joie, elle était également terrifiée à l'idée qu'un nouveau problème pourrait surgir. Le médecin lui assura qu'en raison de ses antécédents, toutes les précautions nécessaires seraient prises pour l'aider à mettre au monde un bébé en bonne santé.

Elle rendit visite à sa mère pour lui annoncer la nouvelle. Crystal, qui lui avait téléphoné au moment où le cirque médiatique autour de Lili était à son comble, fut ravie. De son côté, elle lui annonça qu'elle avait posé sa candidature à un poste d'acheteuse dans un groupe de boutiques de mode appartenant à un ami, et qu'elle avait trouvé un appartement.

— Les vêtements sont destinés à mon groupe d'âge et je connais parfaitement le marché. Et puis je suis très douée pour négocier les prix, ajouta Crystal avec une fierté manifeste. Croise les doigts pour moi.

Tally fut soulagée de voir que sa mère était visiblement déterminée à changer de vie.

— Avec un nouveau bébé en route, Sander et toi c'est du solide, ajouta sa mère sans cacher sa satisfaction. Mais ce n'est pas une surprise.

Tally arqua les sourcils.

— Ah bon ?

— Je ne suis pas stupide. Tu adores les enfants. Il était donc évident que tôt ou tard tu finirais par craquer pour Lili. Et Sander est fou de toi. Alors ça devait forcément bien se terminer.

— Sander est fou de moi ?

— Cinq minutes après être redevenu célibataire, il ne pense à rien d'autre qu'à récupérer sa femme ? Ça veut tout dire. Je n'ai jamais vu un couple plus heureux que vous deux quand vous viviez en France.

Tally quitta Crystal le cœur léger. C'était vrai, ils avaient été incroyablement heureux avant que la tragédie les sépare. Elle posa la main sur son ventre. Pourvu que tout se passe bien, cette fois… Dans le hall de l'immeuble, elle sortit son portable de sa poche pour appeler Sander. Malheureusement, il était en réunion. Elle lui laissa un message pour le prévenir qu'elle avait besoin de le voir de toute urgence.

Sander pénétra dans le salon de leur maison londonienne avec la tête d'un condamné à mort sur le point d'être exécuté. Les traits crispés, il scruta le visage de Tally.

— Mon assistante aurait dû me transmettre l'appel. Que s'est-il passé ?

Vêtue d'un ensemble de maille grise, les joues en feu, elle se leva et plongea son regard dans le sien.

— Je suis enceinte.

Sander fut submergé par un intense soulagement. En écoutant son message il avait imaginé un tout autre genre de nouvelle… Jamais il n'avait été aussi heureux de s'être trompé !

Il traversa la pièce à grands pas, prit Tally dans ses bras et la souleva de terre.

— Ouah… C'est la meilleure nouvelle que j'aie jamais entendue !

Tally fut stupéfaite par cet enthousiasme.

— Je ne savais pas comment tu réagirais…

Il la reposa sur le sol et la considéra avec perplexité.

— Pourquoi ? N'avons-nous pas décidé ensemble de faire ce bébé ?

— Oui, mais…

— Tu crains que je ne sois pas assez présent ? coupa-t-il avec inquiétude.

Il l'entraîna vers le canapé, l'installa sur ses genoux et plongea son regard dans le sien.

— Je t'apporterai mon soutien à chaque instant. Je ne suis plus le même homme qu'il y a deux ans. J'ai mûri. J'ai appris ce qui était important dans la vie.

Le cœur gonflé de joie, Tally sentit des larmes perler à ses paupières.

— C'est vrai ? C'est vraiment ce que tu ressens ?

Sander lui prit la main.

— Tally, quand j'ai écouté ton message j'ai eu la peur de ma vie ! J'ai cru que tu voulais m'annoncer que tu me quittais de nouveau !

Elle ouvrit de grands yeux.

— Pour quelle raison imaginerais-tu une chose pareille ?

— Pour quelle raison ? s'exclama-t-il d'une voix vibrant d'émotion. Tu n'as pas choisi de revenir vivre avec moi ! C'est ton père qui t'y a contrainte !

— Oh ! mon Dieu… Tu y pensais toujours…

Sander laissa échapper un petit rire incrédule.

— Bien sûr ! Tu crois vraiment que je pouvais l'oublier ?

— Ça ne se voyait pas que tu y pensais…

— Je ne suis pas du genre à montrer ce que je ressens, *yineka mou*. Et, de toute façon, que pouvais-je y faire ? Ce que tu m'avais avoué ne me plaisait pas du tout, mais si je voulais te garder j'étais bien obligé de vivre avec. Or je voulais te garder à tout prix. J'ai pris conscience que même si j'avais la certitude que tu ne restais avec moi que pour faire plaisir à ton père, je préférerais encore te garder dans ces conditions plutôt que te perdre.

Tally était de plus en plus stupéfaite.

— Cette idée ne t'aurait pas dérangé ?

— Si, bien sûr ! J'ai ma fierté. Mais je ne pouvais pas envisager de te perdre. Cette idée était trop insupportable.

Bouleversée, Tally effleura les lèvres de Sander du bout des doigts.

— A ce point ?

— Quand tu m'as quitté, après la mort de notre fils, j'ai connu l'enfer. Je me suis mis à boire beaucoup trop. Je me méprisais. Je m'en voulais terriblement de ne pas avoir été capable de t'apporter mon soutien. Mais, d'un autre côté, je ne voyais pas comment j'aurais pu te l'apporter, puisque tu ne me laissais pas t'approcher et que tu refusais même de me parler.

Assaillie par le remords, Tally serra Sander dans ses bras.

— Je suis désolée. C'est vrai que je t'ai rejeté. Je t'ai exclu. Je crois que, si j'ai réagi comme ça, c'est parce que je ne pouvais pas m'empêcher de t'en vouloir à cause de ton manque d'enthousiasme au début de ma grossesse. Je n'arrivais pas à te pardonner de n'avoir pas eu envie d'être père dès le début. Ce qui était stupide de ma part puisque entretemps tu avais changé.

Sander se leva en la portant dans ses bras.

— Oui, mais pas assez vite. Si bien que, après la mort du bébé, je me sentais terriblement coupable. J'avais l'impression qu'il était mort parce que je ne l'avais pas désiré depuis le début. C'est toi qui m'as appris peu à peu à le désirer. Mais quand ensuite je t'ai vue sombrer dans le désespoir sans rien pouvoir faire pour t'aider, je me suis senti plus coupable et plus inutile que jamais.

— C'est pour ça que tu t'es mis à travailler jour et nuit et à m'éviter ?

— Tu ne voulais plus de moi. Tu ne voulais même plus me parler. Alors je t'ai laissé l'espace dont tu semblais avoir besoin.

— Je recherchais la solitude parce que j'étais au fond de la dépression. Nuit après nuit je faisais ces horribles cauchemars…

Sander plongea dans celui de Tally un regard peiné.

— Tu ne voulais pas m'en parler non plus.

— Ils étaient tellement délirants que je n'osais pas te les raconter. J'avais peur d'être en train de devenir folle.

D'une voix tremblante, Tally raconta son

cauchemar à Sander. Il la serra étroitement dans ses bras, consterné.

— Si seulement j'avais su... Quand tu as décidé de dormir dans une autre chambre, j'ai ressenti ça comme un nouveau rejet. En réalité, nous nous battions avec notre souffrance, chacun à notre manière. Mais le pire pour moi c'était le sentiment de culpabilité qui m'écrasait parce que je ne pouvais pas t'aider.

— Est-ce que tu as trouvé du réconfort auprès d'Oleia ? demanda Tally abruptement.

Sander laissa échapper un grognement.

— Au contraire. Après je me sentais encore plus mal. Je te montrerai la lettre qu'elle avait laissée pour moi chez son notaire. Elle explique pourquoi elle m'avait caché l'existence de Lili.

Tally plissa le front.

— Pourquoi ? Et pourquoi t'es-tu tourné vers elle ? Etait-ce juste parce qu'elle était superbe ?

Sander haussa les épaules, la mine contrite.

— Après ton départ, je me sentais plus rejeté que jamais et je souffrais atrocement. Tu ne voulais plus de moi. Oleia n'avait jamais caché qu'elle voulait me récupérer. C'est aussi simple que ça...

S'efforçant de chasser de son esprit les images indésirables qui l'assaillaient, Tally déglutit péniblement.

— Et pourquoi ne t'a-t-elle pas prévenu qu'elle était enceinte ?

Sander prit une profonde inspiration.

— Oleia avait sa fierté. Au matin, elle m'a dit :

« Tu es toujours éperdument amoureux de ta femme, n'est-ce pas ? » J'ai été incapable de lui mentir.

Tally resta sans voix.

— Elle avait raison, poursuivit Sander. Et c'est pour ça qu'elle a préféré ne pas me parler de Lili.

— Tu veux dire que… tu étais amoureux de moi au début de notre mariage ? demanda Tally avec incrédulité.

— Oui, mais c'est quand tu m'as quitté que j'ai pris pleinement conscience de ce que tu représentais pour moi. Après avoir été trompé par Oleia quand j'étais adolescent, je m'étais juré de ne plus jamais tomber amoureux.

— Je l'avais deviné.

— Je trouvais que l'amour rendait faible et vulnérable. Je ne voulais pas tomber amoureux de toi et je ne me suis pas rendu compte tout de suite que je l'étais. Tu m'étais devenue indispensable mais je ne l'ai compris qu'après t'avoir perdue.

— Oh ! Sander…

Les yeux noyés de larmes, Tally prit le visage de Sander à deux mains.

— Si tu m'aimes, tu ne vivras plus jamais sans moi. Je resterai avec toi pour toujours !

— Toujours, c'est parfait, murmura-t-il d'une voix rauque en la serrant dans ses bras à l'étouffer. J'ai été tellement effrayé quand j'ai appris l'existence de Lili. J'ai eu peur qu'elle nous sépare définitivement.

— Ça aurait pu arriver, reconnut Tally avec franchise. J'ai eu du mal à l'accepter au début, mais aujourd'hui je commence à l'aimer pour elle-même. Elle a besoin de nous deux.

— Tu as été si généreuse... Surtout avec elle. Je t'en ai aimée encore davantage et j'ai eu la confirmation que j'avais épousé une femme vraiment exceptionnelle. Et bientôt tu vas avoir notre bébé. Mon bonheur est complet...

Sander posa la main sur le ventre plat de Tally et une lueur de fierté s'alluma dans ses yeux noirs.

Vingt mois plus tard, Tally sortit sur la terrasse avec un plateau sur lequel étaient posés une carafe de citronnade et des gobelets pour les enfants.

Sander regardait Lili faire le tour du jardin dans sa petite voiture rouge. Leur fils Timon la suivait d'une démarche gauche mais avec un air déterminé.

— Il va falloir acheter une autre voiture avant qu'ils commencent à se battre pour celle-ci, commenta Sander, tandis que les deux enfants se précipitaient sur la terrasse pour prendre leurs gobelets et des biscuits.

A presque deux ans, Lili était une enfant menue aux boucles brunes et aux grands yeux noirs. Tally l'avait adoptée légalement. Le couple partageait sa vie entre Londres et la maison du sud de la France, où le climat chaud avait eu un effet miraculeux sur l'eczéma de la petite fille.

Son gobelet à la main, Lili s'agrippa à la jupe de Tally. Très câline, elle était profondément attachée à sa mère adoptive, qui le lui rendait bien. Un peu avant la naissance de Timon, Tally avait lu la lettre qu'Oleia avait laissée à Sander et sa tristesse lui avait arraché des larmes. Elle savait qu'un jour, quand Lili serait assez mûre pour comprendre les relations entre adultes, elle la lui donnerait à lire.

Les deux enfants étaient très différents. Lili était d'un tempérament nerveux et elle restait très prudente avec les choses et les gens qu'elle ne connaissait pas. Cependant, elle était beaucoup plus calme que lorsqu'elle était bébé.

Agé d'un peu plus d'un an, Timon était tout son contraire. D'un naturel confiant, il n'avait peur de rien et avait hérité de son père l'esprit d'indépendance. Tally regrettait souvent de ne pas avoir des yeux derrière la tête pour surveiller son fils et elle était soulagée d'avoir l'aide d'une nurse pour s'occuper des enfants.

Timon avait appris à marcher et à parler très tôt. Les parents de son père l'avaient qualifié de beau petit garçon mais Tally était consciente que la mère de Sander avait très envie d'avoir une deuxième petite-fille. Pourquoi pas un troisième enfant dans un an ? Elle y pensait.

D'ici là, deux enfants, c'était déjà très prenant. Lorsqu'elle était enceinte de Timon, sa grossesse s'était bien passée mais Sander et elle n'avaient pu s'empêcher d'être anxieux jusqu'au bout. Pendant ces neuf mois Sander avait été aux petits soins pour elle, et la joie sans réserve avec laquelle ils avaient accueilli Timon témoignait de l'amour éperdu qui les unissait.

Crystal avait obtenu le poste d'acheteuse pour une chaîne de boutiques de mode et elle venait d'être recrutée par un chasseur de têtes pour un grand magasin prestigieux, avec à la clé une augmentation de salaire très appréciable. Elle aimait son travail, adorait les nombreux voyages ainsi que les défilés, et appréciait par-dessus tout les réductions auxquelles elle avait droit. Elle était très excitée à l'idée d'acheter bientôt son premier appartement et avait annoncé récemment qu'elle « arrêtait » les hommes. Tally pensait tout simplement que sa mère savourait son indépendance.

Binkie, qui avait pris sa retraite, leur rendait régulièrement visite à Londres. C'était sa petite-fille qui travaillait comme nurse pour Sander et Tally.

Le plus grand changement dans le milieu familial de Sander et Tally concernait Anatole, sa femme, Ariadne, et leur fille, Cosima. Lors de la réception organisée par Anatole l'année précédente, à l'occasion de ses cinquante ans, Tally avait fait la connaissance de tous les parents de son père et avait noué de nouvelles relations. Et Ariadne s'était mise en quatre pour leur réserver un accueil chaleureux. Cependant, c'était le renforcement de ses liens avec Cosima qui apportait le plus grand plaisir à Tally.

Son cabinet d'architecture intérieure avait pris un bel essor, et Robert Miller avait enfin accepté de vendre ses parts à Sander. Robert fréquentait un superbe top model américain, avec qui, selon la presse people, c'était « du sérieux ».

Quand leur nurse eut emmené les enfants dans la maison pour leur donner un bain, Sander saisit Tally par le poignet, l'attira sur ses genoux et enfonça les doigts dans ses anglaises cuivrées.

— T'a-t-on déjà dit que tu as des cheveux très sexy ?

— Il me semble que oui. Et c'est peut-être bien pour ça que j'ai renoncé au lissage brésilien. Il y a des gens qui ont vraiment des goûts bizarres, murmura-t-elle, les yeux pétillant de malice.

Sander la fit pivoter pour s'emparer de sa bouche dans un baiser gourmand.

— Très bizarres, insista-t-elle contre ses lèvres.

Il glissa la main sous sa robe et effleura l'intérieur d'une cuisse.

— *Sander...*, murmura-t-elle sur un ton qui n'avait plus rien de malicieux.

— Je vous aime, madame Volakis. Je pense même que je vous aime un peu plus chaque jour passé auprès de vous et de nos enfants. J'ignorais que la vie de famille pouvait être aussi exaltante...

Sur ces mots Sander se leva et emporta sa femme vers la maison, tout en l'embrassant avec passion.

Nora Roberts

Plongez dans la collection Nora Roberts et découvrez des histoires d'amour intemporelles, vibrantes et uniques.

À découvrir tous les deux mois.

DIVERTIR • INSPIRER • ÉMOUVOIR

HARLEQUIN
www.harlequin.fr

RESTEZ CONNECTÉ AVEC HARLEQUIN

Harlequin vous offre un large choix de littérature sentimentale !

Sélectionnez votre style parmi toutes les idées de lecture proposées !

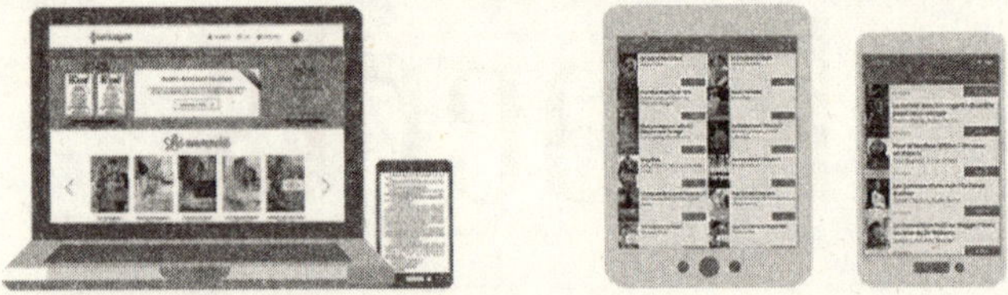

www.harlequin.fr

- **Découvrez** toutes nos actualités, exclusivités, promotions, parutions à venir…
- **Partagez** vos avis sur vos dernières lectures…
- **Lisez** gratuitement en ligne
- **Retrouvez** vos abonnements, vos romans dédicacés, vos livres et vos ebooks en précommande…

L'application Harlequin

- Des **ebooks gratuits** inclus dans l'application
- **50 nouveautés tous les mois** et + de 7 000 ebooks en téléchargement
- Des **petits prix** toute l'année
- Une **facilité de lecture** en un clic hors connexion
- Et plein d'autres avantages…

Téléchargez notre application gratuitement

Télécharger dans l'App Store

DISPONIBLE SUR Google Play

SUIVEZ-NOUS !

facebook.com/HarlequinFrance
twitter.com/harlequinfrance

Composé et édité par HarperCollins France.

Achevé d'imprimer en juillet 2020.

CPi
BLACK PRINT

Barcelone

Dépôt légal : août 2020.

FSC
www.fsc.org
MIXTE
Papier issu de sources responsables
FSC® C108412

Pour limiter l'empreinte environnementale de ses livres, HarperCollins France s'engage à n'utiliser que du papier fabriqué à partir de bois provenant de forêts gérées durablement et de manière responsable.

Imprimé en Espagne.